Elcserélt jövő

Magyar Zsolt

2016

Publio Kiadó

www.publio.hu

1.

Catherine átment a zebrán és bizonytalan léptekkel indult a közeli áruház irányába. Legszívesebben elkerülte volna az elkövetkezendő órák történéseit, ám érezte: nincs visszaút. Megállt egy pillanatra, segítségért akart kiáltani, de aztán folytatta útját szótlanul, beletörődve sorsába. Képzeletvilága és vágyai átvették az irányítást a józan ész és értelem fölött. Egy cél lebegett csak a szeme előtt, pedig tudta, ha enged a kísértésnek lesz egy csodás éjszakája, ám utána annál keservesebb lesz az ébredés.

Rendkívül vonzó és csinos nő volt, aki gyakorta érezte magán az epekedő férfiak mohó tekintetét, az irigységtől szinte perzselő asszonyi pillantásokat. Hosszú, vállig érő gesztenyebarna haja égszínkék szemekkel párosult, melyekből értelem és kedvesség sugárzott.

Fiatal kora ellenére egy neves cég marketingvezetőjeként dolgozott, s ennek köszönhetően mindene megvolt, amire csak vágyott egykoron. Egy pazarul berendezett folyóparti lakás tulajdonosaként, egy olyan autó gazdájaként, amelyről a legtöbb ember csak álmodik, minden oka meg lett volna a gondtalan és vidám élethez.

Büszkeséggel töltötte el a tudat, hogy mindezt önerőből, a saját munkája révén sikerült elérnie, viszont sosem feledkezett meg szülei érdemeiről, akik keményen megdolgoztak azért, hogy ő tanulhasson. Ha kellett, önmaguktól vontak meg bármit, csak egyetlen gyermeküknek biztosítva legyenek a feltételek. Apja állandóan sulykolta leányába, amennyiben könnyen akar boldogulni az életben, és gyermekeinek még többet akar adni, mint amit ő kapott, akkor rengeteg kell tanulnia.

Catherine jó kislány volt, s megfogadta a szülői tanácsokat, minek következ- tében sikeresen szerezte meg diplomáit, kiválóan beszélt három nyelvet. Munkáját szerette és odaadással végezte, s mindig melegséggel töltötte el lelkét a tisztelet és megbecsülés, amit kollegái és főnöke tanúsítottak iránta. Sike- res volt, bármit elérhetett, amit csak akart, de egyvalami hiányzott az életéből: a boldogság. Az a boldogság, amely nemrég még része volt mindennapjainak, bearanyozta számára a világot, örömmel itatta át lényét.

Tétován megállt egy kirakat villódzó fénye előtt, szomorúan nézett végig az esőáztatta sikamlós úttesten, tekintete megakadt egy szerelmes páron, akik olyan pajkosan viháncoltak, mintha épp a napfényes tengerparton múlatnák az időt. Maga is jó ismerője volt ezen önfeledt állapotnak, amelynek most még a látványa is keserűséggel töltötte el összetört szívét. Hirtelen mozdulattal fordította el fejét, lerázta hajáról az egyre szemtelenebbül megkapaszkodó esőcseppeket, behúzódott a kifeszített ponyvatető alá, s szemeivel az eget kémlelve visszaemlékezett arra a csillagfényes májusi estére, amikor az egész kezdődött.

Néhány kedves barátnőjével egy utcabálon vett részt. Fiatalok és felszaba- dultak voltak, égett bennük a kalandvágy, még benne is, aki többnyire visszafogottan viselkedett. Nehezen engedett a közelébe bárkit is,- aki hirtelen támadt vágyától vezérelve akarta ostromolni,- amiért a többiek különcnek tartották,s gyakorta fejezték ki rosszallásukat, több- kevesebb komolysággal.

Azon az estén viszont vágyódott valami, vagy valaki után, ami, vagy aki, egy kis izgalmat hozna életébe. A szokásosnál jóval kedvesebb és közvetlenebb volt mindenkivel, amire a barátnői hamar fel is figyeltek, és nem mentek el szó nélkül mellette. Éppen elfogadott egy táncfelkérést, amikor Judy tréfásan megkérdezte:

- Mi van veled Catherine, megszeged a szüzességi fogadalmad, és talán ke-
gyeidbe fogadod valamelyik hódolódat?
Catherine elpirult egy kissé, majd csalfa mosollyal arcán, megjegyezte: - Nem tudom, miből látszik, de ma valóban érzem a vesztem, ami egyáltalán nincs ellene-

nemre.

- Egészen addig, amíg nem kezd emelkedni a hangulat, és a fiúk nem lesznek egyre rámenősebbek, egy-két elfogyasztott pohár ital után.- kapcsolódott be Rose.

- Megígérem, ma másként lesz, már csak azért is, mert nagyon kíváncsi vagyok, mit szoktatok tenni, miután elmegyek, s mitől lesz másnap oly nagy a szátok?- próbált visszavágni Catherine.

-Az biztos, hogy nem a Micimackót szoktuk lapozgatni!- válaszolta Rose.
Jeny sem akart kimaradni a szócsatából, odahajolt Catherinéhez és a fülébe súgta: -Akkor most nem fogsz fejfájásra hivatkozva TAXI-t hívni, amikor komolyodik a helyzet?

Jenynek igaza volt. Catherine gyakran folyamodott az udvarias távozás ezen módjához, amikor kezdett elege lenni a kitartóan próbálkozó, magukat nőcsábásznak képzelő rámenős udvarlókból. Az ismeretségi körében nem igazán akadt olyan férfi, aki komolyan fel tudta volna kelteni az érdeklődését, idegenekkel pedig nem szívesen ismerkedett, így hát nem maradt más, mint a tartós magány.

-Hát, ha találnék valakit, akitől nem fájdulna meg a fejem az első óra után, talán lenne rá esély.-jött a határozott válasz, mire Jeny élesen elkacagta magát és odaszólt a többieknek.

- A mi kis Csipkerózsikánk, még mindig hisz a mesékben, és hihetetlen önmegtartóztatást tanúsítva kitartóan várja élete mesebeli hercegét.
A lányok jót derültek, majd beálltak a tömegbe táncolni, amely ütemesen és békésen hullámzott a zene ritmusára.

Valahol igazat adott a lányoknak, -függetlenül attól, hogy most egy kicsit eltúlozták a dolgot,- hisz ő mindig is hitt az igaz szerelemben, még akkor is, ha az oly sokat váratott magára.

Hosszú ideje kereste már a nagy őt, míg egyszer elfogyott a türelme és kissé elhamarkodottan odaadta magát egy fiúnak, akibe nem volt igazán szerelmes. Sajnos, ez csak később derült ki. Szimpatikus és kedves srác volt, aki ráadásul élete nagy szerelmét látta benne.
Az olyannyira várt első alkalommal semmi különöset nem érzett, s ez nem vál- tozott az elkövetkezendő hetekben sem. Ekkor már tudta, hogy

tévedett, s a vége gyors szakítás lett. Azóta is lelkiismeret-furdalás gyötri, ha visszaemlékezik az esetre.

Akkor megfogadta , ilyet többé nem tesz, s a következő tényleg az igazi lesz. Kitartóan és megrögzötten ragaszkodott elhatározásához, néha már úgy érezte túlzottan is. Visszautasított mindenkit, akiben nem látta meg elsőre a várva-várt férfit, esélyt sem adva egy normális párkapcsolat kialakulásának.

Azonban, ezen az estén megcsapta valaminek a szele. Olyan érzés kerítette hatalmába, hogy történni fog valami, és vége lesz magányban eltöltött kétségekkel teli időszakának. Vágyott már nagyon valaki után, aki képes lenne megdobogtatni szerelemre éhes szívét. Tisztában volt vele, ehhez neki is változ- tatni kell , nyitottabbnak és barátságosabbnak kell mutatkozni. Ezért is döntött úgy, nem fog idő előtt hazamenni, kitart a lányokkal.

Egy darabig úgy tűnt megcsalták érzései, mert reménytelenül sodródott az utcabál zajos forgatagában. Aztán mégis kezdett alakulni a dolog. Megjelent a színen Judy unokatestvére, akivel futólag ismerték csak egymást.

Judy születésnapi buliján találkoztak először, de nem igazán törődtek a másikkal. Ennek ellenére szimpatikus volt John viselkedése, -aki ellentétben a többi férfivel- nem akarta becserkészni az egyedülálló szabad zsákmányt az első adandó alkalommal.

Akkor, néhány udvarias mondaton kívül nem sok minden történt közöttük, most viszont az első üdvözlő szót követően hosszasan elbeszélgettek. Feltűnt Catherinének a férfi rendkívüli intelligenciája, szellemessége és finom modora, ráadásul sportos testalkatú és jóképű is volt, mindig barátságos mosollyal arcán. Na és remekül táncolt.

John hamar felfedezte a nő iránta mutatott érdeklődését, és kedvesen viszonozta azt. Catherine úgy vélte érdemes lenne egy kicsit közelebbről megismerkedni vele, s ügyesen kilépett addig megszokott passzivitásából, minek köszönhetően hamar összemelegedtek, és egy jó ideje csak egymással voltak elfoglalva.

Judy figyelmét nem kerülhették el az események, szinte belelátott barátnője lelkébe. Fogott egy pohár martinit, odavitte hozzá, a füléhez hajolt és megjegyezte:

- Most hallottam, a TAXISOK sztrájkba léptek. Idd ezt meg, hátha megelőzi a fejfájásodat.
Átnyújtotta a poharat és gyorsan távozott, mielőtt választ kaphatott volna. John is ivott egy pohár sört, majd az együttes belekezdett egy lassú és lágy szerelmes számba. Ösztönösen egymásra néztek, kezük összefonódott és elindultak az önfeledten táncolók közé.

Az elfogyasztott martini valóban megtette hatását, Catherinét kellemes érzés kerítette hatalmába, és egyáltalán nem volt ellenére, amikor John kezdte őt egyre szorosabban ölelni a tánc hevében. Máskor, már rég ellökte volna magától partnerét, de most inkább könnyedén hozzásimult, miközben testét átjárta a vágy forró varázsa.

A csillagok békés fénnyel vonták be a májusi égboltot, és pislogó kiváncsisággal figyelték, mi is fog itt történni? Irigykedve nézték a felszabadultan szórakozó embereket, és legszívesebben ők is táncra perdültek volna, ha nem kellett volna szokott helyükön strázsálniuk. Így nem maradt más számukra, mint csendes ragyogással fejezni ki tetszésüket.

Egymásba olvadva táncoltak a tömeg közepén. Catherine titkon arra gondolt, hogy férfi még nem volt rá ilyen hatással. Lopva felnézett partnerére, aki perzselő tekintettel várta ezt a pillanatot. Hosszasan nézték egymást, majd John ajka lassan közelített Catherinéhez, akinek nem állt szándékában ellenkezni.

Váratlanul, Catherinét durván meglökték, aki ijedten vonta ki magát a szorító ölelésből, és megfordult. Egy nyolc- tíz főből álló banda,- melynek tagjai, láthatóan erősen ittasak voltak- gázolt át a táncolók között. Taszították és löktek félre mindenkit, aki az útjukba került, nem kíméltek senkit. Trágárul ordibáltak és sörrel locsolták a megszeppent embereket. Természetesen, rendező egy szál sem akadt a környéken, aki megpróbált volna intézkedni.

Egyikük kiszúrta magának Judyt, és amikor az nem volt hajlandó elmenni vele táncolni, akkor elkezdte szerencsétlent ráncigálni, sőt még egy pofon is elcsattant.

A banda többi tagja körbeállta őket, miközben harsány hahotázás és kurjongatások formájában ünnepelték megvadult társukat.

Catherine látva a történteket, rögvest barátnője segítségére indult, de John megpróbálta visszatartani: - Hagyd, sokan vannak, úgyse tudunk mit tenni! Mindjárt itt lesznek a rendőrök.

Catherine dühödten taszította el a férfit, és magából kikelve sziszegte:

-Te gyáva paprikajancsi! Mi lenne, ha mind tétlenül néznénk ezeket az állatokat. Remélem nem mindenki olyan, mint te, hisz mi sokkal többen vagyunk!

Elszántan indult el Judy irányába, de nem jutott messzire. Az egyik vandál el-kapta, magához szorította, és bűzlő szájával csókolgatta áldozata nyakát, aki éles körmeivel, megvadult macskaként vájt bele támadója arcába,véres barázdát hagyva maga után. Sikerült ügyesen elmenekülnie az őrjöngő férfi elől, és elvegyülnie az emberek között, akik egy része eliszkolt, másik része pedig félrehúzódva, gyáván kémlelte az eseményeket.

Judyt már látni se lehetett, úgy körbefogták. Időközben a zene is elhallgatott. Cathrine kétségbeesve vette tudomásul, hogy nincs segítség.

Ekkor egy férfi rohant Judy felé, utat törve magának a megrémült embe-rek között. Magas, szélesvállú, kisportolt alkatú középkorú férfi volt. Catherine nem látta jól az arcát,

de a szemei sok mindent elárultak neki. Egy pillanatra kapta
csak el a tekintetét, amelyből erő, elszántság, szigor és harag sugárzott.

Odaérve a helyszínre, kezeit a feje fölé emelve erélyes hangon üvöltötte el
magát:- Elég legyen, azonnal kotródjatok innen!

Feszült csend borult a nemrég még zajos térre, mindenki rémülten várta a fejle- ményeket. A következő pillanatban négyen rontottak a bátor férfire, aki egy dara- big derekasan küzdött, de aztán győzött a túlerő. A   földre került, miután hátulról fejbe vágták egy sörösüveggel. Támadói rúgták, ahol érték, s ha a rendőrségi autó szirénája nem vet véget az egyenlőtlen küzdelemnek, talán meg is ölik.

Catherine volt az első, aki a földön fekvő eszméletlen és erősen   vérző ember segítségére   sietett. Azt, hogy hogyan és miért került ő is a mentőautóba, és miért füllentette, hogy a húga, a mai napig nem tudta megmagyarázni önmagának.

Az orvosi vélemény szerint megúszta egy alkartöréssel, egy   öt   centis   sebbel   a fején, és jó néhány kisebb-nagyobb zúzódással.

Catherine ült az ágyánál, és kíváncsian fürkészte az arcot,   amely   ahhoz   a   rendkí- vüli szempárhoz   tartozott. Kemény, férfias vonásai méltóságot   sugá- roztak. Bal halántékán egy kis sebhely   volt   látható, amelyet félig eltakartak sötétbarna hajtincsei.

Elvileg még jó ideig aludnia   kellett, így Catherine nyugodtan   várt,   és   azon tűnődött, mit is fog neki mondani, ha majd felébred? Ki ő, és mit keres itt, miért szólítják a húgának? Úgy gondolta, jobb lenne távozni és elkerülni a kellemetlen magyarázkodást, de az ismeretlen férfi iránt érzett hála erősebbnek bizonyult mindenféle szégyenérzetnél.

Mindenképp szeretett volna köszönetet mondani az önfeláldozó bátorságért, a rendelkezésére állni, ha bármire szüksége lenne, és nem utolsó sorban megismerni őt. Végül a maradás mellett döntött, vállalva néhány kínos pillanat kockázatát.

Olyannyira belemélyedt gondolataiba, hogy észre sem vette a férfi ébredését,
csak a hangjára kapta fel a fejét.

- Te ki vagy?- kérdezte szemeit Catherinére szegezve.
    Ez a tekintet egészen más volt, mint amit este látott. Békességet és bizalmat le- hetett kiolvasni belőle. Szigornak és haragnak ezúttal nyoma sem volt felfedezhető.

Catherine nyelt egy nagyot és próbált valami frappánsat válaszolni a nem éppen udvarias kérdésre, de értelmetlen habogás lett belőle. A férfi mosolyogva intette le, s csak ennyit mondott: - Mert én nagyon kivagyok.
    Mindketten elnevették magukat, ami a férfinek egyáltalán nem volt könnyű, de Catherine zavara és szégyenérzete egy pillanat alatt tovaszállt. Ekkor már biztos volt benne, olyan férfivel van dolga, aki nem fogja félreérteni a helyzetet, és akivel nyugodtan lehet őszinte.

-Engem Thomasnak hívnak.- nyújtotta kissé kínlódva a kezét.

-Catherine vagyok.- mutatkozott be a lány mosolyogva. -Egyébként itt a húgod- ként ismernek. – folytatta lényegretörően.

-Mindig is szerettem volna egy ilyen bájos hugicát.- jegyezte meg Thomas.

-Azért füllentettem ezt, mert elsőként szerettem volna megköszönni, amit tegnap este tettél, és szeretnék a segítségedre lenni, ha szükséged lenne valamire.

-Nagyon kedves tőled, de ezeddig sosem szorultam mások segítségére, így fo- galmam sincs róla, hogyan kell azt igénybe venni. – tréfálkozott Thomas, de arcán látszott, hogy jólesik neki a nemes gesztus.

-Majd én megtanítalak rá. –válaszolta Catherine, érezhető csalfasággal hangjá- ban.

-Előre bocsátom sose voltam jó diák, mindig haragudtak rám a tanáraim, de talán most másképp lesz.- jött a pajkos válasz, egy kacsintás kíséretében.

Az elkövetkezendő napokban,-amíg Thomas kórházban volt- Catherine szabad- ideje nagy részét nála töltötte. Korábban el sem tudta volna képzelni, hogy valaki- vel ennyit legyen képes beszélgetni, ilyen kellemesen teljen az idő egymás társasá- gában, és két ember ennyire egy hullámhosszon legyen, szinte minden lényeges kérdésben.

Kölcsönös szimpátiájuk észrevétlenül átalakult valami sokkal komolyabb dologba, amely heves dobogásra késztette mindkettőjük vágyódó szívét. Csipkerózsika nem várt hiába, végre-valahára rátalált a régen várt királyfira.

Thomas legalább annyira szerelmes volt, mint Catherine, de óvatos ember lévén nem fejezte ki tettekben is érzéseit. Catherine türelmetlenül várta a férfi kedvezményezését és alig bírta ki, hogy meg ne előzze őt. Thomas ügyesen álcázta magát, csak egy valamiről nem tudhatott: A szemei mindent elárultak Catherinének, aki nyitott könyvként olvasott belőlük.

Végül megismerkedésük után egy hónappal, egy csodás holdsugaras éjszakai séta során, Thomas szerelmet vallott. Catherine hosszú forró csókkal válaszolt, minek következtében kitörő lavinaként szabadultak fel elfojtott érzéseik és önfeled- ten merültek el a szerelem titokzatos gyönyörében.

A következő hetet egy csendes vidéki panzióban töltötték, s megpróbálták bepó- tolni az elfecsérelt perceket. Kezdetét vette szerelmük, s észrevétlenül sodródtak a könyörtelen és elkerülhetetlen végzet irányába, melynek köszönheti jelenlegi két- ségbeejtő helyzetét.

Az eső időközben szinte teljesen elállt, csak itt-ott hullott egy- két csepp a gőzölgő aszfaltra.Befejezte a visszaemlékezést és megtette az áruház bejáratáig hátra- levő rövidke utat.

Bement az ajtón, üresen bámult maga elé és tudta, ettől kezdve nem ura önmagának. Nem akart gondolkodni és szembenézni a kegyetlen valósággal. Arca hirtelen változáson ment keresztül, a szomorúság komor redőit elsimították a mosoly vidám vonásai.

Nincs már egyedül, nem kell a magányt elviselnie, a boldogság újra része életé- nek, mert ő ott van vele.Együtt vannak újra, együtt lélegeznek, érzik egymás illatát, és nem létezik rajtuk kívül senki más a világon. Ilyenkor ő él.

Kéz a kézben sétáltak végig a pultok között, meg-megállva helyenként. Sorra helyezte el kosarában az esti vacsora elengedhetetlen kellékeit. Ropogós kacsa-sültet szeretett volna készíteni, párolt rizzsel és céklasalátával. Nem feledkezett meg az alaphangulat megteremtéséhez szükséges lényeges eszközök beszerzéséről sem. Egy doboz illatos díszgyertyát vett még magához, végül megállt a boroknál, leemelt egy palackkal mindkettőjük kedvenc italából, és képzeletbeli partnerére kacsintott.

- Jó lesz estére.- súgta szelíden, majd odanyújtotta neki, tegye a bevásárlókocsi-ba. A következő pillanatban hangos csörömpöléssel tört darabokra a nemes nedűt tartalmazó formás palack az áruház rideg kövezetén. Legalább olyan rideg volt ez, mint a valóság, amelyre ébredt fájdalmasan, miközben lehajolt a törött üveg szerterepülő darabjai után.

Kíváncsi és értetlenkedő tekintetek szegeződtek reá mindenfelől.Zavartan nézett körbe, hirtelen ő maga se értette, mi történt.

-Ez a nő nincs magánál!- motyogta egy ősz hajú öregúr, majd tovasántikált rézfejű fokosára támaszkodva, rosszalló kifejezéssel arcán.

Egy eladónő sietett készségesen a segítségére. –Jól van asszonyom?- kérdezte udvariasan, miközben elkezdte összesöpörni a mindenfelé található szilánkokat.

-Köszönöm, semmi bajom, csak kicsúszott a kezemből. Természetesen megtérítem a kárt.-válaszolta. Leemelt egy újabb üveg bort és a pénztárhoz sietett. Erőtlen- nek, elesettnek érezte magát, és bosszankodva vette tudomásul, néhányan úgy tekintenek rá, mint aki nem normális.

Nem vágyott másra, mint minél előbb hazaérni, elbújni mindenki elől és onnan folytatni, ahol az előbb abbahagyta. Újra együtt akart lenni kedvesével, és mielőbb elfelejteni a jelen keserűségét.

-Rendelnének egy TAXIT?- kérte meg a pénztárost.

-Természetesen!- hangzott a segítő válasz.

Néhány percet kellett várakoznia, míg megérkezett a gépkocsi. Sietve beszállt, megadta a címét, s némaságba burkolódzott a beszélgetésbe elegyedő férfi elől, aki néhány mondat után vette a lapot. Minden erejét összeszedve megpróbált úrrá lenni önmagán, legalább addig, amíg haza nem ér.

Kifizette a viteldíjat, jócskán adva borravalót a sofőrnek, kárpótolva a barátságtalan viselkedésért. Szeretett udvariasan bánni az emberekkel, megadva mindenki- nek a kellő tiszteletet.

Felment a lifttel, egy darabig keresgélte a kulcscsomóját, majd bement. Kétszer elfordította a kulcsot a zárban és beakasztotta a biztonsági láncot. Kabátját ledobta a földre, elvánszorgott az ágyig, leroskadt a puha pamlagra és keserves zokogásban tört ki. Nem érzékelte az időt, nem tudta mennyi ideig sírt, csak egyvalamivel volt tisztában: képtelen feldolgozni az őt ért tragédiát

Egy idő után elálltak könnyei, arcvonásai megkeményedtek, s úgy határozott, segít önmagán. Felállt helyéről, imbolygó léptekkel kiment a fürdőbe, a faliszek -rényből elővett egy fecskendőt, és reszkető kézzel a vénájába irányította a tű hegyét. Szerencséje volt, most elsőre sikerült a művelet, nem úgy, mint legutóbb.

-Úristen, még csak két hét telt el, és újra idejutottam. Azelőtt legalább kibírtam sokkal hosszabb ideig, s még ehhez az átkozott szerhez se kellett nyúlnom- suttogta önmagának eszelősen.

Visszament a szobába, hanyatt feküdt az üresen az árválkodó ágyon, s képzele- te újra a múltba merült.

Thomas bányamérnök volt egy közeli szénbányában. Árva gyerekként nevelke- dett, ezért mindig nagyon vágyott a jólétre és szeretetre. Ez a két dolog volt számá- a legfontosabb, hisz pont ezek hiányoztak neki oly nagyon, hányatott sorsú gyermekkora idején. A középiskola elvégzése után felfüggesztette tanulmányait és bányásznak szegődött. Sokan helytelenítették döntését, de sosem bánta meg ezen lépését.

A bányászemberek között számos igaz barátra, önfeláldozó bajtársra és sok-sok vidám ismerősre tett szert. Ráadásul anyagilag is megtalálta azt, amire mindig is vágyott, még akkor is, ha ezért kemény árat kellett fizetni.

Nehéz, fárasztó, az emberi szervezetet nem kímélő, veszélyes tevékenység a bányamunka. A természet nem szívesen tűri meg a betolakodókat. Időnként kegyetlenül megbünteti őket, nem törődve azzal, hogy ők csak feleségeik, gyermekeik, és önmaguk jólétéért és boldogulásáért küzdenek. Sajnos, a föld ölében gyakorta fordulnak elő szerencsétlenségek.

Thomas, aktív bányamentő lévén, többször volt részese tragikus eseményeknek. Őt, magát elkerülte a baj, de a mentések során néhányszor szembe kellett néznie olyan dolgokkal is, amikről sosem beszélt a későbbiekben. A bevetések során nem ismert félelmet, csak az lebegett a szeme előtt, hogy segítsen a bajbajutottakon. Tudta, hogy a természettel folytatott harc során az ember könnyen kerülhet kiszol- gáltatott helyzetbe, de ő makacsul bízott a jó szerencsében, aki rendre meg is segí- tette őt.

A kimerítő munka mellett is maradt energiája, folytatta tanulmányait. Sikere- sen mászta végig a ranglétra különböző fokait, míg végül bányamérnök lett belő- le. A bányában eltöltött évek nagy tapasztalattal bíró, lelkiismeretes és megbecsült vezetőt faragtak belőle. Tisztelet övezte a bányászok körében, határozott szigora és megalkuvást nem tűrő természete ellenére.

A bányásztársainak nemcsak a nehézségekből jutott ki. Többnyire vidám emberek voltak, akik szerették az életet, tudták hogyan kell jókat szórakozni, nagyokat mulatni. Thomas ebből is jócskán kivette a részét.

A telefon kíméletlen csörgése zökkentette ki álmodozásából. Már érezte a kábí- tószer hatását , ezért nem szándékozott beszélni senkivel. Egy ideig hallgatta az ismétlődő hangokat, majd ingerülten tépte ki a vezetéket a készülékből. A lakásra rátelepedő csend elégedett érzést váltott ki belőle.Újra elnyúlt az ágyon és vissza- zuhant az emlékezés álomvilágába.

Egy gyönyörű, boldog év után volt az esküvőjük.Nem volt nagy felhajtás, mind- ketten ragaszkodtak az egyszerű ünnepséghez. Hideg téli nap volt, erősen havazott, ami fennakadásokat okozott a közlekedésben, ezért kiadós késéssel érkeztek meg a ceremóniára, de szerencsére az anyakönyvvezető elég türelmes volt, és megvárta őket.

Az egybegyűltek megkönnyebbülten lélegeztek fel, amikor megpillantották az ifjú párt a főbejárat feltáruló ajtajában. Szépek voltak és elegánsak, s szemmellát- hatóan ragyogtak a boldogságtól.

Catherine, mindenkit elkápráztatott ragyogó földig érő hófehér menyasszonyi ruhájában tündökölve. Ugyan mindketten ellene voltak a túlzott és felesleges pazarlásnak, de ez esetben kivételt tettek. A legújabb divat szerint, a legnívósabb szalon-ban készíttették a ruhát, azt a ruhát, amelyről oly sokat álmodott már.

Számára az a pillanat, amikor felveszi menyasszonyi ruháját, mindig is azt jelentette, hogy végre megtalálta áhított párját, akivel együtt fogja leélni életét. Most pedig elérkezett ennek is az ideje, és kissé telhetetlenül arra gondolt, hogy ezt a felejthetetlen érzést soha többé nem élheti át újra, ezt a ruhát nem húzhatja fel többé, de ez így van rendjén. Majd egykoron sugárzó arccal fog mesélni erről a napról születendő gyermekeiknek, s majd elérzékenyülve mutatja meg e csodálatos ruhakölteményt.

Thomas elegánsan lépdelt menyasszonya mellett és büszkén hordozta körbe tekintetét a teremben, tudatva és éreztetve mindenkivel,- ha éppenséggel nem tudná valaki- hogy ez a tünemény az oldalán az övé, csak az övé senki másé, s néhány pillanat múlva az ő felesége lesz.

Thomas határozott és erős hangon mondta ki az üdvözítő igent, míg Catherine halkan, sírástól küszködve tette ugyanezt. Sosem gondolta volna, hogy ennyire el fog érzékenyülni, hisz ez csak egy kimondott szó, amit ők már oly sokszor kinyilvánítottak érzéseik, szerelmük és vágyaik formájában. Most viszont tudatták a világgal, mit is jelentenek ők egymásnak.

Egy kedves, hangulatos vendéglőben tartották a vacsorát, amelyen kizárólag a szűk családi és baráti kör vett részt, de így is közel negyvenen voltak.

Reggelig tartott a mulatság, mígnem a legelcsigázottabb vendégek kezdtek szállingózni hazafelé. Catherine és Thomas kitartottak az utolsó távozóig, majd ők is visszavonultak az újdonsült asszony lakására.

Úgy tervezték egyelőre ott fognak lakni, Thomasét mihamarább eladják,gyűjtenek még egy kis pénzt, s mire jön az első gyermek, vesznek egy másikat. Mindketten családi házra vágyódtak, úszómedencével és nagy kerttel, amely tele van gyümölcsfákkal és színpompás tarka-barka illatos virágokkal.

Következő nap indultak kéthetesre tervezett nászútukra, addig viszont kipihenték az elmúlt napok fáradalmait, úgyhogy ki se mozdultak a lakásból.

Egy tóparti hotelben foglaltak szobát, néhány méterre a parttól. Egyszerű hely volt, de nekik bőven megfelelt. Reggelente sokáig lustálkodtak az ágyban,délutánonként nagyokat sétáltak a környező erdőkben és a tó körül, gyönyörködve a téli táj szépségében.

Néhány napja kellemessé vált az időjárás, a szigorú tél engedett szorításából, ki- csalogatván az otthonukban megbúvó embereket. Ők is a szokásosnál nagyobb kört tettek meg délutáni séta gyanánt Kellemes fáradtság járta át testüket, amikor megérkeztek a szállodához. Catherinének semmi kedve sem volt visszamenni a szobájukba, pedig férjéről lerítt ebbéli szándéka.Színlelt gyanakvással nézett kedvesére és megjegyezte: - Remélem nem óhajtasz máris bemenni a fűtött kényelmes kuckónkba?

 -Miért ne, még eleget kell tennem délutáni kötelességemnek.

-Szemtelen, ha ez neked már most kötelesség, mi lesz, mondjuk 25 év múlva?

-Hát azt most még nem tudhatom, talán szenvedés? - nevette el magát Thomas és csókra nyújtotta ajkát, kiengesztelvén kellőképpen felheccelt szerelmét. Catherine viszonozta a csókot, miközben a hátuk mögött árválkodó padról összekapart egy maréknyi havat, s ügyes mozdulattal a gyanútlan férfi nyakába szórta, aki megrázkódott a váratlan eseménytől, majd még erősebben szorította magához kedvesét.

-Boszorkány!-kiáltotta.A következő pillanatban földretiporta Catherinét és vidá- man hemperegtek a tóparti park hófödte talaján. Két kézzel szórták egymásra a hi- deg havat, arcuk kipirult és hangosan ziháltak.Olyanok voltak,mint a játszadozó kölyökkutyák, vidámak és pajkosak. Végül nevető arccal álltak fel, és egymás karjaiban pihegték ki az elmúlt pillanatok viháncolásainak következményeit.

-Hozok egy pokrócot és megpihenünk egy kicsit. – mondta Catherine és bement a szállóba.

Mire visszaért a virágmintázatú vastag pokróccal, addigra Thomas alaposan lepucolta a padot a nemrég hullott hótól. Ráterítették a duplán hajtott pokrócot, gondosan megigazították, majd mindketten leültek. Catherine fejét Thomas vállára hajtotta és békésen élvezték a semmittevés hangulatát. Csodálták a táj szépségét, a hófedte hegyek és a befagyott tó lebilincselő látványát. Képesek voltak gyönyör- ködni a legapróbb, leghétköznapibb dolgokban is.Minden szép volt és csodás,mert együtt voltak, és imádták egymást.

-Nézd azt az elárvult árbocrudat! -bökött Catherine, egy, a földön békésen heverésző hosszú tárgyra. –Valamikor egy kecses vitorlás sudár éke lehetett. Thomas alaposan szemügyre vette, majd határozottan kijelentette: -Árbocrúdnak kicsit vékony, nem gondolod?

-Nem tudom, de akkor is kecses és sudár, még így is a földön fekve, s nekem nagyon tetszik.

-Jobban megnézve, én is oda vagyok érte, egészen beleszerelmesedtem, s ha a látásom nem csal, mintha aranyból lenne.- mosolyodott el Thomas.

-Igen, és mi az aranytenger partján ülünk. –válaszolta Catherine, miközben szerelmes tekintettel nézett élete párjára.

Váratlanul egy piciny gyermek totyogott oda, és elkezdte gurítani maga előtt az ismeretlen tárgyat. A vastag overalljának és a térdéig érő hónak köszönhetően, egyszercsak fenékre huppant és nem tudott felállni. Értetlenül nézett körbe, keresve vigyázó szüleit, várva a mindig segítő kezek puha érintését. Megbabonázva nézték mindketten, majd önkéntelenül egymásra tekintettek és elmosolyodtak.

-Te is arra gondoltál, amire én?- kérdezte Thomas.

-Telibe találtál!-válaszolta Catherine.
Vágytak már gyermekre, de még nem szánták rá magukat e felelősségteljes feladatra, egészen eddig a pillanatig.

-Akkor hagyjam abba a védekezést? –tette fel Catherine a nagy kérdést.

-El sem kellett volna kezdjed. –heccelődött Thomas.

-Ma nem lehet belőled kihúzni egy komoly mondatot sem?   -zsörtölődött   Catherine.

-Nem tudtad, hogy néhány nappal ezelőtt elveszítettem józan   ítélőképességemet és maradék eszemet is? –válaszolta Thomas, miközben arca   hirtelen   elkomorult,   és feszülten a tó irányába nézett.

-Mi   történt?   Megbántottalak   valamivel? – aggályoskodott Catherine, látva férje arckifejezését.

-Nem, nem, dehogyis. –mormogta halkan. –Nézd azokat a fiatalokat, ott a jégen! Egy kicsit veszélyes korcsolyázni ebben a megenyhült időben.

-Nem tudom, de jobb lenne, ha inkább velem foglalkoznál. -elégedetlenkedett Catherine.

Tudta, hogy Thomas vérében van a veszély kiszűrése, és   bármikor   kész   segíteni másokon. Ez eleinte imponálóan hatott, de most már más volt a helyzet. Féltette szerelmét, s legszívesebben sose engedte volna el maga mellől egyetlen pillanatra sem. Ez esetben pedig a legkevésbé se szerette volna, ha bármi, vagy bárki is meg- zavarja békés nyugalmukat, édes együttlétüket.

Egy tini fiú és leány siklott önfeledten a tó jegén, nem törődvén az enyhülés   okozta veszéllyel, fel se tűnt nekik, hogy rajtuk kívül nincs senki, aki ilyen bátor lenne. Szorgosan róták a métereket, élvezték a korcsolyázás   nyújtotta

élményt, megkoronázván egymás iránt érzett vonzalmuk elragadó pillanatait. A fiú megállt, kitárta karjait és odakiáltott a leánynak: -Gyere egy csókra, hadd   járjon   át   a   meleg! A leány hirtelen irányt változtatott, s mosolyogva közeledett a sóváran várakozó fiú felé. Thomas homlokán az aggodalom redői jelentek meg, felugrott helyéről
és önkívületlenül üvöltötte: - Ne!

A fiatalok éppen összeölelkeztek, amikor meghallották a   kétségbeesett   kiáltást. Vészjósló reccsenés rajzolt rémületet kipirult arcukra, miközben a tó jege nem bír- ta el kettejük súlyát és beszakadt   alattuk.   Kétségbeesett   sikolyukból halálfélelem érződött. Thomas azonnal rohant, nem mérlegelt, az ösztönei vitték előre.

- Hívj segítséget!- szólt oda Catherinének, aki azonnal elővette   telefonját.
   Thomas a part felé szaladt, menetközben felkapta a földön némán heverő rudat, s   fürge   mozdulatokkal folytatta   útját bizonytalan   kimenetelű   akciójára. Néhány méterre   sikerült   őket   megközelíteni, amikor érezte, hogy le kell hasalnia, külön- ben ő is pórul jár. Úgy vélte, amúgy is reális esélye van rá, hogy a rudat egy pontos célzással a lékhez tudja lökni, de sajnos elvétette. Túl erősre sikeredett, és az irány- zékkal is baj volt, így a rúd a léket elkerülve túlcsúszott azon.

   Látta a fuldoklókat, és tisztában volt vele,habozásra nincs idő. Felugrott és a rúd irányába szaladt. Alattomos recsegés hallatszott léptei nyomán, bármely pillanatban ő is beszakadhatott.

Catherine, csak állt a parton és megrökönyödve várta legyenek túl az elkövetkezendő néhány másodpercen, amely ki tudja, milyen eredménnyel zárul? Magatehetetlenül szemlélte szerelme küzdelmét, és nem tudta eldönteni, csodálja-e, vagy pedig haragudjon rá, azt viszont tudta, ha ő is beszakad, akkor mindennek vége.

Thomas elérve a rudat, keményen megmarkolta azt, kettőt lépett még a lék irányába és ügyes mozdulattal ellökte magától. A rúd akadálytalanul csúszott rendel- tetési helyére, átsiklott a kapálódzó fiatalok között, majd megállt két végével szilárd jégrétegen megpihenve, kapaszkodót nyújtva a lassan- lassan reményvesztő rászorulóknak.

Thomas tudta, minél hamarabb, minél messzebb kell kerüljön tőlük, mert ha a közelükben beszakad, akkor hiába volt minden. Amerről jött, arra nem menekülhetett. Ötöt, hatot lépett, hogy kellőképpen eltávolodjon a veszélyzónától, amikor érezte, hogy baj van. Hasra vetette magát, hogy testsúlya minél nagyobb felületen oszoljon el, de késő volt. Bakancsa alatt gyilkos reccsenéssel roppant meg a jég, majd egész teste a fagyos vízbe merült.

Kétségbeesetten próbált segíteni magán , de reménytelen volt a helyzete. Mielőtt elsüllyedt, tekintetével megtalálta Catherinét. Életében először tükröződött őszinte rettegés azokból a szemekből, amelyek sosem hazudtak.

A jó szerencse, amely oly sokszor megsegítette a föld alatti tüzes pokolban, most nem állt mellé a fagyos végzetben.

Catherine földbegyökerezett lábakkal állt a parton , és nem akarta felfogni a lá-tottakat. Megpróbált szerelme segítségére sietni, de testrészei nem engedelmesked- tek, végül elsötétült előtte minden, s ájultan terült el.

A másnapi lapok szűkszavúan közölték a hírt, miszerint két tizenévest sikeresen mentettek meg a helyszínre érkező tűzoltók, míg egy férfinak, csak a holttestét ta- lálták meg a búvárok.

Catherine kinyitotta szemeit, érezte a kábítószer hatását, amely mostanra teljese- sen átvette a hatalmat elméje fölött, de ez legalább segít rajta, gondolta tompán. Jól esett neki a visszaemlékezés, ilyenkor újra átélte a boldog perceket, igaz, a rosszakat is.

Arca váratlanul derűs lett, felült és merően az ablak felé nézett. Karjait ölelésre emelte, és lágy hangon megszólalt: -Megjöttél végre szerelmem? Sokat várattál ma- gadra, tudod-e?

Nem érdekelte, hogy nem érkezik válasz, ő úgyis tudta Thomas mit felelne, és ez épp elég volt neki. Felállt helyéről, kapcsolatát teljesen elveszítette a külvilággal. Ilyenkor elfeledkezett a valóságról,és úgy élt, ahogy szeretett volna,ahogy élt is egy rövidke ideig.

Odalépett képzeletbeli kedveséhez, és folytatta beszédét: -Tudtam, ma nem hagysz egyedül. Mindig velem vagy, amikor nagy szükségem van rád, amikor nem bírom tovább nélküled. Főzök finomat,a kedvenc ételedet,és behűtök egy üveg vörös bort is. Nem felejtkeztem meg a gyertyákról sem, mindjárt meggyújtom őket. Te csak helyezd magad kényelembe, itt a fotelben.- Odahajolt kedveséhez és megcsókolta. A fizikai érintkezést is képes volt átélni, erős vágyának és képzelőerejének köszön hetően, ezekben a hallucinációk által uralt percekben.

Kiment a konyhába, behelyezte a kacsát a sütőbe, majd kisvártatva visszatért a szobába. Meggyújtotta a gyertyákat, melyek hangulatos félhomályt varázsoltak a helységbe.

-Máskor várd meg légy szíves, míg hazaérek, mert ma kicsit kellemetlenül érez- tem magam a boltban, ráadásul összetörtünk egy palackbort.

Újra kiment és ezúttal a lehűtött borral, két pohárral, és egy dugóhúzóval tért vissza. Miután sikeresen eltávolította a dugót, töltött mindkettőjüknek.

-Egészségedre!- emelte magasba a nemes nedűt.

Könnyed fecsegéssel múlatta az időt, amíg az étel el nem készült. Beszélt az elmúlt napok eseményeiről, a közös ismerősökről.

Hamarosan ínycsiklandozó illatok jelezték a kacsasült elkészültét.Felállt helyé- ről és a konyha irányába indult, s csak beszélt megállás nélkül. Nemcsak a szája járt, hanem a keze is, így néhány perc múltán az asztalon gőzölgött a fenséges étek.

Miután visszaült helyére, jóízűen falatozott a sült húsból. Többször is ragyogó arccal tekintett a szemközti szék irányába. Nagyon boldognak érezte magát, teljes valósággal élte át a korábbi gyönyörű esték hangulatát.

Befejezte az evést, hátradőlt székében, kezeit a karfákon pihentette és folyamatosan beszélt. Az elmúlt két hétben nem hagyta el annyi fölösleges szó ajkát, mint az elmúlt néhány percben.

Amikor kellőképpen kipihente a kiadós étkezés fáradalmait, hirtelen mozdulattal felállt, s ledobta magáról égszínkék köntösét. Gyönyörű teste izgató volt a gyertyafényes félhomályban. Kecsesen elindult a hálószobába, félúton visszanézett, jobb kezével csalogatóan intett, és búgó hangon suttogta:-Gyere szerelmem, miénk az egész világ.

Hanyatt feküdt a megvetett franciaágyon, kezeit ölelésre emelte és ébren álmodott, agya kikapcsolt, lelkét átjárta az elégedettség, testét sóvár vágy kerítette hatalmába.

A hajnal hűvös lehelete vetett véget önkívületi állapotának. Szomorúan intett búcsút éppen távozó kedvesének és utána szólt:- Gyere hozzám újra, minél előbb, türelmetlenül várom a viszontlátás örömét.

Elégedett mosoly lopódzott arcára, majd mély álomba merült.

2.

Az ízlésesen berendezett irodában két férfi ült egymással szemben, kényelmesen hátradőlve bőrfoteljeikben. Az ajtón halk kopogás hallatszott.

-Bejöhet!- szólt az őszes hajú, sötétkék öltönyt viselő idősebb férfi.   Egy meglehetősen csinos, középkorú nő lépett be. Fehér blúza jól passzolt élénkvörös hajához, szűk miniszoknyát viselt, gondoskodva formás idomainak kidomborításáról.

-Meghoztam a reggeli kávét uram!- szólt bájosan.

-Köszönjük, tegye kérem az asztalra. Látom hármat hozott, ezek szerint Catherine is megérkezett?- kérdezte az idősebb férfi.

-Még eddig nem, de biztosan itt lesz perceken belül, hisz ő mindig pontos szokott lenni.- válaszolta a titkárnő, miközben lerakta a tálcát, és tűsarkainak ütemes kopogása közepette kiment.

A két férfi békésen kavargatta a kávét, hogy aztán lassan szürcsölgetve élvezzék minden egyes korty aromáját.

Az idősebb férfi visszahelyezte üres csészéjét az asztalra, s erősen a másik szemébe nézve így szólt:- Várjunk még Catherinére, vagy lássunk neki a teendőknek, mi a véleménye?

A meglehetősen erős testalkatú, fekete hajú negyven körüli férfi állta főnöke tekintetét, és tisztában volt vele, az öreg akar valamit, s ez csak a felvezető kérdés volt. Jól ismerték egymást, hisz már egy évtizede dolgoztak együtt.

-Szerintem rögvest megérkezik, biztos közbejött valami, talán itt vesztegel valahol a közelben egy dugó kellős közepén.- válaszolta higgadtan.

-Ő sosem szokott dugóba kerülni, nem szokott lerobbanni a kocsija, nem szoktak problémái lenni, és sosem szokott késni.- reagált fejcsóválva az idős férfi.

-Én is csak találgattam, magam sem tudom, hol lehet.- felelte őszintén a fiatalabb.

-Mondja Leslie, maga szerint minden rendbe van mostanában Catherine körül? –tért rá a lényegre az aggódó arcú főnök.

-Nem tudom tisztességes dolog lenne-e részemről, ha erre most válaszolnék, amikor itt sincs.

-Higgye el kimondottan a jó szándék vezérel, s Catherine érdekében próbálok nyomozni, s ebben kérem a segítségét. Úgyhogy tegyük félre, az ön egyébként teljesen jogos aggályait. Őszinte választ várok magától, mert maga az egyetlen kollegája, akit valamennyire közel enged magához, s esetleg beavatja a problémáiba. Úgy gondolom, ön többet tud róla, mint én.

-Rendben van. Nos úgy vélem, az a tragikus esemény nagyon megviselte, de mióta visszatért közénk, a munkáján semmit nem lehetett észrevenni. Sajnos a bizalmába, már engem se fogad be úgy, mint azelőtt, de azt hiszem ez érthető.

-Igaza van, a munkájában valóban semmi kifogásolni valót nem lehetett találni a visszatérését követően, de sajnos ez mára megváltozott. Az utóbbi időben aggasztó jeleket vélek felfedezni.

-Mit ért ez alatt pontosan?

-A férje halálát követően egy ideig betegállományban volt, majd meglepően jó állapotban jelentkezett munkára. Egy kicsit korainak tartottam a visszatérését és őszintén aggódtam miatta, de aztán megnyugvással vettem tudomásul, hogy a munka csak jót tesz neki. Hatalmas energiával, szinte megszállottként dolgozott. Úgy tűnt, legszívesebben a nap huszonnégy óráját itt töltötte volna.

-Ne haragudjon, de én most is ekként látom.- vágott közbe a fiatalabb férfi, kissé udvariatlanul.

-Igen, ez többnyire így is van, de bizonyos időközönként nagyon furcsán viselkedik.

-Pontosabban mire gondol, mert én nem fedeztem fel semmi rendkívülit.

-Ez azért van, mert gondosan ügyeltem a részletekre. Amit most elmondok önnek, szigorúan bizalmas, s csak azért árulom el, mert bízom benne, ketten többre juthatunk.

-Természetesen megbízhat bennem.

-Húsvét után figyeltem fel rá először, milyen kimerülten, kissé zavart állapotban jelent meg dolgozni. Ez nemsokára megismétlődött. Megpróbálta nagyon ügyesen álcázni magát, de az én szememet nem tudta megtéveszteni. Nem foglalkoztam különösebben vele, mert ez az állapot egy-két napnál tovább nem tartott, s rajtam kívül más fel se figyelt rá, igaz ilyenkor mindig olyan munkát adtam neki, melyet egyedül végezhetett. Azt hiszem hibáztam, mert a helyzet szép lassan, de fokozatosan romlott. Egy későbbi alkalommal már be sem jött, csak telefonált. Másnap szörnyű állapotban volt, azt füllentette influenzás. Ez többször megismétlődött, legutóbb két hete, amikor három napig nem tudtam róla semmit. A negyedik nap megkeresett, tettére nem tudott magyarázatot adni, csak könyörgött kétségbeesetten, legyek megértő, s többé nem fordul elő hasonló dolog. Maguk úgy tudták az édesanyja beteg, s ezért van távol. Nos erről mi a véleménye?

A zömök férfi némán töprengett egy kicsit, azután gondterhelten szólalt meg:

-Meggyőződésem szerint nagy bajban lehet.

-Szerintem is. Mint már említettem, segíteni szeretnék, nemcsak azért mert kiváló munkaerő, hanem elsősorban azért, mert nagyszerű embernek tartom. A gondot az okozza, velem meglehetősen távolságtartó, nem hiszem, hogy beavatna a magánéletébe, ezért kérem az ön közreműködését. Próbáljon a közelébe férkőzni, nyerje el a bizalmát és puhatolja ki, mi lehet vele!

-Megpróbálhatom, de nagyon nehéz lesz.- válaszolt a fiatalabb férfi.

Az ősz hajú türelmetlen pillantást vetett a falon csendesen ketyegő órára. –Meg kellett volna már érkeznie, remélem nem történt vele semmi.- fejezte ki aggodalmát.

-Pedig ma nagy szükségünk lesz rá.

-Igen, feltehetőleg az év legfontosabb tárgyalása előtt állunk, amely akár hosszú évekre befolyásolhatja cégünk sikeres működését.

-Azért én bízom benne, hamarosan betoppan, hisz ebben az ügyben ő a legfelkészültebb.

-Ne aggódjon és ne feledje, a mi cégünk azért ilyen erős és virágzó, mert a sok kiváló szakember közül senki sem pótolhatatlan. Most inkább Catherinéért mint emberért aggódom, nem pedig a beosztottért.

-Megpróbálom felhívni.- mondta a zömök férfi és rögtön cselekedett is. Sikertelen volt mind a vezetékes, mind a mobil irányú telefonhívása. Fejét erősen megvakarta és kérdően nézett főnőkére.

Catherine hason fekve aludt, s közeledett az ébredés pillanata, az a könyörtelen pillanat, amikor szembe kell néznie a valósággal. Elmúlott tizenegy, amikor az ablakon beszűrődő napsugár bársonyos simítása felébresztette.

Szemeit kinyitotta, reszkető jobb kezét végighúzta verejtékező homlokán, majd fájdalmas arccal oldalra fordult, kerülve a betolakodó napfény közeledését. Zúgó fejét a falnak szorította és lelkét átadta a szenvedésnek, a feltartóztathatatlan kétségbeesésnek.

Gyors egymásutánban merültek fel benne a könyörtelen kérdések, melyekre nem mert, és nem akart válaszolni. Nem értette, miért is kellett egyáltalán felébredni, miért nem merülhet örök álomba? Miért kell tovább szenvednie, miért nincs bátorsága Thomas után menni?

Felült ágyában, és mereven az erkélyajtót bámulta. Tudta, csak ki kell nyitnia és levetni magát a tátongó mélységbe, véget vetvén minden rossznak, ami vele történik. Vágyta a halált és ez minden egyes alkalommal egyre ellenállhatatlanabbul kerítette hatalmába.

Szemei megteltek könnyel, és arcát kezeibe temetve üvöltötte: -Nem! Nem! Nem!

Tisztában volt vele, ezt nem teheti meg az érte aggódókkal, ilyen fájdalmat nem okozhat barátainak, édesanyjának, aki képtelen lenne ezt a tragédiát feldolgozni.

Visszadőlt és végtelenül egyedül érezte magát, kiszolgáltatva zavargó elméjének. Maga sem értette, hogyan juthatott idáig. Thomas halálát követően teljesen összeomlott, de anyja átsegítette a nehéz időszakon. A munkában talált menedéket, ami sikeresen terelte el figyelmét. Úgy érezte soha többé nem lehet boldog, de azért megpróbált normális életet élni.

Aztán elérkezett az a kísérteties nap, amikor Thomas először jelent meg, majd eljött újra és újra, egyre sűrűbben, és egyre nagyobb hatást gyakorolva. Egyre nehezebben viselte a következményeket, s tartott tőle, hamarosan elérkezik a gyászos vég.

Újra felült és üveges szemekkel az erkély felé bámult.

-Csak egy ugrás az egész, egy röpke pillanat és vége lesz mindennek, megszabadulok terheimtől.- suttogta átszellemült hangon. Óvatosan felállt és elindult előre. Lassan, imbolyogva haladt, miközben arca elszántságról árulkodott. Kinyitotta az ajtót és készen állt arra, hogy egy ügyes mozdulattal átvesse magát az utolsó akadályként elébe kerülő korláton.

Mielőtt megtette volna a végzetes lépést, búcsúpillantást vetett szeretett otthonára, s ekkor tekintete megakadt egy ponton. Szemben a falon, egy idősebb nő bekeretezett fényképe lógott. A mindig szelíd szempárból, most harag volt olvasható. Hirtelen visszalépett, becsapta az ajtót, miközben kétségbeesetten suttogta:- Ne félj édesanyám, nem teszem meg.

Elfeküdt az ágyon és keservesen zokogott. Tudta mi fog következni, de nem tudott ellenkezni. Néhány perc múlva kiment a fürdőbe és kapkodva kereste a fecskendőt. Leült a kád szélére, s reszkető kézzel próbálta a tű hegyét jobb vénájába irányítani, amikor a csengő hangja kíméletlenül hasított bele a lakás nyomasztó csendjébe. Catherine összerezzent, miközben a fecskendő puffanva landolt a fürdő kövezetén.

Belenézett a tükörbe és megrémült a látványtól, nem akarta, hogy bárki is lássa ilyen állapotban. Csendben osont vissza szobájába, míg valaki egyre türelmetlenebbül nyomta a csengőt.

Eltökélte, semmi szín alatt nem nyit ajtót, jóllehet egyre erőteljesebb dörömbölés és kiáltozás hallatszott a bejárati ajtó felől. Próbálta rendezni gondolatait, higgadtságot erőltetni magára, mikor megismerte anyja hangját.

-Engedj be Catherine, én vagyok, az édesanyád. Tudom itthon vagy, ne akard betöretni az ajtót!

Catherine teljesen elbizonytalanodott, nem tudta mit tegyen. Az esze azt súgta, maradjon csendben és húzza meg magát, de a szíve azt diktálta, rohanjon a bejárathoz és engedje be szeretett anyját. Végül az utóbbi diadalmaskodott. Odacsoszogott az ajtóhoz, kinyitotta, majd szemlesütve állt meg a küszöb előtt.

Az izgalomtól és kiáltozástól kipirult arcú Mary megdöbbenve vette szemügyre szörnyű állapotban lévő leányát. Nem szólt egy szót se, hanem gyengéden átkarolta és féltő óvatossággal vezette be a nappaliba, ahol leültette a kanapéra. Ő is helyet foglalt mellette, megfogta jobb kezét és csendesen megszólalt:- Éreztem kicsim, valami nincs rendjén, de nem gondoltam ilyen meglepetésre. Meséld el, mi történt?

-Hogy kerülsz ide anya, honnan tudtad, hogy itthon vagyok?- kérdezte Catherine megtörten.

-Kerestek a munkahelyedről, érdeklődtek felőled, miért nem mentél dolgozni? Hívtalak több ízben, de sikertelenül, s olyan érzésem támadt, valami nincs rendben. Amint látom, nem csaltak anyai ösztöneim, de most te beszélj, mi történt? Ugye még mindig Thomas?

-Igen.

-Sejtettem, még nem tudtad túltenni magad, hogy is lehettem ilyen felelőtlen, és nem figyeltem rád olyan alapossággal, mint ahogy kellett volna!

- Azt hiszem, ezt sosem fogom kiheverni.- zokogta el magát Catherine és anyja vállára borult.- Nagy baj van anya, nagyon nagy. Úgy érzem teljesen kiborultam, talán jobban, mint a tragédia után. Legszívesebben feladnám és végeznék magammal. Ez ma majdnem be is következett.

Mary hallván leánya kétségbeesett szavait, elsápadt egy pillanatig, majd rövid hallgatás után erélyes hangon szólalt meg:- Ezt még hallani is borzalom, ilyet nem tehetsz velem, barátaiddal, de legfőképp önmagaddal szemben nem.

-Tudom anya, tudom, de vannak pillanatok, amikor nem vagyok ura önmagamnak, erőm teljesen elhagy, félek nem bírom már sokáig.

-Hallgass gyermekem!- szakította félbe Mary.- Ilyenről még csak beszélni se szabad. Olyan pedig nincs, hogy nem bírod tovább. Bírnod kell, mert én segíteni fogok, és együtt legyőzzük a nehézségeket!

Mary arca elszántságot tükrözött, hangja határozottságot hordozott magában, egész lénye oly ellenállhatatlan volt, hogy még Catherinében is képes volt reményt kelteni.

-Anya! –nézett kisírt szemeivel gyermekien. –Van még valami.

-Mondjad kicsim bátran, ne félj semmit.

-A szörnyű pillanatokban megpróbáltam segíteni magamon, és kábítószerhez nyúltam.

-Jézusom segíts, mi jöhet még?- fakadt ki Mary, de rögvest erőt vett elkeseredésén és próbált úrrá lenni a helyzeten.- Nem számít, le fogjuk ezt is győzni. A lényeg az, most itt vagy velem, fogom a kezed és nem engedem, hogy tovább szenvedj!

-Hogyan anya, hogyan? Félek, innen már nincs visszaút, sorsom elöl nem menekülhetek.

-Szerintem se, csak éppen a te sorsod nem az, amire most gondolsz, hanem egészen más. Egyszer még boldog ember leszel, és sok-sok örömöt okozol szeretteidnek, embertársaidnak. Most pedig aprólékosan mesélj el mindent anyádnak, s ígérem, találunk megoldást.

A következő bő egy órában Catherine beszélt anyjának, olyan dolgokról, amiről eddig nem tudhatott, amik eddig csak az ő lelkét gyötörték, az ő mindennapjait keserítették. Mesélt arról az időszakról, amikor úgy tűnt sikerül kihevernie Thomas halálát. Akkor még tudott hinni önmagában, volt valamilyen jövőképe, egészen addig a lidérces estéig, amikor első ízben zavarodott meg az elméje.

Jót tett neki a beszéd, levetkőzte minden gátlását és elfeledkezett szégyenérzetéről. Nem volt más vágya, mint elmondani, bevallani anyjának mindent, még azt is, amit önmaga előtt is eltitkolt volna legszívesebben.

Hosszú és keserves küzdelem volt mögötte, amiről most beszámolhatott valakinek, megkönnyebbülést okozva ezzel magának. Végül felidézte az utóbbi napok eseményeit is, majd fejét csendesen anya ölébe hajtotta és elszenderedett.

Mary gyengéden simogatta szeretett gyermeke fejét, miközben keserű könnyei kibuggyanván szeméből, apró cseppeket formázva gördültek le orcáján, majd alábukván átitatták nedvességgel Catherine göndör fürtjeit.

Egy szülői szív számára elviselhetetlen fájdalom, ha gyermekét szenvedni látja, márpedig az ő leánya nagyon szenvedett.

Nem aludt sokáig, de néhány percig megnyugvásra lelt a szülői gondoskodás okán. Mire felébredt, Mary kellőképpen összeszedte gondolatait. Tudta, most az ő lélekjelenlétén, találékonyságán, de legfőképp meggyőzőképességén múlik leánya élete. Csak ő vezetheti ki válságos helyzetéből, csak ő hitetheti el vele, elég erős és képes lesz újra normális életet élni.

Catherine váratlanul felült és anyja felé fordult:- Jó hogy itt vagy, nagyon jó!

-Ezentúl mindig itt leszek, amikor szükséged lesz rám. Most is itt lettem volna, ha szólsz időben.

-Itt voltál a legkritikusabb pillanatban, amikor nagyon kellett. Látod azt a képet ott a falon?

-Igen, az egyik legrosszabb fénykép, amit valaha készítettek rólam.

-Tudom, te sose szeretted és mindig orroltál rám, amiért kitettem az ágyam fölé, de ha most nincs ott, akkor én sem lennék.

-Soha többé nem juthatsz idáig.- válaszolt Mary erélyesen.

-Azt ígérted kivezetsz a bajból, és te még sosem mondtál nekem valótlanságot. Hogyan kezdjük el?

-Ezzel a kérdéseddel már el is kezdtük. Először is pihenned kell egy kiadósat, addig én készítek valami finomat, s majd ha helyrejöttél egy kicsit leülünk, és megbeszéljük a teendőket. Addig viszont ne gondolj semmire, csak egyvalami tudatosuljon benned, de az nagyon. Te élni akarsz, erős leszel és élni is fogsz! Én pedig egy pillanatra sem hagylak egyedül.

-Van még valami!

-Mondjad nyugodtan, eggyel több, vagy kevesebb, nem számít.

-Nem mentem be dolgozni, pedig nagy szükség lett volna a munkámra, ráadásul egy telefonhívásra se voltam képes. Tetézi a bajt, ez már nem az első eset. Ismerve Flemington úr szigorát, biztosan megválnak tőlem.

-Gondolod? Talán nem is annyira kőszívű.

-Nem is ez bánt valójában, hanem a személyem iránt érzett csalódás. Mit gondolhat rólam, milyen embernek tarthat? Biztosan megvet és mélységesen elítél.

-Lehetséges, de majd én beszélek vele, tájékoztatom a kialakult helyzetről, s talán megértő lesz.

-Ezt inkább én szeretném megtenni!- reagált Catherine elszántsággal hangjában.

-Rendben van, de tartjuk magunkat az eredeti menetrendhez, pihensz egy nagyot, s ráérsz reggel telefonálni. Ha megértő lesz, akkor ez a kis késlekedés már nem számít.

Catherine vakon hitt az anyjában, aki mindig átsegítette őt élete legnehezebb pillanatain. Az első megpróbáltatás, apja elvesztése volt. Mary nemcsak saját fájdalmát győzte le hatalmas önfegyelemmel, hanem neki is biztos támasza volt a tragédiában. Néhány év múlva újabb csapása következett a kegyetlen sorsnak. Mary is nagyon szerette Thomast. Valahol úgy gondolta, a sors megpróbálja kárpótolni őket azzal, hogy leányát ilyen csodálatos férjjel, őt pedig egy remek vejjel áldotta meg.

Nem állt módjában elsiratni. A balesetet követően minden energiáját Catherine vigasztalása és talpra állítása emésztette fel. Néha ő is úgy érezte, elviselhetetlen a fájdalom, de tudta nem lehet gyenge. Erős maradt és odaadóan gondoskodott leányáról, pedig maga is segítségre szorult volna.

Catherine viszonylag jól aludt, köszönhetően az anyai közelség okozta biztonságérzetnek. Mary is megpróbálta jól kipihenni magát, mert másnap minél frissebb és átgondoltabb akart lenni. Legnagyobb igyekezete ellenére is többször felébredt, ösztönei nem hagyták aludni. Ilyenkor hosszasan fürkészte gyermekét és elmerült gondolataiban.

Catherine mindig is nagyon érzékeny volt, amit mások előtt jól tudott palástolni. Kiválóan fojtotta magába érzelmeit, uralkodott indulatain, pedig sokszor apró dolgokon is képes volt problémázni.

Apja halálát még valahogy feldolgozta, igaz nem teljesen, mert kissé megváltozott. Távolságtartó lett mindenkivel, aki nem állt közel a szívéhez, nem tartozott a közvetlen baráti köréhez, pedig korábban épp az ellenkezője jellemezte. Nem alakított ki új kapcsolatokat, kerülte a hozzá közeledőket, s csak nehezen lehetett rávenni egy kis szórakozásra.

Mindez egy kicsit aggasztotta Maryt, de nem akart idejekorán beavatkozni leánya belső dolgaiba, jobbnak látta, ha egyelőre csak figyelmes szemlélője marad az eseményeknek.

Hamarosan be is igazolódott döntésének helyessége, hisz jött Thomas és leánya egy csapásra a régi lett, sőt boldogabb volt, mint valaha.

Mary keserűséggel gondolt vissza arra a szerencsétlen napra, amely megfosztotta őket leánya férjétől, akit annyira szeretett. Félelemmel töltötte el a tudat, hogy leánya képtelen lesz feldolgozni a szerencsétlenséget.

Könyörtelenül szorongatták az ellenállhatatlanul rátörő kérdések: Mi lesz az ő gyöngyszemével, lesz e még valaha boldog? Lesz-e valaha gyermeke, neki unokája? Van-e számára kiút? Mi lesz vele, ha egyszer ő sem lesz neki?

Erre gondolva még nagyobb aggodalom kerítette hatalmába, ugyanis mostanában több ízben is rakoncátlankodott a szíve. Tudta, sürgősen ki kell találni valamit.

Hajnaltájt kinyitotta az ablakot, a betóduló friss levegő jótékonyan hatott, kicsit tisztultak gondolatai, elmúlt a gyötrő fejfájása is, végül sikerült tartós álomba merülnie.

A kora reggeli szellő belopódzott az ablakon, végigosont a lakáson, bekandikálva minden apró zugba. Megcirógatta az útjába kerülők arcát, s ahogy jött, csendesen tovaszállt.

Catherine a körülményekhez képest kipihenten ébredt. Hálásan tekintett az asztal körül sürgölődő anyjára.

-Jó reggelt!- szólt erőtlenül.

-Szervusz kicsim! Hogy vagy?

-Köszönöm, lényegesen jobban, mint tegnap ilyenkor. Azt hiszem, egyelőre túl vagyok a mélyponton.

-Igen, de ahogy mondtad, csak egyelőre. Mit gondolsz, mikor kezdődhet újra?

-Talán két-három hét, nem tudom pontosan, de nagyon félek, hogy hamarosan.

-Szoktak előjelei lenni a megelőző napokban?

-Nem igazán, mindig aznap kezdődik, és gyorsan tör rám, de annál nehezebben tudok szabadulni.

-Hogy szokott kezdődni?

-Eleinte csak feszült vagyok, aztán egyre idegesebb, majd elviselhetetlenül hiányzik Thomas, mígnem hatalmába kerít egy legyőzhetetlen erő, és nem akarok mást, mint találkozni vele. Ilyenkor szokott megjelenni, a következményeit pedig ismered.

Mary rövid hallgatást követően gondterhelt arccal szólalt meg:- Reggelizünk és összedugjuk a fejünket.

Az elfogyasztott reggelit követően ittak egy kávét, majd leültek egymással szemben a nappaliban. Mary szeretetteljesen nézett leánya szemébe, és belekezdett talán élete legfontosabb beszédébe.

-Kislányom, most jól figyelj rám! Az egészet, ami történt el kell felejteni, nem szabad engedni, hogy befolyásoljon. Ne szégyelld magad semmiért, csak előre tekints, s szíveld meg tanácsaim. Együtt kijelöljük az utat, melyre rá kell térned, nem engedve, hogy bármi is letérítsen onnan. Ha valamit erősen akarsz, és elszántan mindent elkövetsz az érdekében, annak sikerülnie kell, főleg ha van melletted valaki, akire mindenben számíthatsz.

-Anya, én teljes mértékben rád bízom magam, és úgy fogok cselekedni, ahogy kívánod. Én meg szeretnék gyógyulni, élni akarok, s talán egyszer még boldog is lehetek.

-Ez így van kislányom és csak a te akaraterődön múlik mindez. Én segíteni tudok, de azt nagyon sokat. Na nézzük sorra a teendőket, mikkel kell megbirkózni! Először is telefonálni kell a munkahelyedre. Kérj szabit a hétre és egy időpontot a főnöktől, magyarázatot kell neki adni. Azt javaslom, mondj el neki mindent a drog kivételével. Ezzel el is jutottunk az egyik komoly problémához. Hányszor menekültél a használatához?

-Legutóbb és most.- válaszolt Catherine szemlesütve.

-Amikor túl vagy az egészen, szoktál-e késztetést érezni az újabb használatra?

-Nem, egyáltalán. Általában néhány nap után teljesen normális életet élek. Szerencsére eddig, csak gyenge szert használtam, azt is kisebb mennyiségben.

-Végre valami bíztató, ha lehet így nevezni. A lényeg, még nem váltál függővé és nem is válhatsz azzá.

Mary hangja megkeményedett a mondat végére, arcizmai megfeszültek és átható tekintettel nézett leányára. Tudatában a hatásnak, mellyel mindig is hatott rá, ellentmondást nem tűrő hangon folytatta:- El kell határoznod, soha többé nem nyúlsz ehhez az eszközhöz. Ez csak akarat és elszántság kérdése, amivel te rendelkezel és képes vagy erőt venni magadon, mert erősnek kell lenned, hisz le fogod győzni a gyengeséget.

Fogadd meg, és többé ne engedj a kísértésnek, történjen bármi!

Catherine állta anyja tekintetét és tudta, neki a drog többé nem fog okozni sem átmeneti örömöt, sem az azt követő kínt és szenvedést.

-Így lesz, megígérem.- válaszolta, miközben hihetetlen megkönnyebbülés kerítette hatalmába.

-Erről a két szerencsétlen esetről pedig senkinek se beszélj. Most nézzük a nagyobb gondot. Thomas jelenései, már nem orvosolhatóak pusztán egy elhatározással. Ez már egy komoly betegség következménye, mely válságos helyzetedbe sodort. Úgy vélem, nagyon nehéz és keserves küzdelmen keresztül visz a kivezető út, teli akadállyal és buktatóval. Hiszem azt, képesek leszünk végigmenni ezen az úton, ha nagyon akarjuk és mindent megteszünk a siker érdekében. Ehhez rengeteg türelemre, határtalan bátorságra és akaratra lesz szükségünk, melyhez egy legyőzhetetlen érzés fog erőt adni: a szeretet. A hitvesi szeretet, amely téged bajba juttatott, sajnos már csak a te szívedben él, aki viszonozni tudná az már nincs közöttünk, s ezt tudomásul kell venned, bármily fájdalmas is. Viszont itt vagyok én és még néhány ember, akik nagyon szeretünk. Ennek a szeretetnek erősebbnek kell lennie, és le kell győznie elkeseredésedet. Valószínűleg orvosi segítségre is szükségünk lesz.

-Voltam már pszichológusnál, kettőnél is, de egyik se tudott velem mit kezdeni.

-Majd elviszlek valakihez, aki mindenkor képes kitalálni valami okosat.

-Nem hiszem azt, erre bármit is ki lehetne találni. Tudod tisztában vagyok vele, ő elment, de mégis amikor megjelenik képtelen vagyok uralkodni beteg elmémen. Egyszerűen nem is akarok menekülni, mert olyankor jó nekem és boldognak érzem magam, csak az eltűnését nem tudom feldolgozni. Olyankor menni akarok utána, és nagyon szenvedek.

-Olyankor szoktál gondolni az öngyilkosságra, és a droghoz nyúlni?

-Igen, de a drogot le fogom győzni, hidd el. A vágyat, hogy örökre vele legyek, félek soha.

-Mikor szokott megjelenni, amikor egyedül vagy?

-Igen, eddig szinte kivétel nélkül itthon és este. Leszámítva a legutóbbit, amikor egy boltban kezdődött, de még valahogy úrrá tudtam lenni magamon.

-Akkor egyelőre kezdetnek egyet tehetünk, amíg nem találjuk meg a végleges megoldást. Össze kell költöznünk és mindig melletted kell legyek, egy pillanatra se maradhatsz egyedül. A nehéz perceket együtt fogjuk átvészelni.

-Akkor ez azt jelenti, költözzek hozzád? Tudod, így sokat kellene utazgatnom a munkahelyemre.- magyarázkodott Catherine.

-Ne aggódj, én jövök ide.- nyugtatta meg Mary.

-Ez pompás!- lelkendezett Catherine, egy pillanatra elfeledkezve gondjairól. –Mióta itt lakom nem tudtalak rávenni, akár egy éjszakát is itt aludj. Képes lennél elhagyni megszokott otthonod, és nálam lakni, ki tudja mennyi ideig?

-Itt most rólad van szó, nem pedig rólam. Érted, ha nem tudnád mindenre képes vagyok. Most elmegyek mosogatni, te pedig ess túl a főnököddel való beszélgetésen.

Catherine odabújt anyjához, mint egy kisgyerek, átölelte és a fülébe súgta:- Olyan jó, hogy vagy nekem. Mary végigsimított leánya bársonyos tapintású haján, megpaskolta orcáját, majd kiment a konyhába. Jól jött neki ez a kis szünet, így mosogatás közben újra tud mindent gondolni, mielőtt folytatnák a beszélgetést. Alapos ember lévén, szerette átrágni, kielemezni a dolgokat, főleg ha az ilyen létfontossággal bírt.

Úgy érezte, eddig megfelelően tudta befolyásolni leányát, eléggé meggyőző és szívhezszóló tudott lenni, ami talán a legfontosabb. Azzal is tisztában volt, ez csak részeredmény, valahogyan még mélyebben kell hatni rá, el kell vonni a figyelmét a saját szerencsétlenségéről. Olyan példát kell eléállítani, melyből erőt meríthet, amely ráébreszti: mások is kerültek már hasonlóan nehéz helyzetbe, mint ő, mégis sikerült kilábalniuk.

-El kell meséljem neki életünk nagy titkát, amit elhallgattunk előtte a férjemmel együtt. A helyemben, az apja is biztosan ezt tenné.- sóhajtott fel Mary keserűen, mialatt lelke mélyén felszakadt egy réges-régi seb, amely talán sosem fog begyógyulni.

Catherine gyomra görcsbe rándult, amikor lassú mozdulatokkal a telefonkagyló után nyúlt, és elkezdte bepötyögni főnöke számát. Nem is az elbocsátás veszélyétől félt,- amit jogosnak is tartott volna- hanem azért fájt a feje, mit fog mondani ?

Mélységesen szégyellte magát. Legutóbb megúszta néhány korholó szóval, amit szemlesütve, pironkodva vételezett be egy négyszemközti fejmosás keretén belül, de később a neheztelésnek halvány jelét se éreztették vele. Most úgy érezte, durván visszaélt a nagylelkű bizalommal.

-Csapongó gondolatait egy kemény és határozott férfihang szakította félbe:- Itt Flamington beszél, miben segíthetek?

-Halló, itt Catherine és azért hívom, mert szeretnék önnel négyszemközt beszélni.- szólt remegő hangon.

Legnagyobb meglepetésére a mindig kimért és hűvös eleganciájú, semmi lazaságot nem tűrő férfi, most barátságosnak és legfőképp együtt érzőnek hatott.

-Óh, hát maga az? Örülök, hogy végre hallom a hangját, már azt hittem, valami komoly baj történt. Őszintén aggódtam magáért.

-Sajnos jól hitte, nem tévedett. A baj valóban nagy, épp erről szeretnék önnel beszélni, ha lehetséges.

-Természetesen, de ha jól sejtem, szabit szeretne kérni.

-Igen, az egész hétre.

-Rendben van, ezt megbeszéltük.

-Mikor és hol találkozhatnánk, tudja szeretnék mielőbb magyarázatot adni.

-Ne használjon ilyen nyers kifejezést, biztosan megvan a nyomos oka, nem tartozik magyarázattal, hisz jól ismerem magát. Viszont, ha megtisztel és beavat a bizalmába, talán tudok egy-két jó tanácsot adni, amivel a segítségére lehetek. Jöjjön el hozzánk vasárnap, úgyis már régóta be szeretném mutatni a feleségemnek az egyik legkiválóbb munkatársamat. Ott nyugodtan beszélgethetünk négyszemközt. 11 megfelelne, így ebédre túl is leszünk a nehezén.

-Igen és köszönök mindent, azt hiszem máris nagyon sokat segített. Viszhallás!

-Viszhallás!

Meglepetten vette tudomásul főnöke viselkedését, ami lényegesen enyhített marcangoló önvádján és eltökélte, mindent jóvá fog tenni. Hatalmas sóhaj hagyta el keblét, azután megkönnyebbülten indult anyjához, beszámolni a fejleményekről.

Mary könyékig feltűrt ingujjal a mosatlanok megsemmisítésén tüsténkedett, szó szerint véve, mert egy tányér kicsúszott a kezéből és éles csattanással jelezte: ismeretséget kötött a kövezettel.

Ez a suta mozdulat vidám mosolyt varázsolt mindkettőjük arcára, ami igazán örvendetes eseménynek hatott.

Catherine rögvest a seprű után nyúlt, miközben megjegyezte:- Meglátszik nem a saját konyhádban vagy!

-De nem is az én tányérjaim bánják.

-Nem baj, majd ha mind elfogy, eszünk lábosból.

Mary elérkezettnek látta az időt, hogy lánya lelkét szép lassan kezelésbe vegye. Jól ismerte minden tulajdonságát, gondolatát, tudta mi milyen érzést vált ki belőle, mire hogy reagál. Ezért marcangolta az önvád oly makacsul, mert pont ő nem fedezte fel a bajt, és nem előzte meg.

Miután befejezte konyhai ténykedését bement a nappaliba, leült a szótlanul gondolkodó Catherine mellé és beszélni kezdett.

-Most figyelj rám kicsim! Elmesélek egy történetet, amely tanulságos lehet számodra, és talán példát mutathat és erőt adhat a jövőben. Tudod, mindenki kerülhet kétségbeejtő helyzetbe, hisz az élet oly bonyolult tud lenni, de a legmélyebb válságból is van kiút. Nekünk is volt apáddal egy közös titkunk, melybe csak azért nem avattunk be, mert szégyelltük a történteket. Hiba volt belátom, mert akik szeretetben élnek, ne röstelkedjenek semmiért egymás előtt. Mint ahogy te se titkoltál el előttem semmit, úgy én se vagyok képes magamba fojtani a valaha történteket. Eddig nem volt bátorságom beszélni róla, de most úgy érzem itt az ideje. Apád biztosan lát minket, és nagyokat bólogatva helyesel, ahogy tette azt annakidején, ha valami kedvére való történt.

Mary szomorúan bámult ki az ablakon néhány percig, aztán nyelt egy nagyot, majd beszélni kezdett.

-Apád nagyon csinos, jóképű és intelligens férfi volt, kiváló humorérzékkel megáldva, de ezt te is tudod. Adottságainak és féktelen természetének köszönhetően a város legnagyobb nőcsábászaként tartották számon. Egyik románc a másikat követte, nem ritkán botrányos szakításokkal fűszerezve, amit rendszerint ő kedvezményezett.

Számára egy nő addig jelentett valamit, amíg el nem nyerte kegyeit, azután hamarosan újabb kihívás után nézett. Szinte hihetetlen, milyen érzéketlen és könyörtelen tudott lenni az épp megunt partnerrel. Sok női szívet zúzott darabokra annakidején.

Idősebb korában nem volt büszke élete ezen szakaszára, de úgy vélte, legtöbbjük megérdemelte. Különben is végig kellett járja azt az utat, hogy később meg tudja alapozni a mi felhőtlen boldogságunkat, mondta gyakorta. Nagy kópé volt az uraság, mindig tudta mi tetsző egy női fülnek, ráadásul igazat beszélt.

Annyi szeretettel, figyelemmel és kedvességgel halmozott el élete során, amennyivel csak kevés feleség büszkélkedhet. Hogy milyen apa volt, arról te tudnál legtöbbet mesélni.

Ám mindezek ellenére a mi boldogságunk se volt mindig tökéletes. Egyszer megzavarta és beárnyékolta egy komor felhő, mélybe taszítva mindkettőnket, amiből akkor úgy tűnt nincs kiút.

Megismerkedésünkkor én nagyon fiatal és egyszerű leány voltam, épp hogy betöltöttem a tizennyolcat, s talán ezért tudtam olyan különös hatással lenni rá. Nagy szerelem alakult ki közöttünk. Az első férfi volt az életemben, ami határtalan büszkeséggel töltötte el.

Az emberek hitetlenkedve nézték, amint megállapodik a csapodár természetű férfi, elmarad a mulatságokról, nem kell már tőle félteni a fehérnépet, és családalapításon töri a fejét.

Hamarosan összeházasodtunk, és évekig élveztük az édes életet. Rengeteget utaztunk, szórakoztunk, és csak egymással törődtünk. Csodálatos időszak volt, de sajnos semmi sem tarthat örökké.

Gyermekáldásra még nem gondoltunk, s talán ott hibáztunk. Tudod egy gyermek nagyon erős kapocs egy házasságban, és segít áthidalni a hullámvölgyeket.

Az idő multával olyan megszokottá vált minden, ami korábban színt vitt hétköznapjainkba. Egyszercsak azt vettem észre, már nem olyan figyelmes, szerelme már nem olyan heves és őszinte, mint korábban. Egyre több időt töltött az egykori barátokkal, egyre sűrűbbekké váltak az éjszakába nyúló kártyapartik, melyekről rendszerint ittasan tért haza. Szinte minden hétvégére jutott valamilyen baráti összejövetel, némelyik több napos volt. Ilyenkor kimerülten és züllötten láttam viszont.

Többször próbáltam beszélni vele a kialakult helyzetről, de ő nem volt hajlandó érdemben foglalkozni velem. Mindig azt mondta, ne csináljak problémát abból, amiből nem kell. A mézeshetek tovaszálltak, nem tölthetjük egymással minden időnket, próbáljak én is nyitni mások felé.

Nem tudom megcsalt-e, sose kérdeztem meg, de a nőkre gyakorolt hatását ismerve nem csodálkoznék rajta.

Teljesen összezavarodtam, kétségbe estem, nem tudtam, mit tegyek. Nem akartam őt elveszíteni, de képtelen voltam elfogadni a változást. Egyre elkeseredettebb és reményvesztettebb lettem. Néha az öngyilkosság is megfordult a fejemben lehetséges megoldásként. Végül egy neves pszichiáternél kötöttem ki, megelőzvén a végzetes összeomlást.

Nicholasnak hívták és rendkívül vonzónak találtam, már az első találkozásunkkor. Megértőnek tűnt és látszott rajta, együttérzően kezeli problémámat. Őszinteség és tisztelet áradt lényéből. Rövid idő alatt sikerült elnyernie bizalmamat, így felszabadultan beszéltem neki a legelrejtettebb gondolataimról is.

Tanácsára, kész tény elé állítottam apádat: velem vagy nélkülem. Nem vett komolyan. Jól ismert, mert nem volt erőm a szakításhoz.

Ekkor Nicholas váratlan ötlettel állt elő. Azt javasolta, keressek valaki mást, aki megadja mindazt, amit a férjem már nem.

-Maga túl értékes ember ahhoz, hogy egy érzéketlen férfi hálójában vergődjön. A szépségéről nem is beszélve.- mondta, különös csillogással a szemében.

Úgy vélte, csak akkor vagyok képes szakítani, ha új kapcsolatot létesítek egy arra érdemes férfivel. Első hallásra elég suta ötletnek tűnt, főleg egy orvostól, és ha nem kötődtem volna hozzá, biztosan rácsapom az ajtót. Azt pedig még csak nem is sejtettem, ez a rövidke mondat, mennyire megváltoztatja majd az életem.

Hazaérve elgondolkodtam a hallottakon. Végül is nem mondott képtelenséget, csak éppen találni kellett volna egy olyan férfit, aki minderre alkalmas.

A sors fintora úgy hozta, ezt a személyt pont Nicholasban találtam meg. Egyre hosszabbakká váltak a kezelések, egyre bensőségesebbek lettek a beszélgetéseink. Türelmetlenül vártam, hogy mehessek hozzá, és vele tölthessek minél több időt. Olyankor feledtem minden gondom, bajom, s csak lenyűgöző személyével voltam elfoglalva.

Aztán egy fülledt nyári délután, elcsattant az első csók. Hihetetlen izgalom kerített hatalmába, éreztem akarom őt, és mellette újra boldog lehetek. Legszívesebben ott rögtön az övé lettem volna, de a következő pillanat nagy csalódást hozott. Szerettem volna világgá futni szégyenemben és kitörölni emlékezetemből a történteket.

Gyengéden eltolt magától és megkért menjek el, keressek magamnak egy másik orvost, többé ne menjek hozzá. Zavarom határtalan volt és tehetetlen dühvel párosult. Mérges voltam, amiért nevetségessé tettem magam.

Másnap délelőttig tartott vesszőfutásom, amikor is megkaptam levelét, melyben magyarázatot adott elutasító viselkedésére. Egycsapásra megvilágosodott az, amit nem vettem észre.

Levelében tudatta, őszintén és tiszta szívből szeret, már a kezdetektől fogva, de úgy érzi, önző módon befolyásolt és félrevezetett, mindezt orvosi tevékenységének a leple alatt. Mélységesen csalódott és megveti önmagát, s nem fogadhatja el szerelmemet, mert érdemtelen rá. Továbbra is azt tanácsolja, keressek magamnak valakit, de nála sokkal jobbat érdemlek.

A válaszom személyesen vittem el neki, még aznap este. Megpróbált ismét elküldeni, de ezúttal sikertelenül.

-Én megtaláltam azt, aki kell nekem és szeretem, ahogy ő is engem. Nem fogom elengedni pusztán azért, mert orvos és lelkiismereti kérdést csinál a hivatásából. Szerelmünk legyen fontosabb bárminél!- győztem meg elég hatásosan, mire képtelen volt ellenkezni.

Az éjszakát együtt töltöttük, s reggel tudtam, életem fordulópontjához érkezett. Nem éreztem bűntudatot apád miatt, hisz az ő viselkedése vezetett ide. Másnap közöltem vele elhagyom, mert mást szeretek. Azért megjegyeztem, ez sosem fordulhatott volna elő, ha nem távolodik el tőlem. Ha a régi maradt volna, senki se tudott volna elszakítani tőle.

Furcsán és idegesen fogadta bejelentésemet, talán ekkor fogta fel, komolyabban kellett volna foglalkoznia kinyilvánított elégedetlenségemmel.

Összeköltöztem Nicholassal, és életem alakulása döntésem helyességét igazolta. Megértő és megbízható társnak bizonyult, aki rengeteget dolgozott, ám mégis szakított rám elég időt. Kapcsolatunk meghitt és nyugodt volt, egymásnak teremtett minket az ég. A válás kimondását követően szerettünk volna összeházasodni.

Mary kis szünetet tartott, kíváncsian tekintett lányára, fürkészvén gondolatait, vajon milyen véleményen lehet? Mióta mesélt szándékosan nem nézett a szemébe, inkább az ablakon bámult kifelé, mintha belefeledkezne az emlékekbe. Most viszont, miután megszabadította lelkét a sok-sok éves titok nyomasztó terhétől, nem esett nehezére megtenni a máskor oly természetes mozzanatot.

Catherine szeretettel figyelte anyját, arca kíváncsiságról árulkodott. Hozzábújt gyermekien, megköszörülte torkát és tapintatosan kérdezte:- Mi lett apával, hogyan viselte?

-Ne félj, nem halt bele, különben nem lennél itt. A történetnek közel sincs vége, csak gondoltam, pihenésképp elugrok a boltba, és majd utána folytatom.

-Kérlek ne tedd, a bolt az ráér, de én olyan kíváncsi vagyok. Ha már ily sokáig kellett várnom, legalább most ne tedd ezt velem!

-Meggyőztél, de tudod még mindig nehezemre esik feleleveníteni a történteket. -mentegetőzött Mary, de azért engedett leánya unszolásának.

-Nicholas mellett rengeteget tanultam az élet törvényeiről. Rendkívüli ember volt, nagy élettapasztalattal, aki mindig tisztán látta a dolgokat. Egy nyitott könyv voltam számára.

Egy alkalommal, a vasárnapi ebédet követően aggodalommal szemében nézett rám és mély hangján ezt mondta:- Tudom, legalább annyira szeretsz, mint én téged, de vajon elég lesz-e, ha a férjed vissza akar szerezni?

Nem tudtam mit válaszolni, hisz ettől magam is féltem. Apád rengetegszer jutott az eszembe, főleg a szerelmes évek édes emlékei ostromoltak nap mint nap. Aggódtam sorsa miatt, féltettem nehogy tönkre menjen az élete.

Ugyan önmagam előtt is eltitkoltam, de még mindig szerettem, s ha nem lett volna Nicholas, biztos visszatértem volna hozzá. Apád nem olyan ember volt, akit csak úgy el lehetett feledni.

Nem tudtam róla semmit, mióta elhagytam, pedig furdalt a kíváncsiság. Jó lett volna legalább egyszer beszélni vele, megtudni, hogy dolgozta fel szakításunkat, de nem volt hozzá merszem.

Aztán egy napon vásároltam a központban, sokat mászkáltam az üzletekben, így jól esett egy kis pihenő az egyik cukrászda teraszán. Pont indulni készültem, amikor megpillantottam az úttest túloldalán. A látvány megdöbbentett. Megtört, lesoványodott embert láttam bandukolni, követ rugdosva maga előtt. Lerítt róla a magány. Legszívesebben odarohantam volna, de erőt vettem magamon. Ő nem vett észre.

A következő napokban megpróbáltam érdeklődni felőle közös ismerőseinktől. Közelebbit nem tudtak róla mondani, mert meglehetősen zárkózottan élt, kerül szinte mindenkit és alig mozdult ki otthonról. Életunt és mogorva lett, még a barátaival is.

Már késő, gondoltam. A történteket nem lehet semmissé nyilvánítani, bár majdnem megszakadt a szívem miatta.

A tárgyalást megelőző nap reggelén felhívott, és megkért találkozzunk valahol. Megbeszéltünk egy vacsorát az első találkánk helyén. Úgy gondoltam, miért ne lehetne ott az utolsó is?

Nicholas csendesen vette tudomásul, nem akart befolyásolni, egy szóval se tartott vissza. Csak ült egykedvűen, miután közöltem vele szándékom, majd sejtelmesen ennyit mondott:- Ha netán nehéz helyzetbe kerülnél, csakis a szívedre hallgass. Bármi történjen is, a te akaratod érvényesüljön és ne foglalkozz az enyémmel. A mi boldogságunk akkor lehet teljes, ha semmi nem vet rá árnyékot. Akaratod, harag és fenntartás nélkül elfogadom, bármi legyen az.

Nem gondoltam akkor, ezek a szavak mily jelentőséggel bírnak majd a későbbiek folyamán.

Az est hamar eljött. Egy órával korábban érkeztem a megbeszélt időnél, ami nem volt véletlen. Megvártam, míg szabad lesz a sarki asztal, melynél oly varázslatos perceket töltöttünk egykoron.

Kértem egy forró csokoládét és miközben lassan kortyolgattam, élvezvén az ízét, sorra jöttek elő a szebbnél-szebb emlékek. Talán az égiek akartak így hatni rám, mert mire apád megérkezett rádöbbentem, mennyire fontos számomra még mindig. Szemem megtelt könnyel és kapkodva nyúltam zsebkendő után, mikor leült a szemközti székre.

Sikerült összekapnia magát, a nemrég látott szánalmas állapotnak nyomát se fedeztem fel. Kinézetre teljesen rendben találtam, de tudtam, ez csak a látszat. Mint mindig, most is lényegre törő volt. Közölte, eltökélt szándéka, hogy visszaszerezzen és mindent jóvá tegyen, mert már tudja, mit jelentek neki. Megesküdött, többé nem követ el hasonló hibát, csak bocsájtsak meg és térjek vissza hozzá. Ez döntő mozzanat volt, mert ő mindig tartotta a szavát, de ezt te is jól tudod.

Lenyűgöző és ellenállhatatlan volt, mint a régi szép időkben. Hihetetlen, hogy volt képes talpra állni és küzdeni. Nem adtam választ, de megígértem, reggelig, vagyis a tárgyalás kezdetéig meghozom döntésem.

Éreztem, kelepcébe kerültem. A világ legboldogabb asszonya lehettem volna, de le kellett mondjak valakiről, akit szeretek, fájdalmat okozva neki és azt se tudtam, ki legyen az.

Nem maradtam vacsorára apáddal, ki kellett szabaduljak a bűvköréből, hogy higgadtan tudjak gondolkozni. Különben is siettem haza, beszélni kellett Nicholassal, tudnia kellett a történtekről.

Nem lepődött meg egyáltalán, azt hiszem számított rá. Odalépet hozzám, gyengéden átölelt és szokatlanul hosszú, forró csókkal kedveskedett, majd arcomat két kezébe fogta, és azt mondta:- Hát akkor van egy éjszakád a döntéshez. Biztosra veszem, ha őt választod megtartja szavát, és boldogok lesztek. Ha mellettem döntesz, ugyanez a sors vár ránk. Semmi szín alatt nem akarlak befolyásolni, ezért a vendégszobában alszom.

Ő már tudta, amit én még nem, hogy ez volt a búcsúcsókunk. Az éjszaka folyamán sokat tipródtam, míg végül megfogadtam Nicholas tanácsát és csakis a szívemre hallgattam, az pedig apádhoz húzott.

Egyformán szerettem őket, igaz Nicholas még nem adott okot a csalódásra, mégse őt választottam. Apádnak nagyobb szüksége volt rám. Nélkülem sose lett volna újra az az ember, aki valójában volt. Nicholast elég erősnek és szilárdnak tartottam ahhoz, hogy feledni tudjon és találjon mást magának. Legalábbis a szívem ezt diktálta.

Életem legnehezebb és legfájdalmasabb, de ha rádtekintek tudom, legjobb döntését hoztam. Nicholas hűvös eleganciával, így kommentálta a tényeket:- Megbuktam a szerelemben, de azért orvosként jelesre vizsgáztam.

Apád megadta azt, amit ígért. Hűséges és szerető férj volt, példás családapa egészen haláláig. Megkaptam, amire nagyon vágytam, igaz maradandó folt esett a becsületemen. Máig is összeszorul a szívem, furdal a lelkiismeret, ha Nicholasra gondolok.

Mary, elmaszatolt arcán egy kósza könnyet, magához szorította gyermekét és megcsókolta fejbúbját. Catherine ránézett és izgatottan kérdezte:- Vele mi lett, sikerült kihevernie csalódását? Mit tudsz róla?

-Na tessék, most meg érte aggódsz?- reagált Mary derűsen, hamar feledve előbbi elérzékenyülését.

-Igenis! Ilyen nemes lelkű és nagyvonalú férfi, nem érdemel boldogtalanságot! Ha egy cseppet is rámenősebb lett volna és küzd érted, mint ahogy apa, most nem biztos, hogy itt ülnél.

-S te hol lennél, ha szabad érdeklődnöm? Ne beszélj csacsiságot!

Mindketten jót nevettek a képzeletük csapongása nyomán kialakult helyzeten. Mary rég nem látott tüzet és élénkséget fedezett fel leánya szemében, ami megnyugvással töltötte el szívét. Talán sikerült kizökkenteni búskomorságából, gondolta elégedetten.

-Azért, csak tudsz róla valamit?- erősködött Catherine.

-Nicholas erős és kemény férfi volt, nem ismerte a lelki gyengeséget. Méltósággal viselte sorsát, de sajnos túl nagy lett az okozott seb. Azóta se nősült meg, nem zárt senkit a szívébe, nem alakított ki tartós kapcsolatot. Boldogtalanságának én vagyok az oka, s tudom, sose felejt el, ám nem is fog megbocsátani. Valószínűleg tévedtem, amikor úgy ítéltem, neki kevésbé van rám szüksége, mint apádnak.

A sors fura fintora volt, hogy két ilyen nagyszerű férfivel hozott össze a sors, egyszerre egy időben.

Catherine, egy kis időre feledett mindent, ami történt vele és türelmetlenül tette fel a nagy kérdést:- Most mi van vele, hol él, mit csinál? Találkoztatok a későbbiekben?

-Elköltöztünk a városból, akárcsak ő. Többé nem találkoztunk. A húgával tartom a kapcsolatot a mai napig, így nyomon követem sorsának alakulását, bár ő erről nem tud.

Csalódása oly határtalan volt, hogy még a pályáját is feladta. Vett egy kis birtokot távol mindentől és mindenkitől. Ott él azóta is, magányosan és elhagyatottan.

Új szerelem kerítette hatalmába, mely nagymértékben befolyásolta élete alakulását. Értelmet adott létének és talán kárpótolta valamelyest. Írni kezdett hatalmas energiával és odaadással, mégpedig nem is akárhogyan.

Elismert író lett, akinek bestsellerei a világ minden könyvespolcain felfedezhetőek. Méltán ünnepelnék, ha bárhol megjelenne, de álnéven ír és csak keveseknek adatik meg, hogy tudják ki ő valójában.

Catherine majd kibújt a bőréből, annyira kíváncsi volt és tőle szokatlan módon, kissé udvariatlanul közbevágott.

-Áruld már el a nevét, szépen kérlek!

-Az egyik kedvenced, kötetei ott sorakoznak a legszebb polcodon.- válaszolt Mary, majd odalépett és leemelt egyet a díszes borítású könyvek közül.

-Ez hihetetlen!- ámuldozott Catherine.- Te és ez az ember?

-Igen kislányom.

-Hát nem csodálom, hogy bele szerettél és képes volt versenyre kelni apával. Biztosan mély érzésű, és odaadóan szeretni tudó ember lehet.

-Ez így igaz! Számos könyvének megkapó történetei, ékesen bizonyítják megállapításodat. Pedig az első és egyben legszebb könyvét sosem nyomtatták ki. Rajtam és rajta kívül senki se olvasta. Egyetlen alkalommal adott életjelet, amikor elküldte a kéziratot. Kettőnk románcáról szól, tartalmazván az összes gondolatát, érzéseit és jövőbeni szándékát. Ekkor jöttem rá, mit is jelentettem neki valójában. A végén egyértelműen utalt rá, bármit is hoz a jövő, számára véget ért a történet. Tudom elítélne érte, de szeretném, ha elolvasnád és könnyebben megértenéd a történteket.

-Én már így is értek mindent, de azért nagyon szeretném elolvasni. Azt már tudom, ő nem keresett, de te nem gondoltál még rá?

-Sejtem mire célzol. Lehet elítélendő, de apád elvesztését követően többször megfordult a fejemben. Amikor összejöttél Thomassal, és úgy tűnt végre révbe értél, nem vártam tovább és felhívtam. Csak hallani akartam a hangját, hidd el, semmi más szándékom nem volt, eszembe se jutott, hogy felkeressem személyesen. Magam se tudom, miért tettem?

Hűvös volt és visszautasító. Sajnálatát fejezte ki megözvegyülésem miatt, valószínűleg ő is tudott rólam mindent. Aztán röviden ennyit mondott:- Ne haragudj, de nem vállalok már pszichikai kezelést.- s letette a telefont. Nem volt szép tőle, de valahol érthető a viselkedése.

Catherine meghatottan figyelte anyját és próbálta jobb kedvre deríteni:- Vajon miért kellene bárkinek is elítélnie téged? Apa sajnos elment, de ez nem jelenti azt, többé nincs jogod a boldogsághoz. Szerintem fel kellene keresned Nicholast, biztos megenyhülne. Mellesleg nem tudom, miért szégyelltétek és titkoltátok előlem ezt a megható történetet.

-Talán azért, mert a sors így akarta és most jött el az ideje, amikor a legtöbbet tanulhatsz belőle, és erőt meríthetsz a további küzdelemhez. Ez a történet is azt példázza, mindig van kiút, bármily reménytelennek tűnik is a helyzet. Sose tudhatod, mikor tekint rád a boldogság, kiemelve elkeseredésedből. Egyébként fel fogom vele venni a kapcsolatot, de nem azért, amire te gondolsz. Ő az az ember, aki tanácsaival, rendkívüli pszichológiai képességével hozzájárulhat a gyógyulásodhoz. Mindig képes valami váratlan, de hatásos megoldást találni.

3.

Eljött a vasárnap reggel, melyet Catherine, oly feszülten várt. Nem tudta elképzelni Flamington miért hívta vendégségbe, miért pont most akarja bemutatni családjának.

Ez a néhány otthon töltött nap anyjával, gyógyítólag hatott rá. Sokat pihentek, beszélgettek és olvastak. Régi hagyomány volt, hogy egy-egy regényt közösen olvasnak el. Az utóbbi hónapokban nem volt rá módjuk, úgyhogy most külön élvezetet jelentett. Egyikük felolvasott egy részt, amit utána aprólékosan megvitattak.

Egészen helyre jött lelkileg, csak a jövőtől való rettegés hatott rá nyomasztólag. Bár elhatározása erős volt, számos kérdés vetődött fel benne: Mi lesz, ha újra kezdődik az egész? Lesz-e elég ereje, vagy összeomlik, mint egy kártyavár? Amíg Mary vele van, biztonságban érzi magát, de örökké nem ülhet mellette. Előbb, vagy utóbb, szembe kell néznie a kőkemény valósággal.

A szokásosnál korábban reggelizett. Kivasalta kedvenc ruháját, melyet csak különleges alkalmakra vett fel. Kicsit babonás volt és úgy vélte, ebben a ruhában szerencsésen szoktak alakulni dolgai.

Öltözés közben arra gondolt, Flamington milyen megértő és barátságos volt a telefonban. Ez kissé oldotta feszültségét, s már nem is tűnt olyan borzalmasnak a rá váró találkozás.

Flamington egy zöldövezeti villanegyedben lakott, ahol a város legjelentősebb és legtehetősebb emberei. Catherine mindig is felnézett rá, mert társadalmi elismerését, vagyonát, rengeteg munkájának, kiváló üzleti érzékének és páratlan tehetségének köszönhette. Ő is szerette volna elérni mindazt amit főnöke, és erre minden esélye meg lett volna.

Miután rögtön beengedték a kapun, behajtott az udvarra és leparkolt az erre kiképzett helyen. A háromszintes villához megfelelően nagy telek tartozott, melynek jó része be lett parkosítva. Minden rendezetten és esztétikusan lett kialakítva, és jól láthatóan példás gondozás alatt tartották.

Az ezernyi színben pompázó virágoskert még Catherine szemét is elkápráztatta, pedig ő számtalan híres helyet csodált már meg. Komótosan sétált végig a házig vezető úton, szinte bódultan lépdelve a levegőben kavargó virágillat hatásától.

Egy idősebb hölgy fogadta. Amúgy is kedves arcát barátságos mosoly tette még megnyerőbbé. Látva a vendég közeledtét, kilépett a tornácra és kezét nyújtva bájosan köszöntötte:- Üdvözlöm! Maga biztosan Catherine, én Edith vagyok.

-Üdvözlöm! Igen Catherine vagyok.- válaszolt és viszonozta a kéznyújtást.

-Mindjárt szólok a férjemnek, csak fáradjon beljebb. Épp az unokáival játszadozik a medence körül.

Edith elsietett és néhány másodperc múlva Flamington lépett be vidáman fütyörészve, szürke tréningruhát és sportcipőt viselve. Arcán nyoma sem volt a munkahelyen megszokott szigornak és fegyelemnek. Mintha nem is az ő megközelíthetetlen, csak a munkára összpontosító főnöke közeledne, állapította meg Catherine.

Nyomában két gyönyörű gyermek ugrándozott, kétségbeesve kapaszkodva a szökésben levő nagyapjuk ruhájába.

-Most játsszatok egy picit a nagyival, hamarosan visszajövök és hozok magammal egy kedves nénit.- mentette ki magát türelmesen, mire a picik engedelmesen irányt változtattak és ostrom alá vették Edithet.

A hat és négy év körüli kisfiú és kisleány, ékes bizonyítéka volt az unokák nagyszülőkre gyakorolt hatásának. A mindenki által félt cégtulajdonos, egyszerű játékszernek tűnt unokái gyűrűjében, akik kedvükre szórakoztak vele.

Catherine anyjára gondolt, mily boldoggá tehetné egy, vagy akár több aprósággal. Gyorsan elhessegette a képtelen ötletet, hisz erre semmi esély.

-Hello Catherine!- üdvözölte Flamington kedélyesen.

-Hello főnök!- vette fel a stílust Catherine.

-Látom, már megismerkedett a feleségemmel. Ők pedig az én imádott unokáim.

-Mindjárt gondoltam, látván, hogyan veszik le lábáról a környék egyik legszigorúbb emberét.

-Ez most bók volt, vagy kritika?

-Egyik sem, csak egy ténymegállapítás.

-Nos, érezze jól magát nálunk. Azt javaslom, az előzetes megbeszéléssel ellentétben, a komoly dolgokat hagyjuk ebéd utánra.

-Ahogy gondolja!- egyezett bele Catherine megkönnyebbülve.

Az elkövetkezendő közel két óra kellemes beszélgetéssel, a gyerekekkel való foglalkozással telt el. Catherine élvezte a kedves emberek társaságát és egészen elfeledkezett jövetele céljáról.

Azonban a házigazda tapintatosan az eszébe juttatta, miután kicsit megpihentek az emberpróbáló ebédet követően. Felesége felé fordulva, üres kávéscsészéjét az asztalra téve kért elnézést:- Drágám, most egy kicsit magadra kell hagyjunk. Tudod holnap fontos üzleti tárgyalásunk lesz, nem árt kicsit felkészülni.

-Sejthettem volna, nem csak egy baráti látogatásra hívtad szegény Catherinét, hanem most is dolgoztatni akarod. Te munkamániás, minden hájjal megkent vén csibész!

-Hát ezt nem fogom kirakni az irodám ablakába.- elégedetlenkedett a férfi.

Catherine először elpirult főnöke nemes füllentése hallatán, majd elmosolyodott a fejéhez vágott válogatott jelzők hatására. Nem hagyhatta ki a ziccert egy kis heccelődésre, ilyen alkalma úgyse volt soha és valószínűleg nem is lesz.

Megpróbált minél komolyabb arcot vágni és panaszkodva jegyezte meg:- Ráadásul attól is elzárkózik, hogy túlórát fizessen.

Ezzel oda is lett a vidám perceknek, mert főnöke miután jót derült, felállt és elindult a dolgozószoba irányába, bal kezével intve Catherinének, kövesse. Mindketten beléptek a nem túl nagy helységbe, becsukták az ajtót és leültek egymással szembe.

A férfin nyoma sem volt a nap folyamán látott gondtalan és vidám viselkedésnek. Egycsapásra átváltozott komoly és megfontolt üzletemberré.

Catherine elbizonytalanodott, gyomra hirtelen görcsbe rándult, de ennek ellenére elszántan várta sorsának alakulását. Lehet, tapintatosan itt akarja közölni az elbocsátását, gondolta keserűen. Azonban főnöke szavai nyugtatólag hatottak rá és megkönnyebbülten lélegzett fel, néhány perccel később.

-Nos, magyarázatot nem szeretnék hallani, arra nincs szükség. Ugyan nagyon hiányoltuk a legutóbbi tárgyaláson, de megoldottuk valahogy. Biztos vagyok benne, távolmaradásának nyomós oka lehetett, ezért vegyük úgy, el lett felejtve. Az az érzésem, maga komoly problémával küszködik, amivel egyelőre nem bír megbirkózni. Szeretnék segíteni, de ez csak akkor lehetséges, ha megtisztel bizalmával és beavat gondjaiba.

-Először is, bocsánatot szeretnék kérni, még ha ezt ön nem is várja el. Szívesen megígérném többé nem fordul elő hasonló, de félek ez csak üres beszéd lenne. Ön végtelenül nagylelkű és türelmes hozzám, én pedig szégyellem magam, amiért visszaéltem a jóindulatával. Kötelességemnek érzem, hogy tudjon mindenről, ami velem történt az elmúlt hónapokban.

Ezután Catherine részletesen elmesélt minden lényeges eseményt, kivéve a kábítószert. Lassan és nehézkesen beszélt, többször elhallgatott egy rövid szünet erejéig. Szemét mindvégig a földre szegezte.

Végül bűnbánóan tekintett fel és keserű hangon fejezte be mondandóját:- Nagyjából ennyi. Sajnos, van egy elmebeteg munkatársa, aki nem tudni felépül-e valaha, hasznát veheti-e a közeljövőben? Azt kérem öntől, legyen még türelemmel irántam, remélem képes leszek talpra állni. Megígérem, ha nem sikerül belátható időn belül rendezni dolgaim, nem leszek a terhére és önként távozom.

Flamington teljes átéléssel figyelte kedvenc beosztottját. Őszintén sajnálta és elhatározta, bármi áron is, de megpróbál segítségére lenni valahogy.

-Na ezt nem szeretném többé meghallani! Amíg én vezetem ezt a céget, magának itt mindig lesz helye. Afelől pedig nyugodt lehet, tőlem minden támogatást meg fog kapni. Ami azt illeti a helyzet valóban súlyos, de higgyen nekem, egyáltalán nem reménytelen

Catherine hálásan nézett arra az emberre, akit eddig hidegnek és érzéketlennek tartott, de most az ellenkezője bizonyosodott be róla.

-Egyet azért áruljon el!- szólalt meg Catherine, miközben órája csatját babrálta zavarában. –Miért ilyen jóságos és nagylelkű velem? Ön sosem tűrte a fegyelmezetlenséget, sosem mérlegelt mi lehet a háttérben, mindig keményen büntetett. Most mégis kivételt tett.

-Jogos a feltevése, de nem teljesen igaz. Valóban nem tűröm a trehánységot, a hozzá nem értést. Viszont, mielőtt bárkit is elmarasztalok, alaposan tájékozódok előtte, csak ezt többnyire észrevétlenül teszem. Ne higgye, hogy maga az első kollega ebben a székben. Ön egyébként tényleg kivételt élvez, mert azon kívül, hogy munkája minden elismerést megérdemel, rendkívül becsületes és értékes embernek tartom, akinek szépreményű karrierjét nem szabad, hogy bármi is kettétörje. Ráadásul pályafutásom során nem volt még rá példa, hogy valaki ilyen komoly válságba került volna.

-Köszönöm az elismerést és nagyon jó érzés hallani bíztató szavait. Megígérem próbálok erős lenni, és mielőbb rászolgálni bizalmára. Nekem már így is rengeteget segített, ezzel a pár mondattal.

-A bajban sokat jelent néhány barát, kollega, vagy hozzátartozó, aki kedvezően befolyásolhatja az ember sorsának alakulását. Ön rendelkezik mindezekkel, s tudom, elég kemény ahhoz, hogy legyőzze önmagát. Nekem senki se volt, akire támaszkodhattam volna a legnagyobb bajban, mégis itt vagyok és az egész már csak egy rossz, de tanulságos emlék.

-Ha jól értelmezem, ön is élt át hasonlókat?

-Igen, bármily hihetetlenül is hangzik. Mindnyájunknak megvan a maga mélypontja élete során, kinek előbb, kinek később. Van aki könnyebben átvészeli, van aki odaveszik, és van aki megjárja a pokol tornácát, de végül túl lesz rajta. Utána megerősödvén, tartalmas és boldog életet él, könnyedén leküzdve a rá váró megpróbáltatásokat. Én ez utóbbiak közé tartozom, míg maga, remélem közénk tart.

-Én is ebben bízom, de oly nehéz.

-Az is, de elsősorban magán múlik. Kiút mindig van, csak a nehéz pillanatokban nem szabad feladni.

-Ebből a mélységből is, ahová én keveredtem?

-Legalább ilyen szakadékban jártam, bár én önmagamnak köszönhettem vesszőfutásomat. Ön beavatott a bizalmába, ha nem bánja, ugyanezt tenném én is. Elmesélem az én kis történetem, amely egykor kis híján tragikus véget ért. Akkor elkövetett hibáim, belőlük fakadó nyomorúságos helyzetem, megszerzett tapasztalataim, mind közrejátszottak abban, hogy az legyek aki vagyok. Egy önmagával elégedett, sikeres és boldog ember, akit gyönyörű családdal ajándékozott meg az ég.

-Mit nem adnék, ha egyszer én is elmondhatnám magamról!

-Gondoljon rám és erre a helyre, mondjuk úgy harminc év múltán.

Catherine nagyot sóhajtott, de nem szólt semmit. Flamington kis szünet után folytatta beszédét.

-Nem véletlenül hívtam ma ide. Azt akartam lássa az én birodalmam, érezze az itteni légkört. Mondja, mi jut az eszébe, ha az itt tapasztaltakra gondol?

-Felhőtlen boldogság, egymás iránt érzett tisztelet és szeretet.

-Igen, ezt akartam hallani. El tudja képzelni, ugyanez várhat magára?

-Nem, most legalábbis nem.

-Sejtettem. Elhiszi azt, egyszer én is hasonlóan vélekedtem? Elmondjam magának, mindaz amit itt lát, hajszál híján soha nem is létezhetett volna?

-Kicsit nehezen, de mivel ön mondja.

Flamington felállt, arca elkomorodott, odasétált az ablakhoz, hosszasan a távoli égboltot kémlelte és tőle szokatlanul halkan elkezdett mesélni.

-Néhány évvel lehettem fiatalabb önnél. Pályám kezdetén rendkívül tehetséges fiatalemberként tartottak számon, aki fényes jövőnek néz elébe. Kapkodtak utánam a tekintélyes cégek, én pedig igyekeztem a számomra legmegfelelőbbet választani. Kitűnő diplomám jutalmául, lakással és sportkocsival ajándékoztak meg szüleim.

Minden adott volt a gondtalan élethez, csak az igaz szerelem váratott magára, bármily kitartóan is kerestem. Aztán egy szép napon azt is megtaláltam, és akkor úgy éreztem, mindent megkaptam, amire valaha is vágytam. Boldogságom teljes lett, és meg voltam győződve, így lesz ez mindig.

Három évvel volt idősebb nálam álmaim hercegnője. Csodálatosan szép nő volt, azóta se láttam hozzá foghatót. Hosszú fekete haját éppen összekuszálta a tavaszi szellő, amikor először megpillantottam. Férfiak tucatjai versengtek egyetlen mosolyáért, de ő engem akart.

Minden úgy alakult, mint a mesében. Lángoló szerelem, sokat tervezett közös jövő. Úsztam a boldogságban, két nap volt az esküvőnkig. Mindenem megvolt és birtokoltam az általam valaha ismert leggyönyörűbb, legimádnivalóbb nő szerelmét.

Délután kettőre beszéltük meg a találkát, a kedvenc cukrászdánkba. Úgy terveztük együtt megyünk a menyasszonyi ruháért. Türelmetlenül vártam a pillanatot, amikor gyönyörű testére húzza szerelmünk szimbólumát, égtem a vágytól, hogy magamhoz szoríthassam.

Percenként néztem az órámat, kínosan hosszúnak tűnt minden egyes pillanat, amit nélküle töltöttem el.

Negyedhárom lehetett, amikor aggódni kezdtem, mert ő szinte kínosan pontos volt. Aggodalmam nem volt alaptalan. Nemsokára egy küldönc érkezett, kezembe nyomta kedvesem levelét és sietve távozott. Gondoltam közbe jött valami és későbbi randit kér, de tévedtem.

Akkor még nem tudhattam, a levél néhány soros tartalma gyökeresen megváltoztatja életem, és önpusztító módon elindulok a pokol szenvedéssel és gyötrelemmel kikövezett útján.

Röviden közölte, meggondolta magát. Ugyan szeret, de nem képes elkötelezni magát senkivel, bár egy darabig azt hitte én kivétel leszek. Végtelenül sajnálja , de jobbnak látja, ha kilép az életemből. Ne is keressem, döntése megmásíthatatlan és még aznap elhagyja az országot.

Gyakorta támadt olyan érzésem, nem én vagyok neki az igazi és ez sajnos beigazolódni látszott. Egy pillanat alatt omlott össze bennem minden, vesztettem el hitemet és éreztem magam szánalmasnak.

A szokásos mogyorókrém torta és ásványvíz helyett, sört rendeltem vodkával. Ezt jó néhányszor megismételtem, enyhítendő szívem fájdalmát. Sikeresen lerészegedtem, majd beültem a kocsiba és céltalanul indultam a nagyvilágba.

Nem jutottam messzire, két utcával odébb fejreálltam, totálkárosra törvén szüleim becses ajándékát.

Ettől a naptól fogva szoros barátságot kötöttem az alkohollal. Ugyan a nagy mennyiségben fogyasztott ital tompította fájdalmam, de szép lassan átformálta személyiségem és könyörtelenül sodródtam a teljes összeomlás felé.

Hamarosan kirúgtak a munkahelyemről, erőm nem volt új után nézni. Kezdtem eladósodni, miközben egyre többet ittam. Mind mélyebbre süllyedtem, elkeserítve szeretteimet és barátaimat. Volt aki magától fordult el tőlem, de volt akit én űztem el durva viselkedésemmel. Egyszercsak azt vettem észre, egyedül maradtam, s amikor a legnagyobb szükségem lett volna rá, nem volt senki, akire támaszkodhattam volna.

Apám okozta a legnagyobb fájdalmat, aki már az elején, a karambolkor kitagadott a családból. Képtelen volt megbocsátani súlyos vétkemet, még anyámnak is megtiltotta a velem való törődést. Pedig, ha akkor ők mellém állnak, megpróbálnak felkarolni, biztosan másképp alakul minden. Ehelyett még mélyebbre taszítódtam.

Apám legalább akkorát hibázott, mint én. Sosem bocsátottunk meg egymásnak. Korábban ő volt a példaképem, felnéztem és büszke voltam rá. Mindig igyekeztem megfelelni az elvárásainak, mégis könyörtelenül büntetett életem első komolyabb hibájáért.

Adósságaim oly mértékűre duzzadtak, hogy a lakásom is odaveszett. Egyik napról a másikra hajléktalanná lettem, el kellett hagynom otthonom. Ez már elviselhetetlennek tűnt.

Utolsó otthon töltött napomra, valahogy sikerült teljesen kijózanodni. Ültem az ágyam szélén, arcomat kezeimbe temetve és úgy éreztem eljött a vég, amely csúfosan gyalázatosra sikeredett.

Nem láttam módot a menekvésre, egyetlen kiutat találtam, ha végzek magammal. Megvártam az éjszakát, fogtam féltve őrzött pisztolyomat és leballagtam a közeli folyópartra. Egész nap nem ittam egy kortyot se, úgy akartam a halálba menni, ahogy korábban éltem: tisztán és józanul.

Megkerestem kedvenc padunkat, ahol oly sokat beszélgettünk szerelmes csókjaink szüneteiben. Családról, gyermekekről, öregkorról. Leültem csendesen és a pisztoly csövét elszántan a halántékomhoz szorítottam. A környék teljesen kihalt volt, sehol egy ember, aki felfigyelhetett és segítőkezet nyújthatott volna.

Meredten néztem a táncoló habokat, miközben a különböző gondolatok ádáz csatát vívtak zavaros agyamban. Valami eszelős hang azt súgta, húzzam meg a ravaszt és vége lesz mindennek. Nem lesz több kín, szenvedés, önmarcangolás. Nem kell többé alkoholmámorba menekülni a szégyen és elkeseredés elöl.

-Csak egy picike mozdulat. –suttogtam, elfogadván az őrjítő tanácsot.

Ujjam a ravaszra feszült, eltökélten álltam fel és a vízpartra léptem. Ekkor újabb erő szólalt meg bennem. Ma is hallom a kristálytiszta csengő hangot, amely így szólt:- Valóban így kell végződnie? Tényleg nincs kiút? A gyávaság és gyengeség diadalmaskodik? Ezért volt a rengeteg munka és tanulás? Ez a te igazi éned, vagy a régi?

-Neeeem!- üvöltöttem, szemeim az égre meresztve.

A hold teli szájjal, gúnyosan vigyorgott rám, mintha egy ember feje lett volna. Megvetést és haragot sugárzott arca. Ujjaim még a ravaszon hagytam, de már nem voltam biztos benne, hogy ezt kell tennem. Agyam lázasan zakatolt, majd önkéntelenül visszaléptem és lerogytam a padra.

Rég nem tapasztalt nyugalom és józanság áradt szét bennem és megdöbbenve vettem tudomásul, mire készülök. A következő pillanatban végeztem magammal, anélkül, hogy a ravaszt meghúztam volna.

Megöltem az elesett és gyenge énemet. Pisztolyomat magas ívben a folyóba dobván, egy csapásra újjá születtem. Elhatároztam, hogy erős és kemény férfi leszek, aki visszaszerez minden elvesztett értékét, aki különb lesz, mint valaha.

Számtalanszor gondoltam vissza arra az éjszakára, s úgy érzem, mintha agymosáson estem volna át.

Sikerrel jártam, pedig nagyon nehéz volt talpra állni. Fogcsikorgatva küzdöttem, kitartóan dolgoztam, és ha lassan is, de elértem célomat. Aztán a szerencse is mellém pártolt, s az eredmény a mostani helyzetem lett. Azok után, amiken átmentem, nem nehéz könnyen viselni az élet megpróbáltatásait.

Flamington visszaült a helyére, és szemmel láthatóan még az emlékek hatása alatt állt. Rövidke szünetet követően, kíváncsian fürkészte Catherine arcát, majd tovább beszélt:- Érzésem szerint maga hasonló cipőben jár, mint én annakidején. Legalábbis ami a lelki válságot illeti. Nekem akkor nem akadt segítőtárs, mégis megmenekültem. Magának viszont itt az édesanyja, aki hatalmas erőt kell adjon. Azt meg garantálom, a munkahelyét nem fogja elveszíteni, hisz én tudom, mit jelent magának. Nagyjából ennyi, remélem tudtam némi tanulsággal szolgálni.

Catherine, arcán jól látható meglepettséggel, tiszteletteljes hangon válaszolt:- Nagyon köszönök még egyszer mindent és biztos vagyok benne, hasznomra válnak a hallottak. De árulja el, ha nem veszi tolakodásnak, találkozott vele, hallott róla valamit a későbbiekben?

-Soha többé nem akartam látni, sem tudni róla. Azon a folyóparti éjszakán megpróbáltam végleg elfelejteni. Nem sikerült. Ugyan lezártnak tekintettem kettőnk kapcsolatát, de a szép emlékeket nem lehet kitörülni emlékezetünkből. Nem tudtam haraggal, gyűlölettel gondolni rá, mindig csak az együtt töltött csodás percek jutottak az eszembe. Számomra az a nő maradt, aki megismertetett az igaz szerelemmel.

Sok évvel később külföldre utaztam, üzleti célból. A sors úgy hozta, néhány napot Rómában töltöttem, abban a városban, ahová a nászutunkat terveztük. Ő ugyanis egy közeli faluban született és minden vágya volt, hogy látogassuk meg édesanyja sírját.

Üzleti ügyeimmel végezve, céltalanul bolyongtam a város forgatagában. Másnap reggelig, a gépem indulásáig rengeteg időm volt. Egyszercsak azon vettem észre magam, erős késztetést érzek, hogy felkeressem egykori úti célunk helyszínét.

A kicsiny falu temetőjében nem kellett hosszasan kutatnom, mire megtaláltam a keresett sírt. Legnagyobb megdöbbenésemre, a szomszédos márványkőre az ő neve volt rávésve. Alig egy évvel élte túl emlékezetes szakításunkat. Szívszorongató érzés kerített hatalmába, félelmetes gyanúval párosulva, ami később egyértelműen bebizonyosodott.

Nem kevés utánajárásba tellett, mire fény derült az igazságra. Gyógyíthatatlan betegségben szenvedett, amit az orvosa az esküvőnk előtt egy héttel fedezett fel és közölt vele.

Hogyan is hihettem el a levélben írottakat, hogyan lehettem annyira vak az önsajnálattól? Miért nem kerestem meg, és akkor mellette lehettem volna élete hátralevő részében?

Flamington elhallgatott, nyelt egy nagyot, majd felállt. Kedvesen végigsimított Catherine fején és az ajtóhoz indult.

-Azt hiszem, megbeszéltünk minden fontosabb kérdést.- mondta, miközben kinyitotta az ajtót.

Mary kissé megfáradva tért haza a délelőtti bevásárlásból. Elpakolta a húsokat a hűtőbe, majd a fogason lógó táskájából elővett egy mélybordó noteszt és leült a telefon melletti székre.

A benne rejlő feszültségtől remegő kézzel kezdett el lapozni. Lassan olvasgatta a szépen formált betűkkel beírt, neki fontos emberek neveit. Fellapozhatta volna a keresett oldalt egy mozdulattal, de jóleső érzés volt végigpásztázni a kedvesebbnél kedvesebb emberek névsorát. Erőt merített belőle, mert erre neki is nagy szüksége volt.

Az egyik oldal közepén a névsor váratlanul megszakadt, és a lap alján egy pirossal írt szám árválkodott egymagában, név nélkül. Szíve hevesebben kezdett verni, amikor meglátta a bejegyzést.

Mint minden ember, ő sem szerette az elutasítást, főleg egy olyan személytől, aki egykoron oly közel állt szívéhez. Nicholas legutóbbi viselkedése nagyon rosszul esett neki, ám érzésein mit sem változtatott.

Még mindig szerette a férfit. Ennek ellenére megfogadta, többé nem zavarja, és önmagát sem teszi ki egy újabb kudarcnak. Most viszont egyszem lányáról van szó, ezért félresöpört minden kételyt, levetkőzte összes gátlását.

Számára most Nicholas nem a férfit jelentette, hanem az általa valaha ismert legbölcsebb és legtapasztaltabb orvost, akiben ennyi év után is hitt. Ösztönei azt súgták, Catherinének feltétlenül találkoznia kell vele.

Lerakta noteszát és összeszoruló szívvel emelte fel a telefont. A tárcsázást követően cseppet sem kellemes női hang hallatszott a vonal túlsó végéről.

-Tessék, kivel akar beszélni?

-Jó napot kívánok, Nicholast keresem.

-Milyen ügyben és ki maga?

Maryt megzavarta a nő színrelépése. Úgy tudta, Nicholas egyedül él. Ha megadja a nevét, valószínűleg módjában se lesz elérni célját, ezért úgy döntött, füllenteni fog.

-Nézze, én egy réges- régi betege vagyok, s bár már nem praktizál, nemrégiben megígérte, ha bajban vagyok nyugodtan keressem. Most nagy szükségem van a segítségére. Sürgősen beszélnem kell vele, életbevágóan fontos.

-Várjon egy kicsit, mindjárt adok egy mobilszámot.

Mary felírta a számot, illedelmesen elköszönt, majd megkönnyebbülten tette le a kagylót. Készített magának egy kávét, leült, vett egy mély lélegzetet és tárcsázni kezdett. Néhány pillanat múlva meghallotta Nicholas határozott, tiszta hangját.

-Halló, segíthetek valamiben?- kérdezte udvariasan.

Mary próbálta oldani feszültségét, s némi erőltetett vidámsággal szólalt meg:- Itt egy nagyon régi beteg beszél, aki egykori orvosát keresi, szigorúan szakmai okokból. Úgyhogy, ha egy csepp könyörületesség van benned, kérlek ne utasíts vissza.

-Mary, te vagy az?- kérdezte Nicholas, érezhetően más hangnemben, mint legutóbb.

-Igen, én vagyok ismét.

-Örülök hívásodnak!- hangzott el Nicholas szájából a teljesen váratlan, de annál őszintébb mondat.

Még mielőtt Mary reagálhatott volna, a férfi tovább beszélt, de most már hideg, kimért hangon, örömnek már nyoma sem volt érezhető. Mindig is nagy mestere volt érzelmei palástolásának. –Kérlek ne haragudj múltkori viselkedésemért, tudod kicsit váratlanul ért és azt hiszem félreértettelek.

-Felejtsük el, de megvallom, kicsit rosszul esett.

-Még egyszer mondom, sajnálom, de te is értsél meg. Egyáltalán nem örültem a hívásodnak és ezzel most is így vagyok. Bennem kihalt minden érzés és nem is szeretném feléleszteni. Megszoktam így és ez jó nekem, nem akarok változást. Attól félek, személyed felbukkanása megbolygatná a régi sebeket, és véget érne lelki nyugalmam.

-De én nem akartam semmit, csak egyszerűen hallani akartalak, magam se tudom miért. Nem számoltam ilyen következményekkel, sajnos hibát követtem el.

-Nem ez nem hiba, ez természetes tett volt részedről. Én viszont félek önmagamtól, ezért nem akarom, hogy bármilyen kapcsolat alakuljon ki. Kérlek ne vedd ezt sértésnek.

-Ígérem többé nem jelentkezem, és egyáltalán nem neheztelek. Különben is sokkal nagyobb a bajom, minthogy az önérzetemmel legyek elfoglalva. Ez az oka hívásomnak.

-Hallgatlak, mondd bátran. Remélem hasznodra lehetek.

-Van egy leányom, aki elvesztette férjét és képtelen feldolgozni a történteket. Annyira súlyos az állapota, hogy félek elkerülhetetlen lesz a tragédia. Azt szeretném, ha fogadnád őt, és tőle hallanád a részleteket.

-Biztosan nem tudod, de hosszú évek óta nem gyakorlom a szakmámat.

-Nekem akkor is te vagy a legjobb, s ha valaki tud segíteni, az te vagy.

-Rendben van, jöjjön el jövő héten és töltse itt a hétvégét. Két nap elég lesz ahhoz, hogy megismerjem, aztán majd meglátjuk. Többet nem ígérhetek.

-Hálásan köszönöm, s nyugodt lehetsz, többé nem hallasz felőlem.

-Ezt megköszönöm és kérd meg a lányod is, ne említsen téged, ha itt lesz. Kívánom a legjobbakat.

Mary megtörölte a szeméből kibuggyanó kövér könnycseppet és elcsukló hangon válaszolt:- Sajnálom, hogy nem tehettelek boldoggá egy életen át. Neked is a legjobbakat! Szervusz!

Sajgó szívvel állt fel helyéről és az ablakhoz sétált. Tudta, helyesen döntött annakidején, ám mégis rosszat tett. Egy ember boldogtalanná vált, és a mai napig nem bocsátott meg.

Catherine este hat körül ért haza. Részletesen beszámolt a nap eseményeiről, kivéve Flamington történetét. Arról még anyjának se beszélt. Szemmel láthatóan jó hatással volt aznapi látogatása.

Vacsoráig kellemesen beszélgettek, majd elfogyasztották a frissen sült gombafejeket, tartármártással. Ezt követően Catherine kényelmesen dőlt hátra kedvenc karosszékében, melyet nagyapja örökségeként tartott számon.

Mindig elérzékenyült, amikor visszaemlékezett az öregre, amint elterpeszkedik ebben a székben, rágyújt pipájára és jóízűen mesél a tágra nyílt szemekkel figyelő unokájának. Ábrándozásából Mary hangja zökkentette ki:- Van egy hírem számodra.

-Mi lenne az?

-Jövő héten találkozol Nicholassal.

-Nagyszerű, mikor utazunk?

-Utazol, ugyanis én nem megyek.

-Ezt nem értem.

-Így egyeztünk meg, de téged szeretettel vár.

-Szóval még mindig haragszik. Egy ilyen makacs, begyöpösödött fickóra akarsz rábízni.

-Tudod, az ember saját dolgait kevésbé látja olyan tisztán, mint másokét. Különben is, én igazat adok neki.

Légy nyugodt, csak hasznod származhat abból a két napból, amit nála fogsz tölteni.

-Remélem kettesben?

-Nincs mitől tartanod, ő talpig úriember, másként gondolod elengednélek? Különben is, úgy tudom nincs egyedül.

-Jól van, csak viccelődtem. Viszont azt elárulom, nélküled nem sok kedvem van menni.

-Kérlek ne akadékoskodj és hallgass rám.

-Rendben van, nem szólok semmit.

4.

Catherine nyolc órára elkészült a pakolással, s már csak az anyjától való elköszönés volt vissza. Mary aggódott azért a pár óra miatt, amit egyedül lesz úton leánya, de lelkire kötötte, bármi gyanúsat észlel azonnal telefonáljon. Ellátta még bőségesen jó tanácsokkal, majd Catherine beült tűzpiros autójába és útnak indult.

Nagyon a szívéhez nőtt ez a kocsi, de sajnos ez is mindig Thomast jutatja az eszébe. Két hónapja jártak együtt, amikor vásárolta. Ragyogó arccal várt kedvesére egy hangulatos vendéglő teraszán. Thomas mit sem sejtett Catherine autóvásárlási szándékáról, nem tudta mire vélni emelkedett hangulatát. Aztán amikor fény derült a rejtélyre, rögvest az alkalomhoz illő ünneplést javasolt. Tettek egy próbakört, minek végén kedvenc kirándulóhelyükön kötöttek ki.

Távol mindentől és mindenkitől, ott ahol csak a madarak és vadak járnak, a természet ölén töltöttek el egy újabb feledhetetlen délutánt.

Visszafele Thomas vezetett, s bármily őszinte volt is öröme, azért nem állta meg csipkelődés nélkül: -Ami azt illeti, az én fizetésemből nem tudom mikor futná hasonlóra, a kisasszony meg fiatalon ilyen csodával mászkál.

Catherine megpaskolta kedvese arcát és huncutul súgta a fülébe:- Ja kérem, a pénzkeresés a sikeres pályaválasztással kezdődik.

Catherine felnézett Thomasra, amiért ilyen felelősségteljes és elhívatottságot igénylő munkát végez. Emberek egészsége és biztonsága függött döntéseitől, nem hibázhatott.

Ezzel szemben az ő munkája, csak a pénzről szólt. Ha nagy ritkán becsúszott egy kis baki, hamar feledésbe merült a következő siker fényében. Ennek ellenére mégis a többszörösét kereste.

Sokszor, csak a véletlenen múlik, kinek hogy alakul a jövője. Catherine mindig is a tanári pályára vágyott, ám mégis tanácstalan volt, amikor eljött a döntés ideje. Beváltsa-e gyermekkori álmát, vagy inkább egy sokkal jobban fizetett pályán induljon-e el?

Döntését nagyban befolyásolta apja véleménye, aki szerint először meg kell teremteni az egzisztenciát, aztán ráérünk hajkurászni az álmokat.

Azóta is hálás apjának, aki kissé vicces módon próbálta befolyásolni, de sikerrel. Catherine nemcsak sokat keres, hanem szereti is munkáját és örömét leli benne, ami keveseknek adatik meg.

Közeledve Nicholas birtokához, egyre kíváncsibb lett arra az emberre, aki oly nagy hatással volt, és szerinte még van is anyjára. Aki miatt majdnem úgy alakultak a dolgok, hogy ő meg se születik. Most pedig azért utazik a mégiscsak megszületett gyermek, hogy ez a férfi segítsen rajta.

Egy tollpihének érezte magát, amely arra repül az élet tengerében, amerre a szél fújja.

Ebédtáj érkezett meg. Nem volt egyszerű feladat odatalálni. Mióta letért a műútról, egy nehezen követhető keréknyom volt az egyetlen támpont az össze-vissza kanyargó, több helyen elágazó erdei útvonalon. Még szerencse, az egész nem volt több néhány kilométernél.

Aztán hirtelen vége lett az erdőnek, s egy hatalmas tisztás terült el a szeme előtt, üdén és zölden megbújva két tekintélyes domb között. Közepén egy hangulatos faház büszkélkedet, sövénykerítéssel bekerített jókora udvarral.

Megállította kocsiját a dombtetőn, néhány percig gyönyörködött a látványban, majd óvatosan ereszkedett le a kissé csúszós és meredek lejtőn.

A kaput nyitva találta, valószínűleg már várták érkezését. Behajtott és leparkolt egy terebélyes szelídgesztenye árnyékába. Kiszállt és szemügyre vette közelebbről, hová is jött.

Tetszett neki amit látott. Az egész környék nyugalmat és békességet árasztott magából. A természet egyszerű elemei tették hangulatossá a helyet, mindenütt fák, bokrok, cserjék és frissen nyírt pázsit, a maga jellegzetes illatával. Sehol egy négyzetméternyi beton, tégla, vagy bármilyen fémszerkezet.

A főépülettől nem messze jobb oldalt, egy kis tó volt, melyben vadkacsák úszkáltak nagy nyugalommal. A tó közepén picinyke sziget, épp elegendő helyet biztosítva egy futórózsával sűrűn benőtt pavilonnak, melynek bejáratától közvetlenül egy fából ácsolt híd ívelt a főépület teraszához.

Catherine kíváncsian tekingetett jobbra-balra, miközben szép lassan közelített a bejáratnak vélt vaspántos tölgyfaajtóhoz.

Majdnem elérte célját, amikor földbe gyökerezett a lába ijedtében. Egy termetes kuvasz került elő a semmiből. Kivillanó fogai félelmetesen nagyok voltak. Néhány pillanat múltán abbahagyta a morgást és farkcsóválva közelített, Catherine legnagyobb megkönnyebbülésére. Óvatosan végigsimított buksi fején, mire az eb hálásan nyalt végig kezén.

-Nem kell félni, magát már nem fogja bántani!- hangzott hátulról egy kedélyes férfihang.

Catherine összerezzent, majd gyorsan megfordult. Középmagas, napbarnított arcú, élénk tekintetű férfivel találta magát szembe. Ismerte Nicholas életkorát, ám ez az ember közel se nézett ki annyinak, bár őszbe borult haja arról árulkodott, nem mostanában látta meg a napvilágot. Sportos alkata rendszeres testedzésre utalt, s láthatóan jó egészségnek örvendett.

Kopottas farmert viselt és egy kaszát tartott lezserül a vállán.

-Üdvözlöm, Catherine vagyok és Nicholast keresem.- mutatkozott be és jobb kezét a férfi felé nyújtotta.

-Szerencséje van, elsőre megtalálta. Ha mindig ilyen könnyen rábukkan arra amit keres, igazán irigylésre méltó helyzetben van.- válaszolt a férfi, miközben viszonozta a kézfogást.

-Ami azt illeti, ezt a mesebeli helyet a rengeteg közepén, igen nehezen találtam meg. Többször azt se tudtam, hol vagyok.

-Igaza van, kissé eldugott hely, de nekem épp ezért oly kedves. Különben Mollitól ne féljen!- bökött a kutya felé.- Ő nagyon intelligens pára. Megbízható pontossággal szűri ki a jó szándékú embereket, és őket egy istenért se bántaná. Na de kerüljön beljebb, erre tessék.

Nicholas udvariasan körbe vezette vendégét az épületben, megmutatta szobáját. A konyhában egy idősebb nő tüsténkedett, ő volt a házvezetőnő. Catherine megtudta, hetente csak kétszer van itt elvégezni a kimondott női munkát. Minden mást Nicholas végez saját kezűleg.

Most viszont ő is itt tölti a teljes hétvégét, megkérte a gazda, gondoskodjon a vendég kényelméről.

A berendezés egyszerű volt, de ízléses. Minden passzolt a környezethez. Nem hiányzott a civilizált élet egyetlen elengedhetetlen kelléke, annál inkább a modern világ szórakoztató eszközei. A túlzott kényelem és luxus nem volt divat errefelé. Az összképet a mindenhol uralkodó rend és tisztaság tette teljessé.

Végezetül a fürdőszobában kötöttek ki. Itt Nicholas illedelmesen elnézést kért, amiért átmenetileg magára hagyja. Majd sietve leindult a lépcsőn, miközben félúton járva visszaszólt:- Gondolom szívesen zuhanyozna, és pihenne is egy keveset a fárasztó út után. Ha magának is megfelel, egy óra múlva ebédelnénk. Addig is Hannah bármiben a szolgálatára áll.

-Rendben.- válaszolt Catherine és elvonult a szobájába. Tényleg jólesett a frissítő zuhany és utána egy kis pihenés.

Nicholasban kellemesen csalódott. Egy zárkózott, az őt ért sérelmet nem feledő és ezt ki is mutató, remete módjára élő személynek gondolta, aki csak Mary unszolására vállalta a találkozót. Mindezek ellenére egy kedélyes és szórakoztató embert ismert meg, akin látszik a segítőszándék.

Frissnek és könnyednek érezte magát, amint lesétált a csigalépcsőn. Az ebédlőben nem tartózkodott senki, csak egy nyitott ajtajú szobából hallatszott némi zaj. Ez a helyiség kimaradt a bemutatásból. Pont útba esett a konyhába igyekvő Catherinének, aki kíváncsian kukkantott be.

Nicholas ült egy íróasztalnál gondolataiba mélyülve, majd felkapta fejét a közeledő léptek zajára.

-Jöjjön csak be, úgyis magára várok.- invitált barátságosan. –Ez a dolgozószobám.

-Ahá, szóval itt készülnek a remekművek?

-Maga tudja, hogy szoktam írni?

-Igen, nemrég hallottam.

-Mit tud még rólam, a múltamról?

Catherine zavarba jött, nem készült fel erre a szituációra. Még mielőtt bármit is mondhatott volna, Nicholas megválaszolt helyette.

-Ne is szólaljon meg, látom a szeme állásán, mindennel tisztában van. Na de hagyjuk, nem azért jött ide, hogy számon kérjem. Különben sem a maga hibája.

-Nem hinném, bárki is vétett volna hibát.- jegyezte meg halkan Catherine.

Nicholas elengedte füle mellett a megjegyzést.- Kér egy italt?- kérdezte hűvösen. –Tudja, én nem tartok itthon, csak egészséges ételeket, italokat, melyek kizárólag a természet ajándékai. A civilizáció egészségromboló sallangjaival nem tudom megkínálni. Ha cigarettát, kávét, vagy épp alkoholt szeretne, a falu tizenkét kilométerre van innen.

-Köszönöm szépen, de nem élek egyikkel sem, viszont egy pohár hideg gyümölcslét szívesen elfogadok. Mellesleg nem azért jöttem, hogy az időmet élvezeti cikkek hajkurászásával töltsem.

-Milyen gyümölcslét óhajt?

-Milyet lehet?

-Nem tud olyat mondani, ami ne lenne. Ne ijedjen meg előbbi kijelentésemért, nem fogom éheztetni, szomjaztatni. Bőséges választék van mindenből. –fogta viccesre Nicholas.

-Pedig már kezdtem lelkileg felkészülni. Egyébként kedvencem a kúti víz, étel nélkül meg kibírok két napot. Most azért almalevet kérek. -válaszolt Catherine mosolyogva.

-Visszatérve előbbi kérdésére, nem itt születnek a történetek. Itt csak olvasható formába öntöm őket. Kiadós sétákat szoktam tenni, élvezvén e mesés táj szépségét, és menetközben vetődnek fel a jobbnál jobb gondolatok. Időnként megállok, jegyzetelek egy keveset, majd folytatom utamat. Tényleg! Szereti a természetet?

-Igen, nagyon. Sajnos a munkám végett nagyon elfoglalt vagyok, így ritkán élhetek át a maihoz hasonló pillanatokat.

-Ismerős a helyzet. Egykoron felkapott orvos voltam, éjt nappallá téve dolgoztam. Tudtam, sokkal több időt kéne töltenem pihenéssel, szórakozással. Szinte sose jutottam el kirándulásra, vagy csak járni egy nagyot a környező erdőkben, pedig vágytam rá nagyon. Aztán nagyot változott az életem, s most látom igazán, milyen buta voltam. Szerencsére most azt teszem, amit mindig is szerettem volna.

-Azelőtt nem is foglalkozott írással?

-Amíg a pénzkeresés töltötte ki életem, nem volt időm írni. Mióta írok, nem kell foglalkoznom a pénzzel.

-A gyógyítást teljesen feladta?

-Szerettem a szakmámat és a mai napig tart ez a vonzalom. Naprakészen ismerem a legfrissebb kutatási eredményeket, rendszeresen olvasom a legújabb szakirodalmat. Emberekkel nem szívesen találkozom, ezért nem végzek gyakorlati munkát. Nagyritkán, ha egy-egy régi beteg, vagy barát megkér, megpróbálok segíteni.

-Sikerrel szokott járni?

-Legtöbbször igen, de említettem, néhány esetről van szó. Nos úgy látom, témánál is vagyunk. Édesanyjától hallottam, komoly problémái adódtak. Tekintettel múltba nyúló kapcsolatunkra megígértem, összeszedem minden tudásomat, és talán kitalálhatunk valamit. Ehhez viszont meg kell önt jól ismernem, ezért javasoltam, töltse itt a hétvégét.

Catherine némi bizonytalanságot vett észre a férfi hangjában, amikor Mary nevét kimondta.

-Mindenkit ilyen megtiszteltetés ér, hogy két napig itt vendégeskedhet, vagy csak én vagyok ilyen szerencsés?

-Nem, ez csak az ön anyja iránt érzett mély tiszteletemnek köszönhető.

-Ezek szerint még mindig jelent magának valamit?

-Egyelőre maradjunk annyiban, én vagyok az orvos és nem én szorulok segítségre. Ez a hétvége magáról fog szólni, nem pedig rólam és Maryről.

Taktikus, gondolta Catherine, de eltökélt volt és bízott benne, nem csak ő lesz porondon.

-Ön ugye elvárja tőlem, mindent mondjak el magamról? Legyek őszinte és ne titkoljak el semmit. Ezt én csakis úgy tudom elképzelni, ha ön is hasonlóan cselekszik. Igaza van, szükségem van segítségre, de én legalább elismerem, ellentétben önnel, aki évtizedek óta magába fojtja problémáját.- hirtelen elhallgatott, érezte elvetette a sulykot, amit a férfi bánatos arckifejezése is alátámasztott.

-Elnézést, nem akartam megbántani.- tette hozzá bűnbánóan.

-Nem tesz semmit. Mary nem említette, hogy ennyire rámenős lánya van, különben most nem lenne itt. Valószínűleg most röstelkedne, ha hallotta volna szavait. Meg kell valljam, néhány másodperce azon voltam hazaküldöm, de nem lenne helyes. Valahol igaza van, be kell lássam, ezért belemegyek a játékba. Legyen úgy, ahogy ön akarja. Egy valamit azért tisztázzunk le. Engem köt az orvosi esküm, megőrzöm titkait, de ezt elvárom viszont. Látom magán, hogy korrekt és tisztességes ember, megbízom önben és válaszolni fogok bármire, amire csak kíváncsi. A hallottakról nem beszélhet senkinek, legfőképp Marynek. Áll az alku?

-Ígérem így lesz, és köszönöm a bizalmát.

-Azt hiszem nem lesz unalmas hétvégénk, de valahogy nem bánom. Ideje ebédelni.- javasolta Nicholas.

Hármasban ebédeltek. Hannah miután tálalta az ételt, maga is asztalhoz ült. Catherine nem győzte dicsérni főztjét, ami nem pusztán udvariaskodás volt. Tényleg nagyon ízlett minden fogás.

Pihenésképp egy órát beszélgettek mindenféléről, majd Hannah elkezdte leszedni az asztalt. Nicholas ismertette elképzelését a tervezett programmal kapcsolatban:- Holnap reggel lóra ülünk és körbejárjuk a birtokot. Van egy kilátóm pompás panorámával, ott fogunk kezdeni. Utána megnézzük a vadasparkot és végül megmutatom az én kis arborétumomat. Na és közben szebbnél szebb helyeken fogunk áthaladni.

Nicholas arca sugárzott a boldogságtól, amikor a számára oly értékes dolgokról beszélt. Catherine csodálattal figyelte a férfit, aki egyre szimpatikusabb lett.

-Remeknek ígérkezik, de van egy kis bökkenő.

-Éspedig?- kérdezte Nicholas értetlenül.

-Életemben nem ültem lovon.

-Sebaj, akkor fogattal megyünk.

-Na és mi lesz a mai program?

-Úgy gondoltam, elsétálunk és horgászunk egy nagyot. Van a közelben egy halastó. Gondoskodnunk kell a vacsoráról.- viccelődött Nicholas.

A horgásztó negyvenpercnyire volt a háztól gyalogosan. A birtok része volt, így adva volt a csend, nyugalom és egyedüllét. Induláskor Nicholas Catherine kezébe nyomott két horgászbotot és egy szákot. Ő maga két szatyrot és egy hátizsákot vállalt be.

Elhagyva a ház udvarát, egy akácoson haladtak át, óvatosan lépdelve a kitaposott ösvényen, figyelve az elébük hajló tüskés gallyakra.

Catherine rajongott a természetért. Élvezte a madarak csicsergését, szívta magába a friss levegőt és arra gondolt, öreg korában ő is szívesen élne hasonló körülmények között. Addig viszont rengeteg megpróbáltatás vár rá, sok csatát meg kell vívnia, de legelőször önmagát kell legyőznie. Elmélkedéséből Nicholas hangja zökkentette ki.

-Azért gondoltam a pecázásra, mert itt zavartalanul tudunk beszélgetni. Nem mintha a dolgozószobám nem lenne alkalmas, de itt mégiscsak levegőn vagyunk. Ráadásul a legjobb ötleteim pecázás közben szoktak támadni. Egyébként kedveli ezt a sportot?

-Nem, de időnként a barátaimmal tartok. Nekem az is élvezetet jelent, ha vízparton ülök és jót derülök kocapecás ismerőseimen.

-Megnyugtatom, én profi vagyok, s ha van kedve hozzá megtanítom halat fogni.

-Köszönöm, inkább kihagyom. Megvan a véleményem a horgászatról és vadászatról, de nem szívesen bőszítem e sportok szenvedélyes művelőit. Jómagam semmi esetre se tennék ilyet.

-Kíváncsi lennék a véleményére.

-Ha maga akarja, hát legyen. Barbár cselekedetnek tartom a pusztán kedvtelésből történő öldöklést, kihasználva magasabbrendűségünket. Mekkora dicsőség egy magaslesről méregdrága spéci fegyverrel lepuffantani, a néhány méterre kialakított vadetetőnél gyanútlanul lakmározó állatokat? Milyen nemes cselekedet beetetni a halakat, majd horgot akasztani primitív fejükbe?

-Jól tud érvelni, de tudomásul kell venni, ez az élet rendje. Az erősebb legyőzi a gyengébbet, az okos túl jár a buta eszén. Az a ponty a tó fenekén, jól lakott a bedobott etetőanyagból, mégis megeszi az elébe dobott gilisztát. A vaddisznó is kihasználja erőfölényét és felfal mindent, ami az útjába kerül. Nem azt teszik, amit mi? Joggal mondhatja, ők csak a létfenntartásuk végett cselekszenek így, másképp elpusztulnának. Az embert másfajta ösztön vezérli, ám ő is csak valamilyen szükségletét elégíti ki. A vadász, a horgász örömöt élvez, amikor eredményes. Elégedetté válik, büszke lesz magára. Nem az ölés élvezete vezérli, hanem a sikervágy. A különleges finom falatokról nem is beszélve. Azért megnyugtatom, mielőtt mélységesen elítélne, csak annyi halat viszek haza, amennyit elfogyasztok. A többit vissza szoktam dobni. Vadászni pedig egyáltalán nem járok.

Catherinét nem tudta meggyőzni az eszmefuttatás. Éles hangon válaszolt:- Hathatós érvekért magának se kell tanácsadóhoz szaladni. Nem tudom, mit szólnánk hozzá emberek, ha létezne egy magasabb rendű civilizáció, és kedvükre szórakozgatnának, vadászgatnának ránk, pusztán sikerélményüket csillapítván? Erről mi a véleménye?

-Látom, nem engedi víz alá nyomni a fejét.

-Ha ez a vita zavarja, inkább hagyjuk.- jegyezte meg Catherine bosszúsan.

-Épp ellenkezőleg. Mindig szívesen hallgatom mások értelmes érvelését. Az ön nézőpontja szerint igaza van, de az enyémből nézve nekem is. Azonban az ön érvei helytállóbbak és meghajlok előttük. Az utolsó mondatával kapcsolatban az az elméletem, egyáltalán nem biztos, hogy az emberi társadalom a legintelligensebb. Könnyen előfordul, van nálunk fejlettebb civilizáció.

Nicholas megállt, ujjával egy, az út melletti buckára mutatott.- Nézze ezt a hangyabolyt! Valószínűleg azt hiszik magukról az itt élő hangyák, ők a legszervezettebbek, legokosabbak és legerősebbek. Rólunk nem is tudnak, akkora a méret és értelembeli különbség közöttünk. Ha most eltaposnám őket, a túlélőknek fogalmuk se lenne, mi okozta a pusztítást. Előfordulhat, hasonló cipőben járunk. Lehet, valakik állandóan itt vannak a közelünkben, kedvükre befolyásolhatnák életünket, de mit sem tudunk minderről, mert annyira tudatlanok vagyunk hozzájuk képest. Annyit érzékelünk létükről, mint hangya a mienkről.

-Érdekes elmélet.- jegyezte meg Catherine, miközben félretolt egy útjába kerülő ágat.- Én is azt vallom, nem csak a földön lehet élet. A világegyetem olyan hatalmas, mi pedig oly kicsiny részét ismerjük, hogy nem állíthatjuk azt, mi vagyunk az egyedüliek. Előfordulhat, nekik egész más felépítésű szervezetük van, s nem levegő és víz élteti őket, hanem általunk ismeretlen anyagok. Kinézetre is lehetnek teljesen másak, mint mi.

-Látom, kedveli a fantasztikus irodalmat.- mosolyodott el Nicholas.

Catherine felvillanyozódva válaszolt, kedvenc témája hallatán:- Igen, nagyon. Nézve és olvasva a fantasztikus történeteket, azon tűnődöm, mi az ami meg fog valósulni? Biztosra veszem, nagyon sok. Ismervén a technika rohamos fejlődését, gyakran képzelem magam egy száz évvel későbbi világba és próbálom kitalálni, milyen, most még hihetetlennek tűnő eszközök lesznek használatban. Egy példát említenék, amire az én meglátásom szerint néhány évtizedet kell csak várni. Amint a technika lehetővé teszi, az autókat repülő alkalmatosságok fogják váltani. A légi közlekedés, szinte teljesen kiszorítja a közútit.

-Nem lesz ez veszélyes? Ha belegondolok, mennyi jármű van az utakon.

-Egyáltalán nem lesz veszélyesebb. A földi közlekedés már most túlzsúfolt. Gondoljunk bele, mi lesz később. A tér viszont mennyivel nagyobb mozgási lehetőséget biztosít. Addigra szinte kizárt lesz, hogy műszaki hiba merüljön fel ezeknél a járműveknél, nem fognak lezuhanni.

-Nem is ettől tartok elsősorban, hanem a karamboloktól. A légi irányítás nem egyszerű dolog.

Nem lesz rá szükség. A járműveket olyan mágneses, vagy egyéb zónával veszik körbe, melyek védelmet nyújtanak mindennemű ütközéstől. Képzeljük csak el, két jármű egymás felé tart, majd mikor közel kerülnek, a fellépő taszítóerőnek köszönhetően szépen elsiklanak egymás mellett.

Közben megérkeztek a tóhoz, amely inkább nevezhető kicsinek, mint nagynak, de annál kedvesebbnek. Hatalmas tölgyek posztoltak partján félkörívben, néma pillantásokat vetve az elérhetetlen víztükörre. A szemközti, hosszanti partszakaszon nem voltak fák, itt térdig érő fű nehezítette a járást. Néhány hattyú és vadkacsa ringatózott a szélfújt hullámokon.

A stéghez érve megszabadultak terheiktől. Nicholas gondosan kicsomagolt minden szükséges kelléket. Nagy szakértelemmel készítette el az etetőanyagot, majd hanyag mozdulatokkal dobálta a vízbe.

Csaliként kukoricát húzott a horogra, nagyot suhintott botjával, s a messzire szállt etetőkosár az ólom társaságában hangos toccsanással merült el a fodrozódó vízben.

Nicholas arca elégedettséget tükrözött a sikeres dobás láttán. Leült egy farönkre, tekintetét a víztükörre szegezve odaszólt Catherinének:- Most hagyjuk egy kicsit mindkettőnk kedvelt témáját, remélem lesz lehetőségünk még a fantáziálásra. Míg megfogom az esti roston sültnek és a holnapi halászlének valót, addig kérem meséljen nekem. Tudni szeretnék az életéről, gondolatairól, az érzéseiről. Hallani szeretnék a betegségéről, az előzményekről, a nehéz pillanatokról, jövőbeni terveiről. Minden érdekel, ami csak kapcsolatba hozható a válság kialakulásával. A legapróbb részlet is nagyon fontos lehet.

Catherinét nem kellett különösebben noszogatni, mert bizalmába fogadta a férfit. Magabiztossága, különleges gondolkodásmódja azt sugallta, érdemes odafigyelni rá.

Egyszerű és közvetlen viselkedése tisztelettel töltötte el Catherinét és kezdte azt hinni, nem jött hiába. Ha másért nem, hát legalább megpróbálja felszítani az egykor lobogó tüzet.

Részletesen mesélte el történetét, Thomas színre lépésétől az elmúlt napig. Szégyenérzet nélkül beszélt a sötét pecekről is, könnyedén öntötte ki lelkét, amin jómaga is meglepődött.

Nicholas feszülten figyelt és néha szakította csak meg, egy-egy rövidke kérdéssel. Catherine legnagyobb meglepetésére, ezek egyszerű, néha nem is a témához kapcsolódó kérdések voltak, semmi se utalt rá, hogy feltevőjüket bármilyen hasznos információhoz juttatná. Ez újra elbizonytalanította afelől, van –e értelme itt tartózkodásának?

Nicholas beleláthatott gondolataiba és felfedezte erősödő kétségbeesését. Bár nem állt szándékában, úgy döntött, beavatja észrevételeibe. Nem akart csalódást kelteni, a véleménye szerint segítségre szoruló lányban.

Szemével a távoli felhők felé meredt, s megfontolt hangon kezdett el beszélni:- Az ön helyzete különösen nehéz és bonyolult. Ne vegye bóknak, de rendkívül magas intelligenciával rendelkezik, még nagyobb képzelőerővel. Az ilyen személyek rendkívül érzékenyek és nehéz velük boldogulni, orvosi értelemben véve. Ön meglehetősen tisztában van a helyzetével, nehéz lenne olyat mondani, ami hatással lenne. Egy átlagos képességű ember esetén, sokszor csak a szemét kell felnyitni. Ráébresztjük a valóságra, vagy egy jótékony célú füllentés is megoldást jelenthet. Maga elveszítette a szerelmét, a férfit, akit oly nehezen lelt meg, egyben a reményt is a boldogsághoz. Hisz a túlvilági életben, úgy gondolja férje után kell mennie. Vágyik a halálra, mert azt reméli, így újra megtalálja kedvesét. Az öngyilkosságtól egyedül édesanyja iránti szeretete tartja vissza, nem akarja cserbenhagyni. Szerencsére eddig sikeresen, de kérdés meddig?

Catherine elsápadt a kőkemény valóság hallatán. Maximálisan egyetértett az elhangzottakkal. Eddig is tisztában volt helyzetével, de mástól hallva egészen rémisztően hatott. Hangjában kétségbeeséssel, félénken tette fel a kérdést:- Mi lesz velem, melyik erő fog diadalmaskodni? Válaszoljon őszintén!

-Vagy öngyilkos lesz, vagy szép lassan megtébolyodik.

Catherine elvörösödött a hirtelen támadt dühtől és meg sem várta, míg Nicholas befejezi mondatát, éles hangon vágott közbe:- Ezek szerint adjam fel? Ezért jöttem, hogy megtudjam, hiábavaló minden erőfeszítés? Nyugodjak bele sorsomba?

Nicholas arca derűsebb árnyalatot öltött, mutatóujját ajkához emelte és egy pszt hangot hallatott.

-Csak lassan a szóözönnel! Nem vártad meg a következő vagyot.

-Elnézést, néha már képtelen vagyok uralkodni magamon. Annyira aggódom anyáért, mi lesz vele, ha nem bírom tovább.

-Vagy kitalálunk valamit.- fejezte be félbehagyott mondatát a férfi, olyan hangsúllyal, mintha ez lenne a világ legegyszerűbb dolga.

Catherine hitetlenkedve csóválta fejét, miközben inkább magának, kétkedve suttogta:- Erre aztán kíváncsi leszek.

Nicholas nem hagyta szó nélkül a megjegyzést:-
Sokszor a legegyszerűbb megoldások a legsikeresebbek.
Valami azt súgja, most is a legkézenfekvőbb ötletek
között kell keresgélni.

Catherine arcát kezeibe temette, fejét térdeire hajtotta. –
Ne haragudjon, amiért így összezuhantam, de a
kimondott igazság megrázóan hatott. Igyekszem
rendezni gondolataim, mielőbb.

-Meg tudom érteni.- válaszolt Nicholas, miközben a
távolba meredt. –Jártam hasonló cipőben, én is
elveszítettem azt, akit legjobban szerettem. Annyi
különbséggel, ő még ma is él. Más férfit tett boldoggá,
miközben én elveszítettem az életbe vetett hitemet.
Szörnyű időszak volt. Talán sose gyógyul be a seb, de
mint látod, azért megtaláltam a megnyugvást, a magam
boldogságát. Ebben fontos szerepet játszott az írás és ez
a birtok. Ők jelentik nekem a szerelmet, nélkülük
elvesztem volna.

A damilon eddig csendesen himbálózó műanyag karika
hirtelen nagyot rándult, élesen koppanva a
horgászboton. Nicholas villámgyorsan cselekedett, s
néhány perc múlva büszkén rakta be a méretes pontyot
a parton felejtett szákba.

Catherine időközben erőt vett magán, és egy csapásra
elterelődött figyelme saját szerencsétlenségéről, a
számára oly fontos téma hallatán. Tudta, eljött a
legalkalmasabb pillanat, hogy megtudjon valamit
Nicholas érzéseiről, véleményéről anyjával
kapcsolatban.

-Ugye Maryről szól a történet?- kérdezte, miközben
próbálta leplezni izgatottságát.

-Nem baj, hogy menet közben letegeztelek?

-Nem, sőt örülök neki. Különben is, a lánya lehetnék.

-Hát, hát igen. Lehetnél a lányom!- mormogta Nicholas és hosszú idő után először, hihetetlenül nagy űrt érzett lelkében.

-Nem válaszolt előbbi kérdésemre!- csapott le Catherine, mint vércse az áldozatára.

-Szerintem egyszerűbb, ha viszont tegezel, de csak ha nem zavar. Ne érezd magad feszélyezve, még ha az apád lehetnék is.

-Köszönöm, élnék a nemes gesztussal. Már azért is, mert így talán válaszolsz. Anyámról beszéltél az előbb?

-Igen.- jött a rövid és komor válasz.

-Meggyűlölted őt?

-Nem, sose tudnám gyűlölni, sőt senkit a világon. Különben is, helyesen cselekedett és szerencsésen. Olyan ajándékkal jutalmazta a sors, mint te.

-Lehet, a gyűlölet szó túl erős, de csak éreztél haragot, ami most is él?

-Igen, haragudtam a sors kegyetlenségére, de reá sose.

-De a szeretet, ugye tovaszállt, miután elhagyott?

-Tévedsz, mindig azt fogja jelenteni nekem, mint akkor.

-Mégis közömbössé váltál iránta.

-Miből gondolod?

-Panaszkodott nekem. Elutasító és érzéketlen voltál, amikor megpróbált közeledni nemrégiben.

-Az csak védekezési reakció volt. Nem akarom a múltat megbolygatni.

-Anyám egyedül maradt, nem gondolod, hogy újra lehetne kezdeni?

-Nem az a fajta ember vagyok, aki ilyen szomorú eseményből előnyt kovácsolna. Meg se fordult a fejemben, hogy apád helyébe lépjek. Egyébként kicsit furcsa, hogy pont te mesterkedsz kapcsolatunk felélesztésén.

-Apám meghalt, emléke örökké él. Azonban, anyámnak joga van a boldogsághoz, nem gyászolhat örökké. Ismerem jól, egy férfi létezik, aki képes lenne boldoggá tenni. Remélem tudod kire célzok?

-Köszönöm a megtiszteltetést, de én már alkalmatlan vagyok erre a szerepre. Megszoktam a magányt, tökéletesen érzem magam a bőrömben.

-Nem érne meg egy próbát? Mit veszíthetnétek? Vagy csak a fiatal és vonzó Maryt tudtad szeretni? Megnyugtatlak, most sem néz ki rosszul.

-Nem erről van szó, tudhatnád nagyon jól. Ennyi év alatt sokat változtunk, lehet nem is tudnánk kijönni egymással.

-Ez kizárt, jól ismerlek most már mindkettőtöket. Egymásnak teremtett benneteket az ég. Túl sokat veszítettél már, miért akarsz még többet?

-Valóban elvesztettem mindent, amit csak lehet, de valahogy kárpótolt a sors. Mondtam már, nekem így jó.

-Tényleg, ezt ugye nem gondolod komolyan? Sose vágyódtál család után? Nem szerettél volna gyermekeket, unokákat? Nem hiányzott az ölelő asszonyi kar, a szeretet és gondoskodás? Van ami már nem pótolható, de van ami még része lehet életednek.

Ezek a szavak ostorcsapásként érték Nicholast. Ült szótlanul és átkozta magát, amiért ilyen helyzetbe került. Sejthette volna, hogy ez lesz a vége. Egyszer neki is szembesülnie kell a valósággal. Catherine is elhallgatott, nem akarta tovább gyötörni a férfit.

A csendet, csak a szákban vergődő hal zavarta meg. Catherine attól tartott megsértette Nicholast, azért burkolódzott némaságba. Negyed óra is eltelhetett, amikor a férfi megszólalt: -Látod a napot ragyogni az égen? Érzed a szellő simogatását? Nézd ezt a tájat, e gyönyörű tavat. Hallod a madarakat, a vadak csörtetését? Ők jelentik nekem a családot, a társaságot. Könyveim a gyermekeim, mind egy-egy külön világ. Egyformán szeretem őket, nem teszek különbséget. Boldognak érzem magam, gondom egy szál se.

-Az asszonyi ölelés? Azt nem említetted!

-Látom, téged nem lehet egykönnyen levakarni!- nevette el magát Nicholas. –Ez a legkevesebb. Időnként beugrok a városba, van egy kedvenc bordélyházam, de ha lusta vagyok, jó pénzért házhoz jön az áru.

-Nahát, ezt nem gondoltam volna!- kelt ki magából Catherine.

-Jól van na, csak viccelődtem, nem kell mindent komolyan venni! Gondolod, hogy ilyesmivel dicsekednék?

-Nem, de valójában semmi közöm hozzá, de ahhoz annál több, miért határolódsz el egy estleges folytatástól. Addig nem hagylak békén, amíg nem kapok határozott választ. Vagy kijelented számodra nem létezik, és többé nincs helye az életedben, vagy beleegyezel, hogy összehozzak egy találkozót. Válaszolj, tiszta szívből!

-Kegyetlen vagy, jól tudod az elsőre sose lennék képes.

-Akkor mikor esedékes a másik verzió?- tette fel Catherine a kérdést diadalittasan.

-Válaszom egyszerű, amint teljesen felépültél.

-Tessék, hogy jön ez ide?

-Tegyél valamit a célodért. Na meg aggályaim is támadtak.

-Pontosabban?

-Valószínűleg észre se veszed, nem tudatos. A te felelősséged csökkentené, ha Marynek lenne valakije. Egy biztos támasz Mary mellett, a te túlélési esélyeidet rontaná .

Catherinét ismét letaglózták az elhangzott szavak. Talán mégis tudhat ez az ember valamit, hogy így belelát a lelkébe. Szeme könnybe lábadt és keserű hangon szólalt meg:- Igazad van, de félek ez mindenképp be fog következni.

-Azon kínlódunk, hogy ne legyen így.

-Ígérd meg, ha mégis veszítünk, segítesz neki és mellette leszel.

-Ez övön aluli ütés, ilyet nem jelenthetek ki.

-Ígérd meg az ég szerelmére!- könyörgött Catherine, miközben keserves zokogásban tört ki.

Nicholas átölelte, egy csapásra feltámadtak apai ösztönei, s feledve elveit, próbálta vigasztalni:-

Megígérem, de te is kövess el mindent. Szeretnék egyszer egy asztalnál vacsorázni veletek, s gyönyörködni a játszadozó gyermekedben.

Catherine igenlően bólintott, majd még hevesebb zokogásban tört ki. Hosszú időbe tellett, míg megnyugodott, aztán tett egy sétát a tó körül. Eközben Nicholas erős töprengés közepette, időnként bosszúsan vakarta meg fejét. Tisztában volt vele, nem jutottak előbbre. Sőt!

Mire a nap kezdett elsüllyedni a távoli fák koronájába, a szák szépen megtelt hallal. Volt ott a pontyokon kívül kárász, keszeg és még egy süllő is. Catherine sajnálkozva szemlélte őket, különösen egy keszeg miatt fájt a szíve, amely lényegesen kisebb volt sorstársainál.

Óvatosan kiemelte, érezte testének kétségbeesett rángását, miközben markában tartotta. Kérlelő tekintetét a férfire vetette és szinte könyörögve szólt:- Őt ugye nem tudjuk semmire használni? Olyan pici.

-Dehogy nem! Roston sütve fenséges csemege.

-Én nem tudnék jóízűen enni belőle.

-Majd én megeszem.- jelentette ki Nicholas tettetett komolysággal, majd nevetve folytatta:- Engedd el nyugodtan, addig úgy se hagysz békén.

-Pompás!- lelkendezett Catherine és rögvest elengedte a halat, mintha attól félt volna, hogy Nicholas meggondolja magát.

-Menj és hozz szerencsét!- szólt utána.

A kis keszeg hirtelen megfordult, tett egy tiszteletkört és eltűnt a tó vízében.

Este tüzet raktak az udvaron. Szalonnát és kolbászt nyársaltak hagymával, a hamuban krumplit és almát sütöttek. A roston piruló halak bármily ínycsiklandozóan illatoztak is, Catherine nem volt hajlandó enni belőlük. Nicholas megmosolyogta és megígérte, eszik helyette is.

Sokáig beszélgettek, időnként rövid szünetet tartottak, hallgatván a tűz pattogását. Catherine élvezte a férfi társaságát, s teljes mértékben megértette anyját, amiért gyengéd szálak fűzték hozzá egykoron. Éjfél körül kezdett elálmosodni.

-Ha nem sértelek meg, szép lassan lefürdenék és nyugovóra térnék.- mondta és kezét szája elé emelte, elfedve ásításra nyíló ajkait.

-Menj csak, én még elmélkedem kicsit itt a tűzközelben.

Catherine már kiheverte a tóparti sokkot, olyannyira, hogy még viccelődni is volt kedve:- Attól tartok ott fogsz megöregedni, ha velem kapcsolatban vársz, valamilyen isteni szikrára.

Nicholas sietve válaszolt:- Elég öreg vagyok ahhoz, hogy ne üljek itt évekig. Holnap mikor indulsz?

-Úgy három körül, ha elviselsz addig.

-Nehogy megszökj korábban. De komolyabbra fordítva, kettőkor várlak a dolgozószobámban, lesz mit megbeszélni.

-Jaj ne rontsuk el az estét a holnapi teendők emlegetésével.

-Rendben, akkor csak annyit, délelőtt körbejárjuk a birtokot.

-Ezt már jobb hallani. Jó éjt!

-Jó éjt!

Reggel korán indultak, mert Nicholas időben vissza akart érni, hogy legyen ideje a halászlé saját kezű elkészítéséhez. Catherine rendkívül élvezte a többórás út minden pillanatát. Örömmel töltötte el a természet számtalan apró csodája.

Nicholas nagy szakértelemmel kalauzolta körbe a növények, bogarak és állatok világában. Ismert minden fát, bokrot, cserjét és virágot. Láttak vaddisznó kocát, csíkos kismalacokkal, szarvast, őzet és nyulat. Gyönyörködtek a több hektárnyi arborétum szebbnél szebb növényeiben. Útjuk végén megpihentek a kilátó fapadján, ahol kitűnően áttekinthető volt a környék, útjuk minden eddigi állomásával.

Mikor Catherine kellőképpen betelt a látvánnyal, Nicholas véget vetett az idilli hangulatnak. Egy jó órán keresztül faggatózott, tette fel kérdéseit kíméletlenül. Ezek már cseppet sem voltak szokványosak, legtöbbjük kényes, intim témákra vonatkoztak, s nem volt könnyű válaszolni.

Catherine nem kételkedett a férfiben, őszintén válaszolt mindenre, bármily kellemetlen volt is. Nicholas nem ismert tapintatot, kíváncsi volt Catherine lelkének legrejtettebb szegleteire is. Olyan témák is felvetődtek, melyektől Catherine nemrég még teljesen elzárkózott volna, most mégis készségesen közreműködött.

Befejezvén az egyikük számára se kellemes vallatáshoz hasonlítható beszélgetést, szótlanul ballagtak vissza a közelben várakozó fogathoz.

Az ebédig gyorsan telt az idő. Nicholas az udvaron halászlét főzött bográcsban, amibe látszólag teljesen elmélyedt, szinte feledve a körülötte lévő világot. Catherine nem is próbát beszélgetésbe elegyedni, inkább bement a konyhába segíteni.

Hannah zavarba jött a váratlan cselekedett láttán és próbált ellenkezni:- Kérem ne piszkolja össze magát, ez nem az ön dolga!

-Miért ne segédkeznék egy kicsit?

-Mert kényelmesen el tudom látni a teendőket.

-Most akkor kicsit könnyebben lesz.- mosolygott Catherine és választ nem várva elkezdett burgonyát pucolni.

-Hát, ha ennyire akarja, nem bánom, de mit fog hozzá szólni az úr?- adta meg magát Hannah és egy kötényt nyújtott Catherinének.

-Úgy látom, ő most teljesen a főzés bűvöletébe került, ügyet sem vet ránk. Én meg nem tudom tétlenül nézni, hogy mindenki serénykedik körülöttem.

-Ne higgye, hogy a főzés köti le ennyire. Ilyenkor erősen töri valamin a fejét. Nem tudom mi az, de nagyon fontos lehet, mert rég láttam ilyennek.

Catherine arra gondolt, bárcsak ehetetlen lenne a halászlé, de Nicholas töprengése eredménnyel járna.

Az ebédet a szigeten fogyasztották el, a pavilon oltalmazó árnyékában. Nicholas visszazökkent normálisnak nevezhető állapotba, és szemmel láthatólag örömmel töltötte el művének osztatlan sikere. Catherine nem rajongott a halászléért, de ez kimondottan ízlett neki. Anyja jutott eszébe, aki viszont nagy imádója volt az ételnek.

-Szednék még egy kicsit, ha nem tűnök telhetetlennek.- szólt tréfálkozva.

-Csak nyugodtan, de maradjon kapacitásod a szarvas sültre is.- figyelmeztette Nicholas.

-Azt ehetek bármelyik étteremben, de ilyen levest sehol.

-Anyádra ütöttél ebben is.- reagált Nicholas elkomoruló arccal.

Catherine nem vette észre a hangulatváltozást, s véletlenül hangosan gondolkodott: -Kár, hogy nem kóstolhatja meg!- Hirtelen elhallgatott, halvány pír futott végig arcán, szemtelennek érezte magát.

-Szólok Hannahnak, tegyen neked az útra, aztán úgyis azt csinálsz vele, amit akarsz.- szólt Nicholas csendesen.

-Köszönöm, ennek igazán örülök.

Ebéd után pihent egy félórát, aztán elkezdett csomagolni. Nicholas kettőkor várta, s utána nem sokkal szeretett volna indulni. Feszült, ideges volt. Tudta, egyedül képtelen megoldást találni. Viszont bízott a férfi találékonyságában, hátha volt értelme itt tartózkodásának, azon kívül, hogy többnyire jól érezte magát.

Amikor a jövőre gondolt összeszorult a szíve, és kétségek gyötörték lelkét.

Nicholas a párnázott fotelek egyikében ült, amikor Catherine belépett. Leült és várakozó tekintettel nézett a férfire, aki megköszörülte torkát, és máris rátért a lényegre:- Az elmúlt másfél napban jól megismertük egymást. Sokat beszélgettünk, kifejtve gondolatainkat. Én azt vállaltam, hogy segítek, míg te kettős céllal érkeztél. Egyrészt nyitott vagy a segítőszándékra, másrészt fejedbe vetted, hogy összehozol Maryvel. Gyanítom, ez utóbbit titokban tartod otthon, amíg csak lehetséges. Velem csak boldogultál valahogy, de Mary nehezebb eset. Nos térjünk vissza sokkal fontosabb dolgunkhoz! Alaposan feltérképeztem gondolkodásmódod, megismertem személyiséged. Néhányszor semmitmondó kérdésekkel untattalak, de hidd el, ezekre adott válaszaidból is sokat tudtam meg. Aztán néha tolakodónak tűnhettem, ezért elnézésed kérem, de erre is szükség volt. Kijelenthetem, minden tudás a birtokomban van, ami csak szükséges.

Catherine nagy érdeklődéssel hallgatta és megjegyezte:- Kíváncsi vagyok, mire jutottál?

Nicholas rövid szünetet követően folytatta:- Nem szeretnék magánemberi tulajdonságaidról túl sokat beszélni, még azt hinnéd udvariasságból mondok jókat. Röviden annyit, rendkívül pozitív benyomást tettél rám. Az alma nem esik messze a fájától. De most jöjjön a dolgok kellemetlen oldala! Állapotodra nincs igazán hatásos gyógymód. Gyógyszerekkel, vagy kezelésekkel teljesen fölösleges próbálkozni.

-Ezt már tapasztaltam.- szólt közbe Catherine.

Nicholas tovább beszélt:- Az egyetlen kiút, benned rejlik. Nagyon komoly gondolkodású ember vagy, aki tele van szeretettel, felelősségtudattal. Kötelességednek érzed, hogy Maryt megkíméld a fájdalomtól és ez tartja benned a lelket. Jellemző rád a munkád iránti elkötelezettséged, a kollegáidhoz és barátaidhoz fűződő remek viszony. A szívedben rejtőző szeretet, nemes érzéseid, emberi értékeid jelenthetik a menekvést, ha megfelelő akarattal párosulnak és elég erős vagy.

-Mi van, ha nem? Mikor Thomas megjelenik, ezek az érzések elhomályosulnak, s a halál iránti vágyam mindennél erősebbé válik.

-Sajnos, ez esetben bekövetkezhet a szerencsétlenség.

-Szóval te sem tudsz mit tanácsolni?

-Nem egészen, úgy vélem van valami.

-Ez hihetetlen!- húzta fel szemöldökét Catherine.

-Pedig nem a levegőbe beszélek. Igaz nem könnyű véghez vinni, de ez kizárólag rajtad múlik.

-Mindenre készen állok!

-Helyes.

-Beavatná végre zseniális ötletedbe?

-Természetesen. Mary iránti szereteted és a sötét pillanatok halál utáni vágya közel egyforma erővel hatnak rád. Sajnos elég egy erősebb roham és az utóbbi diadalmaskodni fog. A feladat elméletileg egyszerűnek tűnik. A benned lakozó szeretetet és felelősségtudatot annyira meg kell erősíteni, hogy a beteg gondolatoknak esélye se legyen.

-Lehetséges ez egyáltalán? Anyám iránti érzéseimet nem lehet tovább fokozni.

-Azt nem, de egy új személy teljesen megváltoztatná az erőviszonyokat.

-Mit értesz ez alatt?- kérdezte Catherine elsápadva.

Nicholas erősen a szemébe nézett és komor hangon válaszolt:- Egy gyermek. Egy kacagó, vagy éppen síró, gyönyörű kisbaba. Érte bármire képes lennél. Nincs az az erő, mely anyai ösztöneid képes lenne háttérbe szorítani.

-Ez abszolút lehetetlen, hogy fordulhat meg ilyesmi a fejedben? Képtelen lennék bárkivel is kapcsolatot létesíteni.

-Nem úgy gondoltam. Viszont orvosilag megoldható lenne.

-Ne haragudj, de még a hideg is kiráz a gondolattól. Egy vadidegentől essek teherbe, akiről semmit se tudok? Gyermekem apa nélkül nőjön fel? Ennyire nem lehetek önző.

-Majd idővel, már gyógyultan találnál neki apát is, de ezt a dolgot neked kell feldolgozni. Ha megbízható szakemberre lesz szükséged, vannak kapcsolataim. Itt megtalálsz. Szívesen látlak bármikor, ha támaszra van szükséged, vagy éppen kikapcsolódásra vágysz.

-Köszönöm, biztos élni fogok még a vendégszereteteddel, de mi lenne ha elcsalnék magammal valakit?

-Kérlek, ne élj vissza a bizalmammal!

-Bocsánat, de azért mutatnék egy képet, csak kíváncsi vagy rá?

Nicholas képtelen volt uralkodni magán, mohón kapott az asztalra helyezett fénykép után. Catherine elégedett mosollyal nyugtázta a reakciót és folytatta kitervelt akcióját.

-A hátulján van a telefonszáma, ha esetleg érdekel az is. Ez a kedvenc képem, úgyhogy nem adom neked. Felmegyek a holmimért, hamarosan jövök elköszönni. Addig itt hagyom.

5.

Nagy sebességgel haladt a hazafelé vezető főútvonalon. Rendszerint élvezte a vezetést, de most nagyon zaklatott volt. Fejében kavarogtak a gondolatok. Igazat adott Nicholasnak, egy gyermek gyökeres változást hozna életében. A gyermeknevelés hatalmas felelősség, egyben rengeteg örömöt és nagy boldogságot jelent. Egy anya a lehető legjobb feltételeket biztosítja, gondoskodik és elhalmozza szeretettel kicsijét. Ehhez erősnek és megingathatatlannak kell lennie, bizonytalanságnak helye nincs. Képesnek érezte volna magát minderre, ami egyben gyógyulását jelentené.

Ez viszont, csak egy álom. Az út odáig hosszú, rögös, de legfőképp kivitelezhetetlen. Jelen pillanatban nem látott rá módot.

Őrlődésének az útszélen integető rendőr kirajzolódó alakja vetett véget.

-Lassítson kérem.- mondta amikor mellé ért. –Csúnya baleset történt, csak egy sávban lehet közlekedni.

Haladt néhány métert, utána elérte a kocsisor végét. Néhány percig várakoznia kellett, majd áthaladt a baleset helyszínén. Jobb oldalt az árokban egy személyautó roncsai voltak láthatóak, az úttest szélén egy szintén összetört kisbusz. Sérültek nem voltak, csak négy letakart holttest.

Ennyik vagyunk emberek, gondolta. Éljük a kis életünket, küzdünk a mindennapos problémáinkkal.

Céljaink, terveink vannak, minél jobban szeretnénk élni. Elérhetünk bármit, amit csak akarunk, aztán egy rossz pillanat és vége mindennek. Nem marad más utánunk, csak egy élettelen test, gyászoló szeretteink, könny és szomorúság.

Thomas is erős volt, s képes volt legyőzni bármilyen nehézséget. Nem félt semmitől, végül ez lett a veszte. Mennyit beszélgettek családról, tervezgették a közös jövőt. Hatalmas ünneplést akart gyermekük születésekor, míg Catherine a fogantatást is méltóképpen szerette volna köszönteni. Már csak azért is, mert abból ő is kivehetné részét. Végül úgy döntöttek, mindkét alkalmat megragadják.

Időközben elhagyta a forgalomkorlátozás alá eső útszakaszt. Egyre nagyobb sebességgel haladt, amit észre se vett. Gondolatai vészesen messze jártak, a felezővonal szép lassan egybeolvadt. Könyörtelenül közeledett egy éles kanyarhoz, mely ilyen sebesség mellett végzetesnek tűnt. Ekkor belenézett a visszapillantó tükörbe, éles sikoly hagyta el torkát és beletaposott a fékbe. Thomas komor tekintete szegeződött rá.

Fülsiketítő dudaszó térítette magához, egy teherautó épphogy el tudta kerülni. Lehúzódott a leállósávba, megállt, fejét a kormányra hajtotta, s megpróbált úrrá lenni a helyzeten.

-Telefonálnom kell anyának, egy órán belül itt lesz.- suttogta kétségbeesetten.

Elővette a mobilját és megrökönyödve vette tudomásul, nincs térerő. Úgy határozott, óvatosan továbbhalad néhány kilométert, hátha nagyobb sikerrel jár. Alig indult el, Thomas arca újra ott volt a tükörben, ezúttal derűsen sugárzott.

Catherinét elhagyta ereje, feledett mindent, ami tartást adhatott volna, csak egyvalami érdekelte: együtt lenni vele.

-Szia szerelmem! Újra eljöttél? Tudtam nem engedsz el.

Thomas nem válaszolt, de ez nem zavarta. – Mit szólsz hozzá, ha egy olyan helyre mennénk, ahol senki se talál ránk, senki se zavarhat meg?

Jobb kezével megfogta mobilját és nagy ívben dobta ki az ablakon.- Nem lesz rá szükség, hiába csóválod a fejed. Soha többé nem kell.

Elhajtott a városhatárt jelző tábla mellett. Hamarosan otthon lehetne, de a második kereszteződésnél letért az eredeti útvonalról.

-Remélem tudod hová tartunk? A hétvégi telkünkre, amit az esküvő előtti napon vettünk. Ez volt az első és egyben utolsó közös szerzeményünk. Senki se tudott róla, még Mary sem. Sajnos nem tudtuk felavatni a kis faházat, pedig hogy elterveztük. Nem volt eddig erőm elmenni oda, de azért gondoskodtam a rendbetételéről.

Mary ebéd után fodrászhoz ment, aztán beugrott egy bevásárlóközpontba beszerezni néhány dolgot, majd sietett haza. Finom vacsorával akarta fogadni gyermekét. Ha minden igaz, másfélkét óra múlva meg kell érkeznie, úgyhogy csipkednie kellett magát.

Kíváncsian várta, milyen eredményt hozott a hétvége. Legszívesebben felhívta volna Nicholast, hogy megtudja véleményét, de nem volt mersze hozzá.

Catherine elhagyta a lakott területet, letért egy erdőszéli kereszteződésben. Óvatosan hajtott a hepehupás földúton.

-Még körülbelül tíz perc és megérkezünk.- kacsintott Thomasra, amikor egy őz ugrott elő váratlanul jobbról, az erdő sűrűjéből. Oldalával épphogy súrolva a lökhárítót, átszaladt a kocsi előtt, s rémülten tűnt el a bozótossal övezett tölgyesben.

Catherine jobb kezével ösztönösen az arcát védte, míg baljával a kormányt szorította. Megállt, megvizsgálta a kocsit és elégedetten állapította meg, semmilyen komolyabb kárt nem szenvedett.

Csodálkozva nézett körül, s döbbent arccal suttogta:- Mit keresek itt?

Rövid gondolkodást követően felelevenítette az elmúlt óra eseményeit, kezdve a balesettől. Rémülten ébredt rá, mekkora bajban van. Kapkodva kereste telefonját, mígnem felvillant előtte a dobás, amely megfosztotta a reménytől.

Beült a kocsiba, remegő kezekkel az irattartóját kereste a szarvasbőrből készült ridiküljében. Nagy nehezen megtalálta és megrökönyödve vette tudomásul, anyja képe nincs meg. Ott felejtette, persze szándékosan Nicholasnál. Ráborult a kormányra és elfúló hangon fakadt ki:- Ez a sors akarata. A hétvégi utam nem a boldogulásról , hanem a végzetről fog szólni.

Beindította a kocsit, és nagy porfelhőt hagyva maga után elindult a beteg elméje által annyira vágyott helyre.

Mielőtt elindult volna szokásos körútjára, Nicholas beugrott a dolgozószobába összepakolni íróasztalán. A békésen heverésző papírok egy része a szemetesben kötött ki, míg a maradék a fiók mélyén talált helyet magának.

Elégedettség kerítette hatalmába a keletkezett rend láttán. Elindult az ajtó felé, amikor a szék alatt egy elhullajtott papírdarabot pillantott meg. Lehajolt érte és meglepetten ismerte fel Mary fényképét, hátulján a telefonszámmal.

Délután nem volt ereje visszaadni, ott hagyta az asztalon. Később nem találta, ezért úgy vélte Catherine vette magához távozása előtt. Akkor úgy gondolta ez a sors akarata, pedig csak a huzat vitte le az asztalról nagy kegyesen. -Ez is a sors akarata?- bonyolódott bele gondolataiba.

Visszalépett a székhez, leült és kíváncsian fürkészte a képet. Olyannak találta élete asszonyát, amilyennek nap, mint nap elképzelte. Mereven nézte a hátlapra írt számokat. Hihetetlen kísértést érzett, hogy a telefon után nyúljon, de önfegyelme felülkerekedett vágyain, s néhány pillanattal később zsebre vágta a képet és sietve távozott.

Catherine megpillantotta a szélső telkek kerítéseit. Innen már csak néhány méterre van az ő kertjük. A földút egyre egyenetlenebb lett, a jármű alja többször leért. Félreállt egy alkalmas helyen, s gyalog folytatta útját.

Thomas ott lépdelt szorosan mellette, ami nyugalommal töltötte el. Egyébként biztosan félt volna az elhagyatott helyen. Néhány telek talált itt gazdára, gazdáik csak hébe-hóba tartózkodtak kint. Többnyire csend és nyugalom honolt a környéken, ezért is tetszett nekik annyira.

Vasárnap este lévén, zárva volt minden kapu, hazatért mindenki otthonába, készülődni a másnapi munkára.

A kis faház egyszerűen volt berendezve. A padlástéren két háló, alul egy konyharész helyezkedett el meg egy nappali, amely egyben ebédlőként is funkcionált.

Kinyitotta az összes ablakot és ajtót, kiszellőztetvén az áporodott levegőt. A sarokheverő felé fordult és ünnepélyes hangon beszélt:- Vacsoránk az nincs, de nem fog hiányozni. Mondanom kell valami nagyon fontosat.

Odalépett Thomas képzeletbeli testéhez és végigsimított arcán. Érezte illatát, hallotta halk lélegzését. Valóságként élte át mindazt, amit olyannyira vágyott.

-Elhatároztam, ezúttal nem engedlek el, veled fogok tartani. Többé semmi nem választhat el tőled. Ne is próbálj meggátolni, úgyse hagyom. Ne hivatkozz Maryre, valahogy kibírja, lesz aki segíteni fogja. Most kicsit magadra hagylak, van egy kis dolgom.

Leült a halványzöld abrosszal letakart tölgyfaasztalhoz, papírt, tollat vett elő és lassú mozdulatokkal írni kezdett:

Drága édesanyám!

Tudom, hatalmas fájdalmat okozok, de hidd el, számomra ez az egyetlen út a boldogsághoz. Ehhez az is kell, hogy megbocsásd tettemet és fogadd el döntésemet. Nicholas még mindig szeret, csak nyújtsd felé kezed. Nekem Thomas mellett a helyem, majd figyelünk odaátról.

Szerető gyermeked!

Catherine

Mary már több mint egy órája elkészült a vacsorával. Úgy számolt, leányának már itthon kellene lennie. Gyötrő félelem kezdte hatalmába keríteni. Talán mégse lett volna szabad egyedül elengedni? Nem kell rögtön rosszra gondolni, nyugtatta önmagát. Különben is, hogy nézett volna ki, ha elkíséri?

Az idő multával aggodalma egyre erősödött, amit fokozott többszöri sikertelen telefonhívása. Végül hosszas vívódást követően úgy határozott, legyen bármily kínos is, rácsörög Nicholasra.

Lelke megkeményedett, elfeledett önérzetet, büszkeséget és elszántan pötyögte be a férfi mobilszámát. Többször is próbálkozott, de nem volt elérhető. Végül kénytelen volt a vezetékes telefont igénybe venni.

Ahogy sejtette, a már ismert kellemetlen nőszemély jelentkezett be:- Tessék, kivel beszélek?

-Mary vagyok, Catherine anyukája. Feltétlen beszélnem kell Nicholassal.

Hannah hangja érezhetően meglágyult, veszített szigorából:- Sétálni ment, de próbálja meg mobilon, mindjárt mondom a számát.

-Köszönöm megvan, de sajnos nem tudom utolérni.

-Biztosan nincs térerő. Azt tanácsolom próbálja meg kicsit később, mert esti körútját a csillaghegyen szokta megszakítani egy pihenő erejéig. Ott mindig van térerő, ha jól sejtem hamarosan odaér.

-Köszönöm szépen! Még valami! Meg tudná mondani, a lányom mikor hagyta el a birtokot?

-Úgy 15 óra körül. Meg kell hagyni, rendkívül figyelemre való teremtés, igazán büszke lehet rá.

Mary az is volt, s máskor örömmel hallgatta volna a dicsérő szavakat akár órákig, de most gondolatai már messze jártak.

-Köszönöm és viszhallás.- hadarta el, majd letette a kagylót. Agya lázasan zakatolt, biztos volt benne, történt valami, csak kérdés mi?

Catherinének rég itthon kellett volna lennie. Talán lerobbant? Akkor telefonált volna. Nem tudott másra gondolni, mint a legrosszabbra.

Rettegését tanácstalansága tette még elviselhetetlenebbé, nem tudta mit tegyen. Az önvád kérelhetetlenül marcangolta, egyre inkább úgy érezte, nagyot hibázott. Hogyan is engedhette el egyedül? Vetődött fel benne újra és újra.

Bekapcsolta a televíziót, megpróbálta elterelni figyelmét. Mindenképp szeretett volna beszélni Nicholassal, mielőtt bármit is tenne. Akármilyen odaadással is olvasta a bemondó a híreket, nem tudott odafigyelni. Egészen a következő pillanatig, amikor komor hangon számolt be egy súlyos közlekedési balesetről:- Tragikus kimenetelű szerencsétlenség történt 16- óra után a 123- as úton a 80. kilométer közelében. Egy fiatal nő, személygépkocsijával frontálisan ütközött egy kisbusszal. Senki sem élte túl, négy halálos áldozatot követelt a tragédia.

Mary hallván a beszámolót, sápadt arccal, reszkető újjakkal nyúlt a telefon után. Hívni akarta a rendőrséget, ám az, abban a pillanatban megszólalt.

-Istenem, csak nem azért keresnek!- motyogta. Füléhez emelte a kagylót, miközben rosszullét kerítette hatalmába.

Nicholas minden áldott nap megteszi ugyanazt az utat, kora esti séta gyanánt. Ilyenkor kedvére gyönyörködik birtokában. Külön örömmel tölti el a tudat, hogy az ő kétkezi munkája is fellelhető számos helyen.

Mióta itt él, a saját ízlésének megfelelően formálja a környéket, anélkül, hogy a természet eredetiségét megsértené.

Ez a terület, ahol éppen keresztülhaladt csúf sebként éktelenkedett, amikor ideköltözött. Az előző tulajdonos több hektárnyi területen vágatta ki az erdőt, nem törődve mással, csak a saját hasznával.

Most újra sűrű lombkoronák uralják a légteret, feledtetvén az egykor oly lehangoló látványt nyújtó tarvágást. Közel 30000 facsemetét ültettek el, majd évente ápolták őket. Lekaszálták a derékig érő füvet, siskanádat és szederindát, melyek megpróbálták elfojtani a segítségre szoruló kis tölgyeket, bükköket.

Nehéz, kimerítő munka volt a tűző nap melegében. Ő is beállt a napszámosok közé és végigdolgozta velük a műszakot. Ugyan nehéz volt lépést tartani a mindennapi kenyerüket ezzel keresőkkel, de sosem vallott szégyent, elnyerve őszinte elismerésüket.

Esténként elégedettséget érzett, miközben szedegette ki térdeiből a tüskéket, és az elvégzett munkára gondolt.

Sétájának utolsó állomása a Csillaghegy volt. Szaporán vette a levegőt, míg felkapaszkodott a meredek ösvényen. A hegytetőn egy kézilabdapálya nagyságú tisztás volt található. Nicholas itt bársonyos pázsitot növesztett, rendszeresen nyírta és ápolta.

Megállt a tisztás közepén, tekintetét körbejáratta, majd hosszasan bámulta a tájat. Elfeküdt és végignyúlt a füvön. Érezte a föld illatát, hallgatta az erdő csevegését. A messzi magasban egy sas körözött méltóságteljesen, éppen keresve soron következő áldozatát.

Nicholas képes volt önfeledten heverészni fürkészve az eget, amíg a sötétség rá nem telepedett a környékre. Ilyenkor elégedettség járta át lelkét és kellemesen peregtek percei. Most azonban más volt minden, valami megmagyarázhatatlan űrt érzett, hihetetlenül vágyott valami után.

Szomorúan ismerte be, hatalmába kerítette a magány. Hosszú idő után, először nem volt kibékülve sorsával. Belegondolt mennyi minden maradt ki életéből, s mennyi mindent nem pótolhat már be.

Sosem volt gyermeke, akiről gondoskodnia kellett volna, akit elhalmozhatott volna atyai szeretettel, vagy épp segíteni őt, ha szüksége lenne rá. Milyen büszke lehetne, ha egy olyan emberről, mint például Catherine elmondhatná, hogy az ő gyermeke? Ki fogja örökölni nagybecsű birtokát, kinek lesz hasonlóan kedves, ha ő már nem lesz. Ki fog rá emlékezni egyáltalán? Tényleg helyén van az élete, vagy csak áltatja magát hosszú évtizedek óta? Vajon képes lenne-e változni? Igaza lett volna Catherinének, amikor arra utalt: nem foszthatja meg önmagát a boldogság lehetőségétől?

Mialatt ezek a gondolatok jártak fejében, anélkül, hogy észre vette volna elővette Mary fényképét, és arra eszmélt merően bámulja az imádott arcot. Hihetetlen késztetést érzett, hogy felhívja a hátoldalon található számot, de önérzete keményen tiltakozott.

Azzal is tisztában volt, talán soha többé nem engedi ennyire szabadjára érzelmeit, s talán soha nem lesz képes hasonló lépésre elszánni magát. Végül levetkőzte maradék gátlásait is, s szép lassan pötyögte be a számokat egymás után. Habozott még egy kicsit, majd elszántan megnyomta a hívás gombot.

Catherine összehajtotta a papírt, rövid keresgélés után egy borítékot húzott elő táskájából és elhelyezte benne. Lezárta, majd ráírta Mary nevét és címét. Ráborult az asztalra, zokogásban tört ki. Bármily fájdalmas is volt a búcsú anyjától, már semmi se tántoríthatta el szándékától.

Mary felvette a telefont, szíve összeszorult, s remegő hangon szólt:- Tessék, kivel beszélek?

-Szervusz! Nicholas vagyok.- hallatszott a feszült hang.

-Szervusz!- válaszolt Mary.

Nicholas, mint mindig, most is lényegre törő akart lenni:- Azért hívlak, mert...- kezdte volna beszédét, de Mary türelmetlenül közbevágott.

-Tudom, mert szólt a házvezetőnőd. Ne félj nem értelek félre. Nem szívesen zavarlak, de a lányom még nem ért haza és nagyon aggódom. Ráadásul most hallottam, történt egy baleset, melyben egy fiatal nő is életét vesztette. Catherine is akkor járthatott ott. Nagyon félek, hogy baj érte.

-Ez miatt ne aggódj, más típusú volt a személyautó, amelyben a szerencsétlen nő utazott.

-Ez biztos?- kérdezte Mary elcsukló hangon.

-Egészen biztos. Egy ismerősöm látta az esetet, beugrott hozzám néhány percre. Tőle tudom.

-De jó ezt hallani, jobbkor nem is hívhattál volna.- sóhajtott fel Mary.

-Örülök, hogy segíthettem, de ez csak egy felhő volt, amit szétoszlattunk. Attól tartok a viharfelhők még csak most közelednek.- válaszolt Nicholas összehúzott szemöldökkel.

-Arra gondolsz, amire én?

-Sajnos igen, már rég haza kellett volna érkezzen. Gondolom hiába hívod telefonon. Ráadásul meglehetősen zaklatott állapotban távozott.

-Istenem, hol lehet, hová mehetett? Mit tegyek? Tudom nagy bajban van.

-Ne ess pánikba! Meg fogom tudni hol van, mégpedig rövid időn belül. Leteszem a telefont, mert intézkednem kell, amint tudok valamit rögvest hívlak. Bármikor telefonálj, ha szükséged van rám.

Mary az ég segítő kezét látta Nicholasban, aki oly meggyőzően beszélt, mint aki biztos a dolgában.

Catherine felállt, az ablakhoz ment, becsukta azt és leengedte a redőnyt. Ezt megismételte az összesnél, mígnem már csak az ajtó maradt vissza. Mielőtt becsukta volna a külső faajtót, kilépett és áramtalanította a házat. Megállt a küszöbön, vetett egy búcsúpillantást a lemenő napra. Ezután kulcsra zárta a belső üvegajtót is, becsukván maga mögött mindent.

Sötétbe burkolódzott a nappali, épp csak annyi fény szűrődött be, hogy tájékozódni lehessen. A konyharész egyik szegletében megtalálta a gázpalackot, odahúzta a bejárati ajtó közelébe a belépni szándékozónak jól látható helyre. Egy erőteljes tekeréssel megnyitotta a gázcsapot, az ágyhoz sietett, ahol Thomas várt rá. Lefeküdt mellé, kezét a kezébe vette és szerelmes pillantást vetett rá.

-Szeretlek, s többé ne engedj el magad mellől.- suttogta és becsukta szemeit, várva földi létének szomorú végét.

Mary rendkívül türelmetlen volt, alig bírt mit kezdeni magával. Nem hívta Nicholast, nem akarta hátráltatni, pedig sokat jelentett volna hallani a hangját. Egyre nehezebben viselte a tétlenséget, már-már azon volt, szól a rendőrségnek, de végül elvetette a gondolatot. Mit mondjon nekik? Nehéz lenne megértetni a helyzet súlyosságát. Nem maradt más választás, mint bízni Nicholas találékonyságában.

Egy évezrednek tűnt a várva várt csengetésig eltelt, amúgy nem is sok idő. Éppen fogat mosott, amikor meghallotta a telefont. Berohant a szobába, felkapta a kagylót és levegő után kapkodva szólt bele. Ahogy várta, Nicholas hangja csendült fel az éterben.

-Sikerült megtudnom, a kocsija néhány percnyire van a lakásától, egy olyan helyen, ahol kistelkek találhatók. Van ott valami kertetek?

-Nem tudok róla.

-Egy járőrkocsi már elindult a helyszínre. Csalogány völgynek hívják.

-Én is odarohanok.

-Hívj, ha megtudsz valamit.

-Feltétlenül, és sajnálom, hogy ilyen felfordulást okoztam.

-Oda se neki. Vigyázz Catherinére, nagyon jó embernek ismertem meg. Na meg magadra is. Minden jót!

Mozdulatlanul feküdt és várt a gáz hatására, amely egyelőre váratott magára. Végül azért egyre álmosabbnak érezte magát, mígnem mély álomba merült, melyből valószínűleg nincs ébredés.

A gyilkos gáz sziszegő kígyóként szabadult ki palackjából. Lassan, de annál kíméletlenebbül jutott el a ház minden egyes szegletébe, mérges halált szabadítva az útjába kerülő élőlényekre.

Catherine egy hosszú sötét alagúton keresztül egy gyönyörű virágos rét szélére érkezett, ahol Thomas várt rá. Ezúttal nem burkolódzott némaságba, beszélt, nagyon sokat beszélt.

Hihetetlen boldogságot éreztek mindketten. Thomas a rét túloldala felé mutatott és így szólt:- Látod azt a fényességet?- választ nem várva folytatta.- Az ott szerelmünk örökkévalóságának a kapuja. Ha eljutunk odáig, többé semmi nem választhat el minket.

Catherine átszellemült arccal indult el a férfi oldalán, hogy mielőbb odaérjenek. A fény egyre erősebb és vonzóbb lett. Titokzatos halk zene hallatszott irányából. Úgy érezte nincs erő, mely megállásra késztethetné.

Mary nem sokkal a rendőrök után érkezett. Szíve hevesen vert, amikor meglátta leánya üres autóját.

-Jó estét.- köszönt a rendőröknek.

-Jó estét.- jött a válasz.

-Az én leányomé ez a kocsi, sikerült megtudni róla valamit?

-Connor őrmester vagyok, ő pedig a társam. Egyenlőre nem sokat tudunk, bűncselekményre utaló jelet nem fedeztünk fel. Sajnos a környék teljesen kihalt, eddig senkivel se tudtunk beszélni. Van a leányának, vagy esetleg valamely ismerősének itt telke?

-Nincs róla tudomásom.

-Ez esetben nem sokat tehetünk, mint említettem, bűncselekményre utaló jeleket nem találtunk. Valakinél itt lehet a környéken, kis szerencsével megtalálhatja, amúgy meg, majd hazamegy valamikor.

-Könyörgöm segítsenek! Ne hagyjanak magamra! A lányom idegileg összeomlott, bármikor öngyilkosságot követhet el, ha már meg nem tette.

-Rendben van, segítünk.- válaszolt az idősebb gondolkodás nélkül, a fiatalabb egyetértőleg bólintott:- Nincs itt túl sok épület, azt javaslom járjunk végig a közökön, s ahol az életnek bármily nyomát felfedezzük, oda bemegyünk. Gyanítom, nem sok ilyen lesz.

Mary hálásan nézett a jó szándékú emberekre. Mintegy 15 házat vettek már szemügyre, amikor egy almazöld színű, takaros házikóhoz érkeztek. Mary rögtön Catherinére gondolt, mennyire tetszene neki.

A bejárati kapu ugyan résnyire nyitva volt, de a házban teljes sötétség honolt, csukva volt minden, sehol egy árva kiszűrődő fénysugár.

A két rendőr lámpával végigpásztázta a házat, de semmi gyanúsat nem találtak. Maryt furcsa érzés kerítette hatalmába, egy belső hang azt súgta: lépjen be az udvarba.

-Menjünk be!- szólt tétován, de a két férfi elvetette az ötletet.

-Szerintem jegyezzük meg a helyet és ha nem járunk sikerrel, visszatérünk.- jegyezte meg egyikük.

-Én is, előbb körbejárnék.- csatlakozott a másik.- Semmi jelét nem látom itt életnek.

Ekkor egy szempár villant a fénynyalábban, majd erőtlen nyávogás ütötte meg fülüket. Egy cica ült a ház előtt, fejét az ajtónak dörgölve.

-A macska keresi az ember társaságát!- szólt vissza Mary, miközben habozás nélkül nyitott be a kapun. A két férfit nem kellett győzködni, egyikük még Maryt is megelőzve sietett a házhoz. Kinyitotta a külső ajtót, majd kissé lehiggadva bevilágított a belső ajtó ablakán, amikor felfedezte, hogy az zárva.

Figyelmét azonnal felkeltette a feltűnő helyzetű gázpalack, minek következtében tudatosult benne a veszély. Lámpáját lekapcsolta, hátranyújtotta társának, aki a másik viselkedéséből tudta, mit kell tennie. Visszábbtessékelte Maryt és megkérte, maradjon ott, amíg nem szólnak neki.

A rendőr hangos csörömpöléssel törte be az ablakot, orrát nagyon erős gázszag csapta meg. Benyúlt és a zárban hagyott kulccsal kinyitotta az ajtót és elzárta a gázcsapot, majd gyorsan visszalépett a friss levegőre.

Néhány perc leforgása alatt felfeszítették az összes ablakot, s miután az utolsóval is végeztek, egyikük vett egy mély lélegzetet és bement. Szerencsére az egyik ablakon belopódzó holdsugár, pont láthatóvá tette az ágyon heverő mozdulatlan testet.

Mary egyre rosszabbul érezte magát, összeroskadva támaszkodott egy terebélyes diófának. Legszívesebben ő is berohant volna, de lábai erősen remegtek, lépni se bírt. Ekkor pillantotta meg az ajtóban felbukkanó idősebb rendőrt, ölében Catherine élettelen testével. Görcsösen markolta a nagy fa egyik vékonyka ágát, kezdett elsötétülni előtte minden. Hirtelen a mellkasához kapott és tompa puffanással terült el a földön. Szerető szíve nem bírta el a szörnyű látványt.

A mentők érkezéséig a két rendőr kitartóan küzdött a bajba jutottak életéért. Jól képzett, tapasztalt emberek voltak, tudták mit kell tenniük.

Már csak egy karnyújtásnyira voltak az egyre csalogatóbb fénytől. Mielőtt Catherine belépett volna az ismeretlenbe, utoljára visszatekintett. Lassan fordította fejét hátra, s hirtelen megállt. Az alagút szájában felbukkant anyja törékeny alakja. Kezével kétségbeesetten integetve sietett feléjük.

-Gyere, itt nem szabad megállni, odaát utol fog érni.- szólt Thomas gyengéden.

Catherine nem mozdult. –Gyere, mert itt tilos a megállás!- Thomas előre lépett, finoman húzva maga után kedvesét, aki vágyott őt követni, de anyja egyre közelebb ért. Könyörgő szemeit lányára szegezte, arcára kiült a rettegés.

Catherine kérdőn nézett Thomasra. –Mondd, odaát létezik szeretet?

- Erre most nem tudok válaszolni. Ott örökkévalóság, gond és kérdések nélküli nyugodt lét van, ahonnan nem térhetsz vissza.

Catherine visszahúzta kezét és merőn bámulta a közeledő Maryt.

-Ne feledd, én nem térhetek vissza, de te velem jöhetsz. Vagy örökké egyek leszünk, vagy végleg elveszítjük egymást!- próbált Thomas mindent bevetni.

-Jövök veled szerelmem, hisz nélküled nem tudok élni, de előbb ráveszem anyát, hogy ne kövessen és megölelem utoljára.- megfordult és az előtte álló Maryhez lépett.

Thomas fájdalmasan kiáltott:- Ne tedd!

Anya és leánya egymás karjaiba zuhant. Thomas eltűnt a fényben, a zene elhallgatott, hirtelen elsötétült minden, s pusztító vihar tört ki. A virágos rét egy pillanat alatt háborgó víztömeggé változott. Egy ellenállhatatlan erejű örvény magával ragadta őket, s eltűntek a zavaros mélységben.

6.

Nicholas egész éjjel várta Mary hívását, aludni képtelen volt, csak forgolódott az ágyban. Felkelt, olvasgatott egy kicsit, aztán kiült a teraszra. Bámulta a csillagokat, ilyenkor szabadjára szokta engedni gondolatait, had csapongjanak kedvükre.

Most azonban képtelen volt megszabadulni aggályaitól. Tudta, valami rossz dolog történhetett, s ezért önmagát is felelősnek találta. Túl őszinte volt a lányhoz, nem lett volna szabad ilyen nyersen tálalni a tényeket. Legfőképp nem engedhette volna el ilyen feldúlt állapotban.

Úgy határozott, reggel újra hívja Maryt,- habár nem sok reményt fűzött hozzá- s ha akkor se tud beszélni vele, akcióba lép. Hajnalban aludt egy keveset, utána felkelt, lezuhanyozott, ivott egy pohár friss tejet és türelmetlenül várt.

Amint a falióra méltóságteljesen nyolcat kongatott, kezébe vette a telefont és beütötte a számokat. Várakozásának megfelelően, nem járt sikerrel. Habozás nélkül újból nyomkodta a gombokat, de ezúttal más számét és rögtön fel is vették.

-Üdvözlöm, itt Zelman őrnagy irodája, miben segíthetek?

-Az őrnaggyal szeretnék beszélni.

-Azonnal kapcsolom.

Rövid várakozást követően bejelentkezett az erőteljes férfihang:- Halló, itt Zelman .

-Itt meg Nicholas!

-Örülök, hogy újra hallom hangodat!

-Pedig ismét szívességet szeretnék kérni.

-Az csak jó, ha nem én szorulok rád. Tudhatod, bármikor a rendelkezésedre állok.

-Az embert az ilyen barátok teszik értékessé.- jegyezte meg Nicholas, mielőtt rátért a lényegre.

-Emlékszel arra a kocsira, amelyet műholdas keresőrendszerrel találtatok meg tegnap?

-Persze! Még szerencse, hogy rendelkezett a berendezéssel, különben még most is kereshetnénk.

-A tulajdonosa és az édesanyja is kedves ismerősöm, és aggódom miattuk. Nem érem őket utol, hiába próbálkozom kitartóan. Ismerve az előzményeket, valószínűleg bajban lehetnek. Utána néznél, tudnak-e róluk valamit?

-Természetesen, hamarosan visszahívlak.

Nem kellett sokat várnia Nicholasnak, barátja néhány perc múltán jelentkezett.

-Sajnos rossz híreim vannak.- kezdte óvatosan.- Az autó gazdája a fiatal nő, öngyilkossági kísérletet hajtott végre az este. Az anyja szívrohamot kapott, amikor rátaláltak. Mindkettejüket a halál torkából hozták vissza, de egyikük sincs túl a közvetlen életveszélyen. A megyei kórház intenzív osztályán fekszenek. Igaz, ez a hajnali helyzetjelentés, azóta javulhatott az állapotuk, de azt hiszem a kórháznál te könnyebben jutsz információhoz.

Nicholas megköszönte a baráti segítséget, elköszönt és rögvest telefonált a kórházba. Néhány percnyi várakozás után kapcsolták az igazgatót, aki igen kellemetlen hangja ellenére, rendkívül készséges volt, főleg amikor Nicholas bemutatkozott. Úgy látszik, az idősebb korosztály nem feledte a neves pszichológust, nyugtázta elégedetten.

Közölte vele mit szeretne tudni, mire az igazgató kis türelmet kért, amíg előkerítteti az ügyeletes orvost. Nicholas megígérte, ha arra jár beugrik hozzá. Ezt szívből remélte is, hogy be fog következni egy beteglátogatás keretén belül.

Kisvártatva megérkezett az ügyeletes orvos, az igazgató udvariasan elköszönt és átadta neki a szót.

-Jó hírrel szolgálhatok. Mindketten túl vannak az életveszélyen, már csak idő kérdése, s fel fognak épülni.

-Hál Istennek!- sóhajtott fel Nicholas.- Nagyon súlyos volt az állapotuk?

-Igen. Újra kellett őket éleszteni. Az egészben az volt az érdekes, egyazon pillanatban tértek vissza az életfunkcióik.

-Ez szinte hihetetlen!- jegyezte meg Nicholas.- Köszönöm a tájékoztatást. Megadnám a telefonszámom, ha bármi történne, kérem értesítsenek!

Megkönnyebbülten dőlt hátra székében, nagyot sóhajtott és visszazökkent a maga nyugodt világába. Jóleső érzés volt félteni és óvni valakiket.

Délután tért magához, hosszú és mély álmából. Kinyitotta szemeit, rövid ideig szemlélte a mennyezetet, majd tekintetét körbejáratta a szobában. Meglepetten nyugtázta, hogy kórházban fekszik.

Nem értett semmit, így hát lehunyta szemeit és megpróbált visszaemlékezni. Nehezére esett az összpontosítás, de kíváncsisága felülkerekedett. Egymás után jöttek elő az újabb és újabb foszlányok, míg szép lassan össze nem állt a kép.

Az egész oly csodálatos volt, kezdve az elalvástól a kerti lakban, egészen addig a pillanatig, amíg az örvény magával nem ragadta őket. A visszaút viszont maga volt a szenvedés megtestesítője. A jeges ár végigsodorta őket az alagúton, amely végeérhetetlenül hosszúnak tűnt. A poklok poklát kellett elviselniük ez idő alatt.

Szerencsére végig együtt maradtak, görcsösen szorítva egymás kezét, megsokszorozva erejüket. Elérkezve gyötrelmes útjuk végállomásához, partra vetette őket a víz. Hamarosan érezte a tüdejét átjáró friss és metsző levegőt, szíve újraéledő dobogását. Itt megszakadt az emlékek sora, bármily erősen is próbálta feleleveníteni a történteket.

Kénytelen volt feladni a hiába való próbálkozást, igaz így is választ kapott számos kérdésre. Ekkor elviselhetetlen rettegés lett úrrá rajta. Mi lett Maryvel? Tette fel az elkerülhetetlen kérdést.

Megpróbált felülni, de nem járt sikerrel. Túl gyenge volt. Körbe tekintett, keresve a csengőt. Nagy erőfeszítésébe tellett, mire sikerült megnyomni. Pillanatokon belül egy nővér lépett be, s még mielőtt szólhatott volna, Catherine erőtlen hangon szegezte neki a kérdést:- Mi van az édesanyámmal? Életben van?

-Kérem nyugodjon meg! Mindjárt itt lesz a doktor úr, aki válaszol kérdéseire.

Be se fejezte mondatát, egy középkorú orvos lépett be, odament az ágyhoz és derűsen szólalt meg:- Ha nem tévedek az édesanyja felöl szeretne tudni.

-Igen, mi történt vele?

-Örömmel mondhatom, jól van. Aggodalomra semmi ok.

-Ugye nem csap be?

-Nem, nem. Megígérem, holnap délelőtt találkozhatnak.

Catherine szemébe könny szökött és hálásan mondott köszönetet. Az orvos felhúzta szemöldökét és kérdőn nézett rá.- Mondja csak, honnan tudja, hogy az édesanyját baj érte? Tudomásom szerint, akkor kapott szívrohamot, amikor meglátta önt eszméletlen állapotban.

-Nem tudom. Talán álmodtam az egészet, de egy biztos, ő végig velem volt.

-Értem.- válaszolt a férfi.- Most pedig pihenjen, ha holnap találkozni szeretne édesanyjával.

Nicholas a telefonra ébredt. Arca felélénkült a mély alvás okozta kábulatból, mihelyt meghallotta Zelman barátja hangját.

-De jó, hogy hívsz. Legalább ismételten köszönetet mondhatok azért, amit értünk tettél. Ha nem találtok rá a lányra olyan bravúros gyorsasággal, most nem lenne az élők között.

-Pont ezért hívlak. Gondolom érdekel, milyen eredménnyel zárult a rendőrségi vizsgálat?

-Hallgatlak nagy érdeklődéssel.

-Nos, a gáztűzhely elég régen volt használva, így egy részleges dugulás alakult ki. Ennek köszönhetően a gáz, csak lassan szivárgott a légtérbe. Mindez még mindig kevés lett volna, hogy kis védenced életben maradjon. Mielőtt a mentés megkezdődött, nem sokkal korábban kifogyott a palack. Hihetetlen, néha mennyin múlik egy emberélet.

Beszélgettek még egy darabig, aztán elköszöntek egymástól. Nicholas megkönnyebbült, mióta felhívták a kórházból és közölték a jó hírt. Egyszerre két ember sorsa miatt kellett aggódnia. Maryval kapcsolatos érzéseivel tisztában volt korábban is, most ezek megerősítést nyertek.

Catherinével kapcsolatban érdekes dologra lett figyelmes. Azon kívül, hogy felelősséget érzett, mint orvos, rendkívül megkedvelte a két együtt töltött nap alatt. Mikor rágondolt előtörtek eddig szunnyadó apai érzései. Neki is lehetne egy ilyen remek fia, vagy lánya, ha másképp alakultak volna a dolgok.

Önfegyelme nem engedte tovább az önsajnálatot, ő döntött jelenlegi életformája mellett, ami jó neki, zárta le magában a témát.

Catherine nyugodtan ébredt. Örömmel és megelégedettséggel töltötte el a tudat, miszerint találkozni fog Maryvel. Alig várta, hogy megnyugtassa, soha többé nem fog ilyet tenni, nem hozza ilyen kiszolgáltatott helyzetbe. Ennek a valóságtartalmáról meg is volt győződve. Volt valami, ami ugyan elkeserítette, de egyben biztosította is arról, véget ért vesszőfutása.

Gondolatait az ajtó nyitódása zavarta meg. Az a kedves orvos lépett be, akivel előző nap beszélt. Arcán széles mosollyal egy tolókocsit vonszolt maga után és tréfásan szólt Catherinéhez:- Amint látja tartom a szavam, édesanyja már nagyon várja. A nővérke fogja elkísérni.

Mary ugyanazon a szinten volt elhelyezve, csak az épület másik oldalán. A nővér szótlanul tolta végig a folyosókon, áthaladtak néhány csapóajtón, míg végre megálltak az egyik szoba ajtaja előtt. A nővér koppintott kettőt, benyitott és odatolta betegét Mary ágyához. Megfordult, sietve elindult kifelé, de mielőtt távozott volna visszaszólt:- Körülbelül húsz perc múlva jövök önért.

Mary mozdulatlanul feküdt, csak a mellkasa mozgott ütemesen. Catherine meghatottan nézte a meggyötört és sápadt arcot, s szomorúan állapította meg: anyja nagyon rossz állapotban van, ami maradéktalanul neki köszönhető.

Óvatosan simított végig homlokán, mire Mary kinyitotta szemét, fejét nagyon lassan oldalra fordította. Szeretet és megkönnyebbülés áradt tekintetéből, s még egy kis mosoly is megjelent ajkán. Halkan, erőtlenül szólalt meg, de annál nagyobb hatást fejtett ki leányára.

-Szeretlek kicsim és tudd meg, nem hibáztatlak semmiért, ne legyen lelkiismeret-furdalásod.

-Köszönöm anya és örülök, hogy visszahoztál.

-Utánad megyek bárhová. Különben is megígértem, melletted leszek és vigyázok rád. Nehezemre esik még beszélni, ezért elhallgatok. Kérlek ne haragudj, de te csak csicseregj, míg itt vagy.

Catherine örömmel tett eleget a kérésnek és beszélt, vigyázva arra, nehogy olyat mondjon, ami izgalmat okozhatna anyjának, pedig annyi mindent szeretett volna közölni vele.

Nicholasról is váltott volna néhány szót, de uralkodott magán és inkább felelevenített néhány kedves emléket. Hamarosan megjelent a nővér és visszavitte a szobájába.

-Most pihennie kell!- szólt szigorúan.

Nem sok kedvesség szorult ebbe a nőbe, állapította meg Catherine, de az is lehet, nagyon fáradt és elcsigázott. Mindjárt meglátjuk, mi rejtőzik a rideg álarc mögött, szánta el magát.

-Pár percig itt maradnék az ablaknál, ha lehetséges.- kérlelte természetes kedvességgel.

-Rendben van, itt hagyom közvetlenül az ablak mellett, néhány perc múlva visszatérek. Meg ne próbáljon egyedül közlekedni, különben nem fogadhat látogatót délután.- fenyegette meg a nővér, egy meggyőző mosoly kíséretében.

-Ki az aki ennyire kíváncsi rám? Nem tudja véletlenül?

-Az igazgató személyesen érdeklődött maga után, milyen az állapota és fogadhat-e látogatót? Az orvos nem nagyon örült, de végül engedett. Valami nagy kutya nagyon szeretne találkozni önnel.

Catherine nem válaszolt, pedig sejtette ki lehet az. Ült az ablaknál és gyönyörködött mindenben, amit csak látott. Megcsodálta mindazt a szépséget, amit környezetünk rejt magában, csak rohanó világunknak köszönhetően sokan képtelenek észrevenni.

Bámulta a kék égbolt fogócskázó bárányfelhőit, süttette arcát az ablaküvegen átszűrődő napsugarak melegében. Tekintete megakadt egy galambokat hajkurászó kisfiún, aki nagy igyekezetében letaposott egy sárga tulipánt a színpompás kert szélén szaladgálva.

Értetlenkedve gondolt arra, mindezt el akarta dobni magától, s megpróbált elmenekülni problémái elöl. Egy pillanatra felfüggesztette nézelődését, fejét az ágya felé fordította, s ekkor egy nagy csokor rózsát pillantott meg a sarokban elhelyezett asztalon. Legszívesebben odaszaladt volna, de ehhez túl gyenge volt, így odagurult.

Izgatottan emelte ki a különböző színű rózsák közül a csinoska üdvözlőkártyát, majd könnybe lábadt szemmel olvasta: *Mielőbb gyógyulj fel, rengeteg munkával, de még több szeretettel várunk! Barátaid, kollegáid!*

Elérzékenyülten gondolt a levélke íróira és közben marcangoló önvád kerítette hatalmába, mert őket is cserbenhagyta volna. Visszavonult az ablakhoz, hisz a nővérke bármikor beléphetett. Behunyta szemeit és ébren álmodott, mégpedig arról, hogy újra úgy fog élni, mint azelőtt. Sikerül megtalálnia mindazt, ami értelmet adhat életének. Felidézte az ismerős arcokat, képzeletben végigment otthonának minden helységén, végül beült szívének oly kedves autójába.

Nicholas dél körül érkezett a városba. Megebédelt egy hangulatos vendéglőben, majd útra kelt megkeresni a kórházat. Fél óra sem telt el, s máris leparkolt a látogatóknak fenntartott helyen. Ígéretéhez híven tiszteletét tette az igazgatónál.

Három óra múlott néhány perccel, amikor az ügyeletes orvos bekísérte Catherine szobájába, aki egyáltalán nem lepődött meg a férfi láttán. Biztos volt a jövetelében.

-Szervusz, örülök, hogy itt vagy, de remélem nem csak mint orvos jöttél?

-Nem feltétlenül, de ez elsősorban tőled függ. Kire van szükséged?

-Hát, egy jó barát mindig örömmel tölt el, viszont úgy döntöttem, pszichiáterre nem lesz többé szükségem.

Nicholas kérdően nézett.- Ezt hogy értsem?

-Többé nem követek el ilyen ostobaságot, élni akarok, mégpedig jól és okosan.

-Jó ezt hallani, de attól tartok korai még erről beszélni. Nem célszerű most ezen gondolkodnod.

-Ne aggódj, feldolgoztam már a történteket. Most, amikor sikerült odaátról visszajönni, most jöttem rá, mennyi minden köt ide. Túl sok ahhoz, hogy még egyszer megpróbáljam.

-Ez nagyon bölcs álláspont, de nem kéne még ezt feszegetni.

-Pedig én szeretnék veled erről beszélni, most és itt.

-Rendben van! Mit óhajtasz pontosan?

-A véleményed akarom hallani, olyan kendőzetlen formában, mint a farmon.

-Szerintem, eltökéltséged csak átmeneti és becsapod önmagad. Amíg nem történik gyökeres változás az életedben, bármikor veszélybe kerülhetsz.

-Ezúttal tévedsz! A változás már bekövetkezett.

-Ha már ennyire biztos vagy a dolgodban, feltetted magadnak a kérdést?

-Mit?

-Mi lesz, ha Thomas visszatér és magával akar vinni?

-Igen, ez volt az első gondolatom és ekkor győződtem meg álláspontom igazáról.

-Kifejtenéd ezt egy kicsit bővebben?

-Nem fog többé eljönni, mert cserbenhagytam, s ezt sosem fogja megbocsátani. Újra elveszítettem őt, de ezúttal örökre.

-Valahol igaza van, és remélem neked is igazad lesz.- sóhajtott fel Nicholas és arra gondolt, mily fantasztikus tud lenni az emberi elme. Ezt a szeretetre méltó teremtményt a képzelete taszította hihetetlen mélységekbe, s talán pont az fogja onnan kisegíteni.

-Igazam lesz és a boldogságot is meg fogom találni. Tudom, hogy így lesz!

-Képes lennél valaha szeretni valakit?

-Talán egyszer, de addig is annyi minden van, ami boldoggá tehet. Anyám, a barátaim, a munkám és sorolhatnám tovább.

-Nagyon okosan gondolkozol, s ha igazán akarod a boldogságot, ő fog megtalálni téged, nem kell keresned.

-Veled mi újság, boldog vagy?

-A magam módján igen.

-Nem vágysz többre?

-Igen, de nincs már erre energiám. Öregnek és alkalmatlannak érzem magam.

-Ez butaság, ilyet nem mondhatsz. Meggyőződésem, ti ketten még mindig szeretitek egymást. Ne bízzátok a vakszerencsére a közös jövőtöket.

-Szerintem, Mary szemei szikrákat hánynának, ha látná mesterkedésedet, hallaná beszélgetésünket. Egyébként megvesztem érte, ha dühös volt, annyira jól állt neki.

Catherine szemlesütve egy bűnbánó mosolyt engedett el, majd kérlelően szólt Nicholashoz:- Remélem nem kerül sor ilyesmire, bízom a diszkréciódban.

-Majd meglátjuk, milyen leány leszel.- nevette el magát Nicholas, közben arra gondolt, milyen pompás érzés lehet apának lenni.

-Ígértél nekem valamit!- szólt Catherine szemrehányóan.

-Mi is lett volna az?- kérdezte Nicholas tudatlanságot színlelve.

-Összehozhatok nektek egy találkozót.

-Igen, de volt egy feltétel is, ha nem emlékeznél. Úgyhogy előbb gyógyulj meg teljesen, aztán találj egy rendkívüli alkalmat, hogy elmenjek hozzátok.

-A rendkívüli alkalom itt van. Néhány métert kell megtegyél ahhoz, hogy találkozz valakivel, aki hozzám hasonlóan, kis híján eltávozott az élők sorából. Ám itt maradt, és nagyon vágyik a szeretetre.

Nicholas gondolkodott egy kicsit, mielőtt kellő megfontoltsággal válaszolt volna.

-Azt akarod, kapjon még egy szívrohamot, ha meglát? Szavamra mondom, legszívesebben átrohannék és megölelném, de neki most a legkisebb izgalom is végzetes lehet.

-Nem, Isten őrizz!

-Kérdezhetek valamit?

-Igen, természetesen.

-Képes lenne újra kezdeni? Kíváncsi még egyáltalán rám?

-Ha tudnám biztosra, akkor se válaszolhatnék, minthogy a köztünk zajló beszélgetésekről neki se szólok semmit. Amit bármelykőtöknek mondok, az kizárólag a magánvéleményem, amely a meglátásaimra épül. Hozzá teszem, ritkán tévedek.

-Ne haragudj, ha kissé tapintatlan voltam!

-Félünk talán a kudarctól?- kérdezte Catherine élesen, felfedezvén a férfi gyenge pontját. Meglepetésre, Nicholas teljesen őszinte választ adott:- Igen, nagyon. Tudod, egész életemben került a kudarc, csak egy estben keresztezte utamat, de akkor nagyon megkeserítette létemet. Egy visszautasítás, félek hasonló következményekkel járna.

Catherine átérezte az elhangzottakat, és óvatosságra intette önmagát. Mielőtt továbbbonyolítaná az ügyet, alaposan fel kell térképeznie anyja szándékait. Szeretetet és tiszteletet érzett Nicholas iránt, s a világ összes kincséért se okozott volna neki fájdalmat. Jobbnak látta visszavonulót fújni.

-Megértelek és ígérem, nem erőltetem a dolgot. Te tudod, mit is szeretnél valójában. A félelmed is csak te győzheted le. Őszintém megvallom, anyámmal sem vagyok száz százalékig tisztában. Nem tudom, hogyan viselkedne, ha szembesülne a kapcsolatotok felújításának tényével. Egy viszont biztos, a ti nagy szerelmetek nem a véletlen műve volt és nem múlt el nyomtalanul. Bármikor újra lobbanhat, csak egy kis szikra kell hozzá.

-Én ismerek egy ilyen két lábon járó kedves és szeretnivaló szikrát. Nemrégiben még fényes lángcsóvaként tündökölt, de egy gonosz vihar eltiporta, végleg ki akarta oltani. Ám a szeretet és gondoskodás ezt nem engedte, s életben tartott egy picinyke szilánkot, melyet most éledni látok. Remélem, egyszer még lobogó tűzként csodálhatjuk, amint jótékonyan melengeti környezetét, s képes lesz mások szívében is felszítani a szunnyadó érzéseket.

Catherine csodálattal figyelte a férfi átszellemült arcát, megvalósult álomként hatottak rá a hittel teli szavak. Néhány percig ültek némán, majd Catherine törte meg a csend hatalmát, miután visszatért a valóság talajára.

-Szép beszéd volt, de gyanítom egy írói elme játszadozását hallhattam a szavakkal.- próbált viccelődni.

-Egy író soha se bánhat felelőtlenül a szavakkal. Nem játszadozhat velük, nem használhatja őket mások megtévesztésére, nem állíthatja őket saját érdekeinek a szolgálatába. Legfeljebb időnként kifejezheti velük érzéseit, megfogalmazhatja vágyait. Na, de eleget fárasztottuk egymást, beszéljünk inkább kézzelfoghatóbb dolgokról!- váltott témát és egyben stílust is Nicholas. −Van kire támaszkodnotok, ha kijöttök a kórházból?

-Hát, nem igazán.

-Rendelkezésetekre bocsátom Hannah-t, amíg csak szükségetek lesz rá.

-Jaj de jó!- örvendezett Catherine.- De ő mit fog hozzá szólni, nem lesz ellenére?

-Nagyon kedvel téged és örömmel vállalja. Majd bérlek neki egy szobát a városban.

-Szó sem lehet róla, van nálunk hely bőven.

-Akkor úgy tűnik, megbeszéltünk mindent.

-Igen, de még ígérj meg valamit!

-Halljuk, ne kímélj!

-Bár egyelőre nem szándékozol találkozni Maryvel, azért mi tarthatjuk a kapcsolatot, ugye?

-Aki ilyen csacsiságokat kérdez, az már megérett egy kiadós alvásra.

Nicholas felállt, odalépett az ágyhoz, gyengéden megsimította Catherine arcát és csendben elköszönt.

7.

Az elkövetkezendő hetek a lábadozás időszakát hozták. Anya és leánya egymást támogatva próbálta visszanyerni korábbi önmagát. Catherine megúszta maradandó egészségkárosodás nélkül, Mary pedig nyugodt és kímélő életmód mellett, elkerülheti a komolyabb bajt.

Hannah áldásos ténykedésének köszönhetően más dolguk nem volt, mint pihenni és türelemmel várni a teljes felépülést.

Egymásba karolva sétáltak az őszi színekben pompázó napsütötte gesztenyesor mentén. Időnként lepottyant egy-egy tüskés bundájú gesztenye, kacsázva pattogtak és gurultak nyugvóhelyet keresve, ahol türelmesen vártak arra, hogy egy gyűjtő kedvű kisgyerek felszedje őket.

Catherine leült egy kopottas padra, mely éppen kívül esett a méltóságteljesen bólogató fák árnyékából. Mary is követte, és együtt élvezték a napról napra gyengülő napsugarak bizsergető simogatását.

-Milyen jól jártunk, hogy Nicholas rendelkezésünkre bocsátotta Hannah-t.- vetette fel Catherine. –Nem is tudom, hogyan boldogultunk volna nélküle?

-Igen, Nicholas mindig is nagymestere volt a gondoskodásnak.- sóhajtott fel Mary.

-Milyen szerencse, hogy ott tartózkodásom első napján említést tettem neki a kocsimba épített műholdas követő rendszerről.

-A sors akarta így.

-Igen, a sors akaratával nem lehet ellenkezni, azt el kell fogadnunk. Sorsunkat alakítgathatjuk, formálgathatjuk kedvünk szerint, még ha át nem is írhatjuk.

-Mire akarsz kilyukadni?- fordult Mary kérdően leánya felé.- Gyanús vagy nekem, amikor ilyen felvezetéssel kezded mondandódat.

-Sejted te azt.

-Rólam és Nicholasról akarsz beszélni, ugye?

-Hm, hát valahogy úgy. Vagyis inkább azt szeretném, ha te beszélnél róla. Semmiképp se akarok beleavatkozni a dolgotokba, csak kíváncsiskodok.

-Azért szeretnéd, ha összejönnénk?

-Igen.

-Én is, de sajnos ez nem ilyen egyszerű. Egyikünk se az a fajta, aki képes lenne odaállni a másik elé, és határozottan kifejezni ebbéli szándékát. Komplikált szituáció ez kicsim, ezért nem szabad erőltetni semmit. Arra kérlek, ne folyj bele a dolgok menetébe, ne akard te megoldani azt, amit nekünk kell. Bízzuk az ügyet a sors kegyére! Talán egyszer adódik egy alkalom, amikor egymásra találunk.

Catherine ravaszul mosolygott és odabújt anyjához, miközben arra gondolt: Majd ő gondoskodik róla, hogy anyja szavai beteljesüljenek.

Nicholas ült a tóparton, szemei a jelzőre meredtek, mégsem vette észre a kapást, pedig jó nagyot ugrott a műanyag karika. Zűrzavar uralkodott fejében. A mindig rendezett gondolatokat, káosz kerítette hatalmába.

Megmagyarázhatatlan elégedetlenséget és ürességet érzett. Mióta Hannah hazatért, nem találta helyét. Eddig legalább mindenről tájékoztatva volt védenceivel kapcsolatban, de most hogy teljesen meggyógyultak, már ez sincs. Az ő szerepe megszűnt.

Nem tudta mi tévő legyen, a birtok, a természet, az elszigetelt békés élet, már nem azt jelenti, mint néhány héttel ezelőtt. Catherine ráébresztette arra, mennyi értékes dolog maradt ki az életéből. Kénytelen volt belátni, jelenlegi életformája nem elégíti ki vágyait.

Tanácstalan volt a hogyan továbbal kapcsolatban, mást mondott a szíve és mást az esze. Nem tudta melyikre hallgasson, életében talán első alkalommal képtelen volt higgadt döntést hozni. Hosszú és gyötrelmes tiprodást követően, végre elhatározta magát. Nem volt többé maradása, nem akarta tovább emészteni önmagát. Összeszedte horgászfelszerelését és visszasietett a házba.

A háziasszony csodálkozva nyugtázta a férfi korai érkezését:- Ilyen hamar, ráadásul zsákmány nélkül?

-Kérem pakolja össze a legszükségesebb ruháimat, hosszabb időre elutazom. Le fogok írni minden lényeges teendőt, amit távollétemben el kell látnia.- hangzott a kurta utasítás. Bement a dolgozószobájába, papírt és tollat fogott, majd írni kezdett.

Hannah értetlenül csóválta fejét, tudta, valami fontos dolog van készülőben.

Catherine soha nem látott lendülettel állt neki a munkának. Főnöke nagy örömmel fogadta visszatérését és mindjárt ki is használta a lehetőséget, gondoskodván jelentős mennyiségű tennivalóról.

Újra a réginek érezte magát, tele energiával és munkakedvvel. Minden délben hazament ebédelni Mary nagy örömére, aki nehezen viselte leánya döntését, miszerint a házimunkát el kell felejtenie. Egyedül a főzést tudta kiküzdeni magának, mert ahhoz konokul ragaszkodott.

A közös ebédet mindketten jó ötletnek találták, így legalább napközben is együtt tölthettek egy órát. Kapcsolatuk korábban is ideális volt, de a szörnyű nap óta még közelebb kerültek egymáshoz.

Catherine bezuhant az ajtón, s még mielőtt anyja korholó tekintete szavak formájában is kifejezésre kerülhetett volna, gyorsan leült és megjegyezte:- Nem is késtem sokat, hisz ez a leves még forró.

Mary csak legyintett egyet, és kiment a konyhába behozni a második fogást. Catherine komótosan kavargatta a gőzölgő húslevest, és huncut mosollyal fogadta az időközben visszatérő Maryt, aki feledte leánya késése miatti apró bosszúságát. Vidáman kérdezte:- Finom?

-Tudsz te egyáltalán rosszat főzni?- hízelgett Catherine.

-Csak alapanyag, meg egy kis rutin kérdése.- szerénykedett Mary.- Tényleg, eldöntötted már, mit kérsz születésnapodra?

-Igen. Levesnek borjúbecsináltat, a főétel pedig legyen töltött káposzta. Az édességet rád bízom, de legyen többféle.

-Rendben, vettem a rendelést.

-Ugye nem egyedül akarod mindezt elkészíteni?

-Remélem, nem te akarsz tüsténkedni az ünnepi ebédeden? Tudod mi a szabály? Az ünnepelt semmit se csinálhat.

-Nem, nem. Hívunk egy olyan vendéget, aki szívesen fog segíteni. Pontosabban Hannah-ra gondoltam.

-Nincs ellenemre. Mégis hány személyt és kiket szeretnél meghívni?

-Csak néhány emberre gondoltam, elsősorban azokra, akik segítségünkre voltak a bajban.

-Őt is meg szeretnéd hívni?

-Igen, de csakis akkor, ha ez neked nem kellemetlen.

-Legyen, de nagyon meglepne, ha eleget tenne invitálásodnak.

-Biztosan eljön.

-Nem ismered őt igazán.

-Lehet, hogy ezegyszer tévedsz.- csipkelődött Catherine.

-Ha rám hallgatsz, azt csinálsz amit akarsz.- fakadt ki Mary és hirtelen fontos dolga akadt a konyhában.

Catherine nem bírt váratlanul gerjedt kíváncsiságával, félbehagyta az ebédet és rögvest felhívta Nicholas házát. Hannah vette fel a telefont, akinek hangján érezhető volt az öröm, amikor megtudta kivel beszél.

-Ah! Üdvözlöm kisasszony, de kellemes meglepetés önt hallani!

-Jobb, mint látni, ugye?- viccelődött Catherine.

-Jaj, hogy mondhat ilyet!- szörnyülködött az idős asszony.

-Nem kell mindent rögtön komolyan venni.

-Na megálljon csak, ha legközelebb erre jár, olyan túrós rétest készítek, hogy egy hónapig fogyókúrázhat utána.

Catherine jót derült Hannah humorán, akit kedvelt és szeretett vele társalogni.

-Én épp másban mesterkedem.- mondta titokzatosan.

-Éspedig?

-Hamarosan lesz a születésnapom, s meg szeretném hívni önt és Nicholast egy ünnepi ebédre. Úgyhogy ön lesz kitéve egy konyhaművész alakformáló támadásának, Mary személyében.

-Jaj kisasszony, ez rendkívül kedves és megtisztelő, de attól tartok, most nem fog menni.

-Miért, ha nem vagyok tolakodó?

-Tudja az úr elutazott, én meg nem szívesen vágok neki egyedül egy ilyen hosszú útnak.

-Vissza se jön addig Nicholas? Hová utazott?

-Egyhamar nem. Egyszer csak összecsomagoltatott, itt hagyott csapot- papot és világ körüli útra indult. Annyit mondott, vezessem a birtokot az útmutatása szerint, amíg távol lesz, ami akár egy év is lehet.

-Nekem nem hagyott üzenetet?

-Nem tudok róla. A mobilját se vitte magával, utol se lehet érni. Hetente fog hívni, mondjak esetleg neki valamit?

-Nem, köszönöm inkább ne, sőt megkérem ne is említse, hogy kerestem.

-Rendben, viszont ön eljöhetne néhány napra az édesanyjával. Biztos remekül éreznék magukat.

-Majd megbeszéljük, ha magáért megyek, ugyanis nem ússza meg a meghívásomat.

Beszélgettek még néhány percig, aztán a közeli viszontlátás reményével mondtak búcsút egymásnak.

Catherine rosszkedvűen tette le a telefont, korábbi jó kedve messze szállt hirtelen. Mary leült mellé és megsimogatta fejét.

-Azt hittem jelentünk neki valamit.- szólt Catherine bosszúsan.

-Jól hitted, azért menekült el.

-Mégis te ismerd jobban, de azért említhetted volna, hogy egy gyáva fráterrel van dolgunk. Tévedtem vele kapcsolatban. Mennem kell dolgozni.- pattant fel helyéről és sietve távozott.

Mary elmosolyodott, látva leányát, aki úgy viselkedet, mint egy durcás kisgyerek.

Végre elérkezett a várva várt nap, amely megtöri a szürke hétköznapok egyhangúságát. Mary a sokéves hagyománynak megfelelően, ezúttal is nagyon ráizgult az előkészületekre. Catherine két nappal korábban elhozta Hannah-t, aki nem hazudtolta meg magát, s teljes energiájával vetette magát a munkába.

A nyolctagú társaság jóízűen falatozott a különféle finomságoktól roskadozó asztalnál. Mary és Hannah nagyot alkottak, egymást próbálták felülmúlni a konyhaművészet gyakorlásában, minek köszönhetően a szokásosnál lényegesen több ínyencség került terítékre, pedig eddig sem lehetett oka panaszra senkinek.

Catherine jókedve szemmel látható volt, hisz szinte mindenki ott volt, aki kedves a szívének. Kivéve egy valakit, akire ugyan orrolt egy kicsit, mert csalódást okozott, de azért hálával és szeretettel gondolt rá.

Az egész napot a visszafogott, de kedélyes ünneplés jellemezte. A közelmúlt tragikus eseményei még éreztették hatásukat, a sérült léleknek hosszabb időbe kerül a gyógyulás, mint a testnek.

Az önfeledt ünneplésnek ezúttal nyoma sem volt, ennek ellenére mindenki remekül érezte magát. A vendégek viszonylag korán, már hétkor távoztak. Catherine és Mary elégedetten ültek le a kanapéra, miután magukra maradtak. Hannah esti sétára ment, hiányzott neki a friss levegő, na meg az egész napi bezártságot is nehezen viselte.

-Jól sikerült ez a nap.- mondta Mary.

-Nem olyan volt, mint általában, de a maga stílusában egészen klasszra sikeredett.

Mary hosszasan elgondolkodott, szeretett volna már belelátni leánya lelkébe, megtudni mi rejtőzködhet a látszólag teljesen normális viselkedés mögött. Miután hazatértek a kórházból, egy ízben megpróbálta felvetni a témát, de Catherine nem volt rá vevő. Annyit volt hajlandó mondani, hogy gyógyultnak érzi magát lelkileg is, beszélni sem érdemes az egészről.

Maryt aggasztotta leánya szokatlan zárkózottsága, de tiszteletben tartotta óhaját és szándékosan kerülte a faggatózást, egy ideig. Legszívesebben kihasználta volna a meghitt hangulatot, és kiderítette volna leánya egészséges lelkiállapota eléggé stabil-e, vagy csak átmeneti állapot? Azonban nem akart ünneprontó lenni, ezért úgy határozott, csak másnap birkózik meg a feladattal.

Szerencséjére nem kellett addig várnia, mert Catherine szinte megérezte szándékát és akaratlanul is segítségére sietett.- Ma olyan jó kedvem kerekedett, olyan bizakodóan tekintek a jövő elé, és úgy szeretném veled megosztani ezt az érzést.- jegyezte meg gyanútlanul.

-Ezt örömmel venném, meg azt is, ha megosztanánk egymással néhány gondolatot.

-Szívesen folytatok eszmecserét bármiről.

-Rendben, akkor itt az ideje, hogy szóljunk a történtekről és foglalkozzunk a jövőddel.

-Hallgatlak figyelemmel.

-Örömmel és teljes elégedettséggel látom, mióta hazajöttünk a kórházból minden rendben van körülötted. Úgy tűnik teljesen egészséges vagy, s mintha újra a régi lennél. A kérdés csak az, meddig? Nem fogsz-e ismét szörnyűséget tenni, ha eljő a nehéz időszak.

-Anya! Thomas halála örök sebet ejtett, de ezzel együtt kell élnem. Újra felfedeztem az élet apró örömeit, bízom magamban és valamilyen formában még boldog is lehetek. Azt is tudnod kell, végtelenül szégyellem magam azért, amit veled tettem. Ezentúl mindent el fogok követni annak érdekében, hogy ne okozzak neked fájdalmat.

-Tudom kicsim, de van egy-két dolog, ami nagyon aggaszt. Mi lesz, ha újra megjelenik? Képes leszel-e legyőzni feltámadó gyengeséged? Nem járunk-e úgy, mint legutóbb? A másik ami félelemmel tölt el, hogyan viseled, ha már én sem leszek? Félek tőle, teljesen összeomlanál, ha történne velem valami.

Catherine szembefordult anyjával, szeméből elszántság tükröződött és határozott hangon kezdett beszélni:- Nem tudom mennyire lennék stabil, ha újra megjelenne, de nem fog. Cserben hagytam és ezt nem fogja megbocsátani. Erős vagyok és szilárd, megtaláltam a helyes utat, s nem engedem, hogy onnan bármily erő letérítsen. Minél több idő telik el, annál eltökéltebb vagyok.

-Ezt jó hallani, de tételezzük fel a legrosszabbat! Mi van, ha megbocsát és mégis eljön?

-Gondoltam rá, s nem voltam biztos önmagamban. Sokat vívódtam emiatt, végül rávettem magam és véghez viszek valamit, ami a megoldást jelenti.

-Elárulnád mi az? Roppant kíváncsivá teszel.

-A mai napra terveztem , hogy megleplek, mert ez neked is egy csodás ajándék.

-Beavatnál végre titokzatos tervedbe?-türelmetlenkedett Mary.

-Ne sürgess kérlek! Előbb hallgasd meg döntésem érveit, akkor nem lesznek fenntartásaid.

-Hogy lehetsz ilyen gonosz, pont velem?- háborgott Mary.

-Mint tudjuk, a szeretet és felelősségtudat az az erő, amely segítségével van esélyünk a győzelemre. Ezt a köteléket kell jelentősen megerősíteni, s megnyertük a csatát. Egyben értelmet nyer a jövőm, s átsegíthet azon is, ha téged baj érne. Különben ne akarj egyhamar elszökni, mert fontos szerep vár rád. Mondhatom nélkülözhetetlen leszel. Itt az ideje, hogy véget vessünk az egyhangú hétköznapoknak.

-Mondd el végre miről van szó, ha nem akarod a vesztemet!

-Egy pici babáról, a te unokádról.

-Istenem!- sóhajtott fel Mary és könny szökött szemébe.- Hogy jutott az eszedbe?- kérdezte elérzékenyült hangon.

-Nicholas ötlete volt, de először őrültségnek tartottam.

-Mindig képes megdöbbentő dolgokra, úgy tűnik nem sokat változott.

Ebben a pillanatban megszólalt a csengő, Catherine felállt és ajtót nyitott. A postás volt az, aki egy dísztáviratot nyújtott át. Catherine kíváncsi türelmetlenséggel nyitotta fel a KAIRÓ-ból származó, feladó nélküli küldeményt. Hangosan olvasott, hogy anyja is hallja.

Kedves Catherine!

Ne haragudj, amiért nem köszöntem el, de hirtelen támadt ötlettől vezérelve cselekedtem. Megfogadtam tanácsodat, s megpróbálom megkeresni azt, ami hiányzik az életemből. Első lépésként megvalósítom gyermekkori álmomat és körbeutazom a földet egy luxushajón. Remélem, ez idő alatt levetkőzöm zárkózottságom és sikerül visszazökkenni a társasági életbe. Egy kellemes, szórakoztató férfiként akarok visszatérni, aki képes lesz a hódításra. Maryt üdvözlöm és üzenem neki, csak szebb és vonzóbb lett az idő multával, ha hinni lehet a fényképnek, amely most is itt van előttem. Említetted, hogy gyűjtöd a képeslapokat, ezért ne lepődj meg, ha a nagyobb városokból küldök egyet-egyet. Kívánom a legjobbakat születésnapod alkalmából! Sok szeretettel!

Nicholas!

Catherine diadalittasan nézett anyjára, aki nem tudott úrrá lenni meghatódottságán és szégyenlősen törölgette kibuggyanó könnyeit.

8.

Izgatottan ült a magánklinika nőgyógyászati osztályának egyik földszinti várójában. Délután kettőre egyeztetett időpontot, volt még vissza addig öt perc. Mindig pontos volt, de ezt elvárta másoktól is.

Az ízlésesen és kellemes eleganciával berendezett helység jó benyomást tett rá. Az első tapasztalatok, szerinte nagyban befolyásolják a dolgok későbbi alakulását. Ez a harmadik hely, ahol megfordul, eddig kevés sikerrel. Maryvel úgy beszélték meg tervükbe senkit se avatnak be, ezért nélkülözni kellett ismerőseik tanácsait. Így nem maradt más, mint a személyes tapasztalatszerzés néha bosszúságokkal övezett, cseppet sem kellemes útja.

Első ízben az orvosig se jutott el. Negyven percet topogott a kopottas várószobában, a megbeszélt időpont ellenére. A doktor úrnak dolga akadt és paciensét arra se méltatta, hogy értesítse.

A következő állomás egy nívós rendelő volt, ahol rendkívül udvariasan bántak vele az asszisztensek, itt viszont az orvos személye nem nyerte el tetszését. Rámenős modorával, állandó öntelt mosolyával hamar elérte, hogy Catherine még a szándékát se közölte vele.

Most inkább utazott több órán keresztül, hogy feltérképezze az ország egyik legjobb hírű klinikáját, ahol mesterséges megtermékenyítéssel foglalkoznak. Pontban kettőkor acélos férfihang töltötte be a helységet a láthatatlan hangszórókon keresztül.

-Kérem asszonyom, fáradjon be!- hallatszott, majd halk kattanás kíséretében kinyílt az orvosi szoba ajtaja.

Miközben átlépte a küszöböt, olyan furcsa érzése támadt, mintha új fejezet kezdődne életében. Az asztalnál egy megnyerő külsejű, középkorú férfi ült. Rögtön felállt és imponáló magabiztossággal mutatkozott be, majd hellyel kínálta Catherinét, aki ekkor már tudta, ez az a hely, amit keresett, ez az az orvos, akire szüksége van.

A férfi néhány mondatban bemutatta az intézetet, beszélt az eredményeikről, végül barátságos hangnemben tette fel a kérdést:- Önnek miben állhatunk a rendelkezésére?

Catherine nem sokat habozott, ő a döntések embere volt. Eddigi tapasztalatai alapján úgy látta jónak, ha pontosan ismerteti szándékát.

-Azért vagyok itt, mert gyermeket szeretnék. Tudomásom szerint nőgyógyászatilag rendben vagyok, lelkileg felkészültem. Az akadályt az jelenti, hogy két évvel ezelőtt elveszítettem a férjem. Képtelen vagyok más férfit elképzelni az életemben, de nagyon vágyom gyermekre, ezért azt szeretném, ha művi úton, donor által esnék teherbe.

Őszinte érdeklődést vélt felfedezni az orvos szemében és ez nyugalommal töltötte el. Néhány pillanatnyi hallgatás után a férfi együttérzően szólalt meg:- Nem tisztem magánjellegű tanácsot adni, de jól átgondolta? Biztos benne, hogy a jövőben se lesz képes szeretni senkit? Maga olyan fiatal, az élet meg annyira kiszámíthatatlan.

-Nézze doktor úr! Mint említettem, lelkileg teljesen felkészült vagyok. Ez magába foglalja azt is, hogy e témát aprólékosan átgondoltam.- jegyezte meg Catherine kissé bosszúsan.

-Kérem ne haragudjon! Kissé feltámadt bennem a magánemberi kíváncsiság, de ígérem, ezentúl csak a dolgommal foglalkozom.

-Dehogy haragszom! Ellenkezőleg, örömmel tölt el, ha valaki a munkája végzése közben érző ember is tud lenni.

-Köszönöm az elismerést.- nevette el magát a férfi.

Maradék feszültsége is tovaszállt Catherinének, kedvelte a jó humorú embereket. Kedvére való volt az intelligens férfivel történő beszélgetés, s észre se vette, de kezdett kitárulkozni előtte.

-Tudja doktor úr, joggal fogalmazódott meg önben a kérdés, amit az előbb tett fel. Sokat gondolkoztam, de belátható időn belül képtelenségnek tartom, hogy bárki szóba jöhessen, mint férfi. Viszont rendkívül vágyódom egy gyermek után, aki kitöltené életemet. Egy pici, talán akkora változást hozna, hogy idővel még párkapcsolatra is képes lennék. Különben is, előbb-utóbb kiküzdene magának egy apucit.- fogta tréfásra a végét.

-Azon leszünk, hogy sikerrel járjon.- bíztatta az orvos gyengéd hangon.

-Ritka az olyan doktor, mint maga, aki megérti az embert.- hálálkodott Catherine.

A férfi arca váratlanul elkomorodott, a jó kedv és derű egy szemvillanás alatt eltűnt nemes vonású arcáról, és halkan csak ennyit mondott:- Néha mindnyájunknak jót tenne, ha megértené valaki.

Catherinében feltámadt a kíváncsiság, de mielőtt szólhatott volna a doktor közbevágott:- Nos, akkor kezdjünk el dolgozni! Rengeteg a teendőnk.

Catherinének kérdések sokaságára kellett válaszolnia, melyek az egészségével voltak kapcsolatosak és visszanyúltak egészen a gyerekkoráig. Az orvos szorgalmasan jegyzetelt, s miután minden lényeges kérdésére választ kapott, hosszasan beszélt. Általános tudnivalókról és a jogi feltételekről tartott tájékoztatót, végül néhány személyes jó tanács is elhangzott.

-Gondolom megfelelően tisztában van a folyamattal, de azt megemlíteném, a legtöbbet ön teheti a sikerért. Sok esetben nagy elszántságra, kitartásra és egy kis szerencsére is szükség van, a legmodernebb technika, az alapos szaktudás és a mindenre kiterjedő gondoskodás ellenére.

Miközben ezeket a szavakat hallatta, arca ismét elkomorodott, szeméből szomorúság tükröződött.

-Olvastam és hallottam a szóba jöhető nehézségekről, de majd megpróbálok minél jobban felkészülni.

-Rendben, de bízzunk benne, sima ügy lesz. Hisz ez esetben, csak egy kis közreműködésről van szó. Befejezésül elmondom a további menetrendet. Hétfőn felhívom és kap egy időpontot, amikor itt kell töltsön két napot, egy alapos kivizsgálás erejéig. Készüljön fel egy kiadós beszélgetésre a pszichológusunkkal, még ha ez nem is lesz kedvére való. Ezután kitűzzük a beavatkozás várható időpontját. Ja, és sort kerítünk valamikor, a donor kiválasztására is. A spermabank kínálata lehetővé teszi, olyan embertípus kiválasztását, amilyet csak akar.

Catherine figyelmesen végighallgatta az orvost, és miután egyeztették a teendőket, elégedetten távozott. Jóleső érzéssel gondolt az elkövetkezendő napok izgalmakkal teli eseményeire.

Az orvos fáradtan dőlt hátra székében, lassan kevergette kávéját, miközben a nemrég távozott nőre gondolt, akinek az elszántsága, bátorsága mély tiszteletet váltott ki belőle. Bárcsak az ő felesége is hasonlóan erős lenne, akkor semmi nem árnyékolhatná be boldogságukat. Kedvesére gondolva, ösztönösen a telefon után nyúlt és tárcsázott.

Az autó egyenletes sebességgel haladt az esőáztatta úton. A gyér forgalom ellenére óvatosan vezetett Catherine, elkerülvén a csúszós aszfalt okozta bonyodalmakat.

-Olyan jó, hogy velem tartasz.- szólalt meg.

-Jól tudhatod, rám mindig számíthatsz. Különben is, vígan leszek a szállodában. Talán még egy pasit is összeszedek a végén.- viccelődött Mary.

-Persze, csak a szád jár! Egyébként se lenne igazságos, ha néhány méterre attól a klinikától, ahol én sínylődök, te azt se tudd, hogy mit csinálj jó dolgodban.- válaszolt Catherine színlelt felháborodással.

-Maradjunk annyiban, ki fogjuk bírni valahogy mindketten. Nappal úgy se lesz időd unatkozni, délután meg megyek látogatni.

-Meg fogok szökni, miért kell két éjszakát bent maradnom?- mérgelődött Catherine, de most már tettetés nélkül.

-Mert pont te mondtad, ez egy olyan hely, ahol semmit se bíznak a véletlenre.

Az út nagy része Catherine torzsalkodásával és csitítgatásával tellett. Mary nagy mestere volt leánya túlzott indulatainak a megfékezésének. 7.45-kor gurultak be a klinika udvarába, volt még negyedórájuk odaérni a nőgyógyászati rendelőhöz.

-Anya, fölösleges velem tartanod, ott a sarkon található a szálloda, ahol szobát foglaltam. Pihend ki az utazás fáradalmait.

-Rendben van kicsim, hívlak majd.

Búcsút vettek egymástól, Catherine fogta táskáját és beballagott az épületbe. Az orvos már várta. A jól ismert kedvességgel fogadta Catherinét, akinek feltűnt, a férfi mennyivel kipihentebb, mint amikor legutóbb találkoztak. Most, hogy jobban szemügyre vette feltűnően jóképűnek találta, s ha annakidején összefutnak biztosan felkeltette volna az érdeklődését.

Néhány mondatban ismertette, milyen jellegű vizsgálatok lesznek és előreláthatólag meddig fognak tartani.

-Nagyjából ez lesz a menetrend. Reggel nyolctól este hatig bent talál, kérem üzenjen, ha bármiben segíthetek, de némelyik vizsgálatnál is ott leszek, na meg járok majd a szobája tájékán is. Este hat után, ezen a mobil számon tud utolérni.- mondta és átnyújtott egy névjegykártyát.

-Ezt nevezem bánásmódnak!- fejezte ki Catherine elégedettségét.

-Megtesszük a tőlünk telhetőt, de sajnos néha ez is kevés. Azért megnyugtatom, az eredményességi mutatónk egészen kiváló.

-Tisztában vagyok a helyzettel.

-Természetesen rendelkezésére áll egyágyas szoba, de ha jobb szeretne társaságot, elhelyezhetem kétágyasban is.

-Nem szeretek egyedül lenni, inkább az utóbbit választanám.

-Rendben! Van egy hasonlóan kedves és intelligens vendégünk, mint ön, biztos jól kijönnek egymással. Rögtön szólok a nővérnek és megmutatja a szobáját.

Néhány perccel később kíváncsian nyitott be átmeneti szálláshelyébe, amely otthonosan volt berendezve, láthatóan gondot fordítottak a minél nagyobb kényelemre. Mindez mégse tudta feledtetni, hogy mégiscsak kórházban van és ez egy kicsit elszomorította. Az is nyugtalanította, hogy Maryt magára kellett hagyni, de mindketten tudták, céljuk érdekében áldozatokat kell hozniuk.

Az ablak előtt elhelyezett fotelek egyikében egy hasonló korú, vörös hajú, ápolt külsejű nő ült. Catherine elismerően állapította meg, ez a nő rendkívülien szép és csinos, még ilyen szerény öltözékben is. Nyugodtan pályázhatna valamely szuperprodukció női főszerepére.

Meglátva az újonnan érkezőt, felállt, megigazította égszínkék pongyoláját és kedves mosollyal arcán odalépett hozzá.

-Szervusz, Charlotte vagyok, s ha nincs ellenvetésed tegeződjünk.

-Szervusz, én Catherine vagyok és örvendek a szerencsének.- viszonozta a szívélyes fogadtatást.

Néhány percig ismerkedtek egymással, míg Catherinét el nem szólították a vizsgálatok kezdetére. Megnyugvással töltötte el szobatársa rokonszenves egyénisége, jó lesz vele társalogni, ha épp nem macerálják.

Hosszú és fárasztó napja volt. Délben kapott egy óra szünetet, így legalább volt ideje megenni a finom és ízletes ebédet, és még pihenhetett is fél órát. Szobatársnője az ágyban feküdt és regényt olvasott. Szemmel láthatóan mélyen belemerült. Catherinét nagyon izgatta, miért van bent, de nem akart tolakodó lenni. Befordult a fal felé és igyekezett összeszedni gondolatait, a délutáni beszélgetésre közte és a pszichiáter között. Legszívesebben világgá szaladt volna, csakhogy elkerülje a kellemetlen perceket, de erőt vett magán. A bonyodalmak elkerülése végett titokban tartotta a nemrég történteket.

Háromkor végzett a pszichiáternél, akit sikerült kellőképpen meggyőzni, hogy döntése jól előkészített és kellően megalapozott. Testileg, lelkileg tökéletesen felkészült, hogy végigcsinálja amit eltervezett, és kiváló anya válik belőle.

Ezután már csak egy ultrahangos vizsgálatot végeztek el és végre valahára, visszavonulhatott szobájába. Rögvest telefonált Marynek, ha még nem talált lovagot, meglátogathatná. Nem telt el fél óra és jókedvűen helyezte magát kényelembe a Catherine ágyához közelebb levő fotel süppedő marasztalásában.

Szinte elrepült az idő, odakint már rég besötétedett, amikor Mary jónak látta távozni. Charlotte láthatóan élvezte társaságukat, aktív részesévé vált a trécselésnek. Nemcsak kedvességről, hanem jó humorérzékről is tanúbizonyságot tett, minek következtében sokat viccelődtek, nevettek, feledték minden gondjukat.

Hat után egy nővérke dugta be a fejét, látva a vidám társaságot maga is mosolyra fakadt.

-A doktor úr elnézést kér, de sürgősen kellett távoznia, így nem tudott benézni. Reggel az első útja ide fog vezetni.

-Köszönjük Martha, most az egyszer elnézzük neki.- komolytalankodott Charlotte.

A nővér amilyen hirtelen felbukkant, úgy el is tűnt. Mary kérdően tekintett leányára:- Miért nem ismerem még ezt az úriembert? Nem kellett volna bemutassál?

-Miért, te is szülni akarsz?

Charlotte megpróbált komoly maradni, de amint meghallotta Catherine kacagását, maga is hangos nevetésben tört ki.

Mary pajkosan paskolta meg Catherine fejét és csak ennyit tudott mondani:- Szemtelen kölyke a világnak.- aztán Charlotte felé fordult és faggatni kezdte.

-Mennyire ismered ezt a csodadoktort? Ugyanis Catherine szerint egy igazán vonzó és elragadó ember, de én azért kíváncsi lennék a szaktudására is.

-De anya! Hogy lehetsz ilyen, egy szóval se mondtam, hogy vonzó.- vágott közbe Catherine.- Az elragadót azért tartom.- fűzte még hozzá.

-Pedig nagyon is az, és bomlanak érte a nők, de foglalt a szíve. Egyébként jól ismerem és biztos lehetsz benne, a legjobb kezekbe került a lányod.- nyugtatta meg Maryt Charlotte és még azt is megígérte, másnap bemutatja neki.

Mary távozása után Catherine elérkezettnek látta az időt, hogy kipuhatolja Charlotte ittlétének az okát. Szobatársa jobb oldalára fordult az ágyban, fejét a jobb karján pihentette. Catherine beült a fotelbe, látszólag körömreszeléssel foglalatoskodott.

-Te is kivizsgálásra jöttél?- kérdezte anélkül, hogy abbahagyta volna tevékenységét.

-Nem, én már terhes vagyok és bent kell feküdjek.

-Talán valami komplikáció lépett fel?

-Sajnos ez a negyedik próbálkozás. Hosszú ideje küszködünk, eddig sikertelenül. Talán majd most. Szigorúan feküdnöm kell, állandó felügyelet mellett.

-Szegénykém!- sajnálkozott Catherine.

-Ne sajnálj, ha egyszer megszületik a pici, mindenért kárpótolva leszek. Tudod, nálam van egészségi probléma, ezért nem születhetett eddig gyermekünk. Én is nagyon vágyódom utána, de a férjem majd megőrül egy babáért. Próbálja titokban tartani, de engem nem tud megtéveszteni.- Charlotte elhallgatott, behunyta szemét és láthatóan tovaszállt korábbi jókedve.

-Kérlek ne haragudj, ha tapintatlan voltam és szóba hoztam a témát.- mentegetőzött Catherine, látva az eredményt.

-Semmi gond. Nem igazán szoktam másokat beavatni gondjainkba, de most és itt, veled szívesen beszélgetek erről. Nem érdekes, hisz alig ismerjük egymást?

-Nem feltétlen kell éveknek eltelni ahhoz, hogy két ember megbízzon egymásban.

-Igen, én is így vélem.

-Biztos vagyok benne, előbb-utóbb beteljesül a vágyatok, amiért annyit küzdöttetek.- próbálta vigasztalni Catherine az egyre jobban elszomorodó Charlottet.

-Ez nem ilyen egyszerű. Minden egyes kudarcot követően komolyan kiborultam. Legutóbb ez olyan súlyos volt, hogy a férjem hallani se akart egy újabb beavatkozásról. Életünkben először, komoly konfliktus alakult ki közöttünk, de én győztem.

-Ezek szerint a férjednek te mindennél fontosabb vagy? Nem kellett volna neked engedni?

-Talán, de annyira szeretem őt és bármire képes vagyok, hogy teljesüljön leghőbb vágya. Ha kell, újra és újra megpróbálom, nem érdekelnek a következmények, de őt boldoggá kell tennem, s ha nem sikerül, inkább örökre eltűnök az életéből.

-Ugye ezt nem gondolod komolyan?

-De igen. Ő elég vonzó és megnyerő ahhoz, hogy új társat találjon magának, ezúttal tényleg az igazit, aki képes megajándékozni őt a legnagyobb kinccsel. De hagyjuk inkább, erre ne is gondoljunk, hisz egy kis élet már itt lapul a pocimban és nagyon kell rá vigyázni.- mondta, miközben lágyan simított végig feszülő hasán.

Catherine meghatottan gondolt rá, hamarosan az ő szíve alatt is fog dobogni egy másik, egy sokkal kisebb.- Valóban, ő most mindennél és mindenkinél sokkal fontosabb.- jegyezte meg.

-Veled mi újság?- könyökölt fel Charlotte.

-Hál Istennek, én egészségileg rendben vagyok, viszont az én helyzetem se túl egyszerű. Más jellegű akadály gátolja a gyermekáldást.

-Mit értesz ez alatt?

-Volt egy szerető férjem, aki életem nagy Ő-je volt. Egy szörnyű tragédia folytán elveszítettem, s oly űr támadt utána, amit bárki is képtelen betölteni. Egy gyermek sokat segítene, de természetes úton elképzelhetetlen, ezért döntöttem a művi beavatkozás mellett?

-Neked is megvan a saját kereszted. Nagyon erős vagy, ha ezt végigcsinálod, sőt már az is nagy lelki erőről árulkodik, hogy egyáltalán ide jutottál. Biztos vagyok benne, szép napok várnak még rád az életben.

-Nem volt ez mindig így, de a sors úgy rendelkezett, ad még egy esélyt, én pedig szeretném megragadni.

-Bárcsak én is tudnám, melyik az utolsó esély!

Catherine korábban ébredt, mint Charlotte. Megpróbált csendben összeszedelőzködni, nehogy felébressze a másikat. Volt még bő fél órája az első vizsgálat kezdetéig, úgyhogy nem kellett kapkodni.

Charlotte nyolc előtt néhány perccel ébredt, s derűs arccal köszönt. Az esti elkeseredésnek nyoma veszett.

-Jó reggelt!

-Neked is.- viszonozta Catherine.

-Remélem semmi sem zavarta álmodat?

-Nem remekül aludtam, az esti szomorkodás ellenére.

-Vidultunk előtte épp eleget, ránk fért egy kis komolyság a végére.

-Képzeld csak el, mi lett volna, ha orvost kell hívni nevetőgörcs következményeként?

-Legfeljebb Maryt is befektették volna. Belevaló anyukád van, én azt hittem vérig sértődik, amikor megtréfáltad.

-Nem, sose mondanék olyat, amivel megsérteném. Érti a viccet, én pedig ügyelek rá, hogy ne vessem el a sulykot. Különben is, miért ilyen kíváncsi? Megérdemelte a fricskát, de megnyugtatlak, nem szokott adós maradni.

-Vettem észre, mindjárt visszavágott a vonzó kifejezéssel.

-Azt nem tudom, miért kell nekem bent aludnom, mikor napközben vizsgálgatnak?- váltott gyorsan témát Catherine.

-Azért, mert itt minden tekintetben a legkörültekintőbben járnak el, és semmit se bíznak a véletlenre.

-Ez ismerős, már hallottam valakitől.

-Különben is, ha nem laknál bent, hogyan ismerkedtünk volna meg?

-Ez igaz, már nem is bánom.- adta meg magát Catherine.

A két nő egymásra nevetett és ezzel befejezettnek tekintették a témát. Charlotte bement zuhanyozni a fürdőbe, Catherine az egyik szekrény nyitott ajtaja előtt állt, és a beépített tükörben igazgatta frizuráját. Egyszercsak halk kopogást hallott és mielőtt válaszolhatott volna, nyitódott is a bejárati ajtó. Nem látott oda a szekrényajtótól, ezért igyekezett becsukni és néhány lépést tenni a bejárat felé. Eközben egy jól ismert férfihang szólalt meg, meglehetős kedvességgel:-

Jó reggelt kedvesem! Leugrok a büfébe, hozzak valamit?

Mire befejezte mondatát, Catherine odaért és szembe találta magát vele. Felháborította a férfi viselkedése, aki nem más volt, mint a mindig tiszteletettudó és udvarias orvos. Próbálta fékezni hirtelen gerjedt haragját, de nem tudta szó nélkül megállni.

-Mondja, maga minden paciensével ilyen bizalmasan társalog egy nap után, és mindenkit kedvesemnek hív?

Az orvos egy pillanatra megszeppent a szikrázó tekintet láttán. Ezt nem érdemes kihozni a sodrából, gondolta, miközben szemöldökét önkéntelenül összehúzta és higgadtan nézett Catherine szemébe.

-Nem, csak a kedvesemet szólítom így.- válaszolt kurtán és kifordult az ajtón.

Catherine értetlenül állt az eddig oly szimpatikus férfi furcsa viselkedése előtt. Még egy-két ilyen húzás és kereshetek másik dokit, állapította meg morcosan. Hamarosan visszatért Charlotte, akit rögtön vallatóra fogott.

-Mondd csak, mennyire ismered az orvosunkat?

-Hát, ami azt illeti, elég jól.

-Szerinted nem hangyás egy kicsit?

-Miből gondolod, hogy az lenne?- kérdezett vissza Charlotte, kissé értetlenül.

Catherine elmesélte az előbbi történetet és arra lett figyelmes, Charlotte a hasát fogja nevettében.

-Szerinted ez ilyen mulatságos?- kérdezte Catherine korholóan.

-Jaj, ne haragudj, amiért ilyen jól derülök, de Daniel a férjem.

Catherine arcára kiült a kétségbeesés.- Jézusom, hogy lehetek ilyen ostoba? Ezek szerint azt hitte veled beszél, én meg rárontottam, mint egy anyatigris. Hogy lehettem ennyire meggondolatlan? Mit gondolhat rólam, milyen faragatlan nőszemély vagyok?

-Sose aggódj! Daniel a földkerekség legmegértőbb és legtürelmesebb orvosa, ráadásul kedveli a tréfát. Biztos vagyok benne, átgondolva a helyzetet, azóta már jót derült az irodájában.

-Attól függetlenül nem szívesen kerülök a szeme elé, pedig mindjárt jelenésem van nála.

-Hidd el nekem, nincs mitől tartanod.

-Te ugye nagyon szereted a férjedet?

-Igen, nagyon.

-Látszik rajtad, amikor róla beszélsz, csak úgy sugárzik az arcod.

-Elkísérjelek?

-Annyira azért nem félek, csak pihenj, én már megyek is. Catherine lesétált egy emeletet és bekopogott Daniel ajtaján. Az orvos egyedül volt, már várta őt. Betessékelte a megszeppent Catherinét, és mielőtt bármit is mondhatott volna, próbálta megmagyarázni a történteket:- Kérem, bocsássa meg a reggeli udvariatlanságomat. Egy kicsit elfeledkeztem róla, hogy a feleségem Charlotte, nincs már egyedül a szobában. Így fordulhatott elő, hogy hívatlanul berontottam és megtévesztettem önt.

-Szerintem én tartozom bocsánatkéréssel, az indulatos hangnemért és az illetlen megjegyzésért.

-Akkor azt hiszem, mindent tisztáztunk ezzel kapcsolatban. Mellesleg nem irigylem azt az embert, akire ön megharagszik.- jegyezte meg Daniel, huncut mosollyal szája szegletében, amely alig volt látható, de Catherine éles szeme rögtön kiszúrta.

-Nem szoktam haragudni senkire, csak néha elhamarkodottan ítélkezem, mint most is.

-Néha nem is árt, ha nem gabalyodunk bele gondolatainkba, s az érzéseink szerint cselekszünk. Na de egy szónak is száz a vége, ma még vár önre néhány vizsgálat. Holnap délelőttre összeáll a kép és pontosítjuk a továbbiakat.

Váltottak még néhány mondatot, aztán Catherine megkönnyebbülten távozott. Halvány mosoly suhant át arcán, amikor felelevenítette a szobában történteket és felvillant előtte az orvos meghökkent arckifejezése, miután beolvasott neki.

Délután fáradtan zuhant be az ágyába, miközben üdvözölte Charlottet.

-Szia!

-Szia! Túlélted valahogy?

-Igen, a férjed rendkívül tapintatos volt, semmi jelét nem mutatta sértődöttségnek. Igazi úriember.

-Ez így is van. Nem szokott jelentéktelen dolgokon megsértődni. Viszont ha valakinek mégis sikerül megbántani, azt egy életre képes kizárni az életéből.

-Volt már erre példa?

-Igen. Pont a legjobb barátja hazugsággal vádolta. Később belátta tévedését, de Daniel hallani se akar róla azóta. Ennek már öt éve.

-Nem mindig jó, ha az ember haragtartó.

-Én is azt mondom, de Daniel nagyon makacs tud lenni. Mikor hagysz magamra?

-Holnap délelőtt. Neked meddig kell bent maradnod?

-Lehet, egész a szülésig. Örülhetek, ha Karácsonyra hazaengednek. Nagyon szigorú orvosunk van, ha de ezt már tapasztalhattad.

-Szegénykém, akkor biztosan találkozunk még itt bent.

-Mondtam már, ne sajnálj! Bármit szívesen viselek, csak legyen eredménye. Remélem meglátogatsz, ha erre jársz.

-Ezt biztosra ígérhetem.

Beszélgetésüket halk kopogás szakította félbe. Az ajtóban feltűnt Mary bozontos, vörös haja, amint óvatosan kukkantott be, nem zavar-e valakit?

Sikerült megismételniük az előző napi vidám hangulatot. Charlotte betartotta ígéretét és bemutatta Danielt Marynek, aki teljesen el volt ragadtatva és minden kételye szertefoszlott. Már nem aggódott az orvos szakmai felkészültsége miatt, teljesen a bizalmába fogadta őt.

Mary késő este távozott. A szobatársnők ezúttal nem folytatták a beszélgetést, hanem békésen nyugovóra tértek.

Cathrinének reggel még el kellett viselnie egy vizsgálatot, majd várt két órát, mire Daniel hívatta. Izgatottan ült le az orvossal szembe, aki felfedezhette tipródását és rögtön a lényegre tért:- Elnézést a várakoztatásért, de most lett meg minden eredmény. Mind kiváló lett, ön a legjobb egészségi állapotnak örvend, így hát semmi akadálya, hogy végrehajtsuk a beavatkozást, és életet adjon egy pici babának. Két dolgot kell még megbeszélnünk. Milyen igényeket támaszt a donorral szemben és mikor legyen a beavatkozás? Spermabankunk minden igényt kielégítő készlettel rendelkezik.

-Nem igazán vannak kívánságaim. Valójában semmit se akarok tudni az illetőről, csak minden tekintetben legyen egészséges.

-Legyen nyugodt, donorjainknak meg kell felelnie bizonyos követelményeknek. Azért nem bánnám, ha pár sorban leírna néhány jellemző tulajdonságot. Tudom, ez kellemetlen önnek, de miért nem kéri édesanyja segítségét?

-Még csak az kéne! Adna olyan leírást, hogy egyhamar nem találnának megfelelő embert. Inkább erőt veszek magamon, ha már ennyire ragaszkodik hozzá. Mielőtt elhagyom a kórházat hagyok egy papírt Charlotténél. Így jó lesz?

-Természetesen. Már csak az időpont meghatározása van vissza. Azt javaslom, legyünk túl az ünnepeken és az új év első adandó alkalmával, végrehajtjuk a megtermékenyítést. Megfelel?

-Igen tökéletesen.

-Köszönöm az együttműködést és Január 2-án kérek egy telefont. Addig is vigyázzon magára!

-Megígérem és önök is vigyázzanak a picire.

Daniel arca elkomorult, hangjából szomorúság csengett:- Rajtunk nem múlik semmi. Túl nagy a tét, Charlotte nem viselne el egy újabb kudarcot.

-Viszlát doktor úr és szorítok maguknak.

-Viszlát Catherine és ha nem tart tolakodónak, hívjon Danielnek. Aki a feleségem barátja, az az enyém is.

-Akkor, viszlát Daniel.- köszönt el Catherine újra.

Visszatérve szobájába telefonált Marynek, hogy egy óra múlva útra készen lesz. Előkerítette táskáját és bepakolta holmiját. Mikor végzett leült az asztalhoz, tollat papirost vett kézbe és megpróbálkozott az írással. Erősen töprengett, ám a nagy akarás ellenére a toll hegye nem akart érintkezésbe lépni az üresen heverő papirossal.

Szinte megváltóként érkezett Chatlotte, egy köteg újsággal a hóna alatt. Meglátva Catherinét utcai ruhában, előkészített táskával, nem maradt megjegyzés nélkül:- Látom menekülsz innen, amint csak lehet. Remélem nem nekem írsz búcsúlevelet, ennyire azért nem kéne sietni!

-Megnyugtatlak, mindenképp megvártalak volna egy személyes búcsú erejéig.

-Na azért!- fenyegetőzött bal mutatóujjával Charlotte.- Ha belegondolok, milyen hosszú unalmas nap vár rám, elsírom magam. Kikkel fogom oly kellemesen múlatni az időt, mint az elmúlt napokban?

-Daniel biztosan gondoskodik társaságról.

-Ilyen kellemes meglepetést nem tud még egyszer okozni, mint te és Mary.

-Kösz az elismerést. Mellesleg tudod mit írok?

-Sejtésem sincs.

-Daniel ragaszkodik a kívánatos donor személyleírásához. Képtelen vagyok megfogalmazni, olyan visszataszító.

-Mondtam neked, néha nagyon makacs tud lenni.

-Azt ígértem neki, nálad hagyok egy levelet, de már bánom.

-Csak bízd ide, majd én elintézem. Írdd alá a papírost, én meg gépelek oda pár sort. Keresek én helyetted apucit, tudom milyen férfi illik hozzád, hogy gyönyörű baba szülessen.

Catherine tétovázott egy pillanatig, aztán csalfa mosoly suhant át arcán.

-Miért ne? Bízom a kifinomult ízlésedben.- egyezett bele, miközben az éppen megszólaló mobilja után nyúlt. Váltott néhány szót, majd Charlottehez fordult.

-Mary volt az, a parkolóban vár. Még egyszer pusziltat és elnézésedet kéri, amiért nem jön fel.

-Ugyan, hisz este elköszöntünk egymástól. Azért integetek neki az ablakból, hívd majd fel a figyelmét!

-Rendben.

-Most viszont rajtunk a sor, eljött a búcsú ideje.- szólt Charlotte elkenődve.- Úgy érzem , közel kerültünk egymáshoz.

-Osztom a véleményed. Mikor mindketten túl leszünk az egészen és a picik is nagyobbak lesznek, szeretnélek meghívni benneteket.

-Csodás lenne, de az még nagyon messze van.- vált hirtelen letörtté Charlotte.

-Addig is találkozunk Januárban, akkor kell visszajönnöm.

-Remélem, még bent találsz! Annyira félek, most se fog sikerülni!

-Hinned kell benne, az segít.

-Képtelen vagyok rá.

-Van kire támaszkodnod. Ez adjon erőt!- győzködte Catherine.- Mennem kell, mert Mary már biztosan türelmetlenkedik.

Szeretetteljesen megölelték egymást, Catherine fogta táskáját és elindult az ajtó felé.

-Catherine!- hallatszott Charlotte kétségbeesett hangja.

-Tessék!- fordult vissza Catherine.

-Egyszer, ha visszataszítónak találnál, vagy rosszat hallanál rólam, ne ítélj el. Az igazi énem az, amit eddig ismertél.

-Csak üzenj, ha szükséged van egy igaz barát önzetlen segítségére!- válaszolt Catherine és kedvetlenül távozott. Útban lefelé azon tűnődött, milyen vészjóslóan hatott Charlotte utolsó mondata.

9.

Az ünnepek, mint mindig, most is gyorsan és észrevétlenül szálltak tova. Méteres hótakaró tette teljesebbé a karácsonyi idillt, önfeledt játszadozásra késztetve gyermeket és felnőttet egyaránt.

Catherine ráérősen sétált a város legnagyobb parkjának egyik letakarított sétányán, és szórakozottan bámulta a körülötte zajló életet. Bármerre fordította fejét, mindenütt felfedezett valami érdekeset. Vagy egy hóembert serényen építő család, vagy ádázul hógolyózó fiatalok, vagy a sílécével ügyetlenkedő nő kötötte le figyelmét.

Most éppen egy pár került a látókörébe, amint hócsatát vívnak egymással. Egy óvatlan pillanatban a fiú ügyes mozdulattal nagy marék havat juttatott a lány nyakába, gondoskodva róla, hogy lejusson egészen a melléig. Az kicsit zokon vette az attrakciót, mert egy éles sikolyt követően lehúzta kesztyűjét, és dühödten a kajánul vigyorgó partnere arcába vágta, majd sarkon fordult és elviharzott. A fiú csak nézett utána arcára fagyott mosollyal, végül indulatosan taposta meg a hóban landoló kesztyűt.

Catherine rosszallóan csóválta meg fejét, aztán hazafelé vette az irányt, úgy döntött, mára elég a levegőzésből. Mintegy félórába tellett, míg átjárta az otthon jóleső melege.

Mary békésen szundikált a kanapén, Catherine vigyázott, nehogy megzavarja álmát. Készített egy csésze forró citromos teát, kényelembe helyezte magát és olvasni kezdett.

Nem sokáig kötötte le figyelmét az egyébként érdekes történet, azon vette magát észre, lázas izgalom kerítette hatalmába, mint oly sokszor az elmúlt napokban. Gondolatait a közeljövő várható eseményei kötötték le ilyenkor. Szövögette terveit, lélekben készült a rá váró feladatokra.

Anyjával egyre többször beszélgettek a pici babákról, a gyermeknevelés bonyolult kérdéseiről. Meghatottan hallgatta gyermekkora emlékezetes eseményeit, melyeket Mary nagy élvezettel elevenített fel.

Végre valahára elérkezett a nap, amikor hívnia kellett Danielt. A véletlen úgy hozta, a közelben kellett tárgyalnia, így személyesen akart beszélni a z orvossal.

Néhány kilométerre járt a várostól, amikor jónak látta érdeklődni telefonon. Daniel hangja fáradtnak és letörtnek tűnt. Biztos ügyelt éjszaka, vélekedett Catherine.

-Tessék, miben segíthetek?- kérdezte Daniel erőtlenül.

-Üdvözlöm! Catherine vagyok. Úgy egyeztünk meg, ma felkeresem. Itt van dolgom a közelben, s ha volna pár perce, beugranék önhöz.

-Hogyne, persze. Éppen nem dolgozom, de egy óra múlva ott leszek a klinikán. Várni fogom.

-Egy óra múlva találkozunk. Viszhallás.

Catherine egészen meglepődött, amikor belépett és megpillantotta Danielt. Az asztalnál egy kimerült és beteges kinézetű férfi ült, aki évekkel tűnt idősebbnek, mint legutóbbi találkozásukkor. Az udvariassága azonban nem változott.

-Üdvözlöm, helyezze magát kényelembe.- mutatott egy székre.

Catherine leült vele szemben, megigazította szoknyáját, s közben azon tűnődött, mitől kerülhetett ilyen megviselt állapotba Daniel?

-Csak nem beteg?- kérdezte óvatosan.

-Mondhatjuk így is. Az igazat megvallva, voltam már jobb passzban is, de nem az a dolgunk, hogy rólam beszélgessünk. Önnel mi újság? Felkészült testileg, lelkileg?

-Igen mindenre kész vagyok.

-Na, nézzük csak azt a naptárt! Nem lépett fel menstruációs zavar legutóbb?

-Nem! Pontosan jött meg és fejeződött be.

Daniel rövid gondolkodás után rábökött egy dátumra, és kérdőn nézett Catherinére. –Ez megfelelne?

-Természetesen.

-Itt ez a kis kiadvány, benne van minden lényeges információ. Kérem tanulmányozza át, és tartsa be az utasításokat.

-Minden úgy lesz, ahogy óhajtja.

-Akkor rövidesen újra találkozunk.

-Igen. Mondja, a feleségét bent találom? Tudja, szeretném meglátogatni.

-Nem, nincs itt.- válaszolt Daniel komoran.

-Csak nem történt valami?

-Sajnos igen. A szenteste számunkra nem boldog érzésekkel kedveskedett, hanem kínnal, fájdalommal és bánattal. Négy napra jöhetett haza, előtte semmiféle komplikáció nem merült fel. Otthon a legapróbb mozdulatát is felügyeltem, minden utasítást fegyelmezetten betartott. Mindezek ellenére azon az estén, amely a szeretetéről híres, bekövetkezett amitől rettegtünk. Tehetetlenek voltunk, esélyünk se volt megakadályozni a történteket. Hiába maradt volna bent a klinikán, az sem segített volna. –hosszasan bámult ki az ablakon, arcvonásai megkeményedtek. Kisvártatva újra megszólalt:- Nem is tudom, miért rémisztgetem ilyen történettel?

- Bocsásson meg, hogy egyáltalán szóba hoztam, de tudja, egész közel kerültünk egymáshoz, míg bent voltam.

-Igen, ezt ő is megerősítette.

-Most hogy van?

-Szörnyű állapotba került, mindig mellette kel tartózkodnom, ezért vagyok ritkán a klinikán. Félek tőle, a pici elvesztése, csak egy része a bajnak. Hibáztam, mégpedig nagyot, amikor engedtem neki és beleegyeztem az újabb kísérletbe.

-Döntéseinknek csak a jó szándékát szavatolhatjuk, kimenetelét viszont nem.

-Ez esetben a jó szándék kevésnek bizonyult.

-Meglátogathatom?

-Ahogy gondolja, de attól tartok önnek lesz kellemetlen és nagyot fog csalódni.

-Miből gondolja?

-Egy egészen más emberrel fog találkozni, szinte kibírhatatlan a viselkedése. Mindent és mindenkit okol a történtekért.

-Azért tennék egy próbát.

-Maga tudja, hátha valakire hallgat egy kicsit. Elvégre is, önt nagyon közel engedte magához, egész rövid idő alatt.

-Igen, s beavatott egy tervébe, amiről gyanítom, más nem tud rajtam kívül. Tekintettel a kialakult helyzetre, nagy aggodalommal tölt el és kötelességemnek érzem, hogy beszéljek róla.

-Pontosabban?

-Arra utalt, ha nem tud önnek gyereket szülni, örökre eltűnik az életéből.

-Sose említette, ám egy ideje érzem ezt a veszélyt. Nem tudok mást tenni, mint állandóan mellette lenni, amíg tart a nehéz időszak.- mondta Daniel, miközben idegesen az órájára pillantott.

-A legrosszabbkor tartom fel, ugye?

-Nem gond, amúgy is bejöttem volna. A testvére időnként be tud segíteni, így szabadultam el egy órára. Sietnem kellene haza, mert már egyedül van, de ha ön elmegy hozzá, késnék egy kicsit. Kihasználom a lehetőséget és elintézek néhány dolgot. Mellette lenne, míg hazaérek?

-Örülök, ha segíthetek!

-Hívjon mobilon, ha nem bírná tovább két percnél, azonnal otthon leszek.

-Ilyen kemény a helyzet?

-Majd meglátja. Biztosan felvetődött önben, miért nem kezelik intézetben?

-Maga gondolatolvasó.

-Megesketett rá, sose teszek ilyet vele, és én tiszteletben tartom ezen akaratát.

-Értem.

-Itt a címünk, közel van, könnyű odatalálni.

-Akkor én el is mentem. Viszlát és több szerencsét.

-Viszlát Catherine és köszönöm.

Valóban könnyen és gyorsan talált oda a zöldövezeti villanegyedben található címre. Az impozáns épület messziről elnyerte tetszését. Nekik is mindenük meg van, kivéve a boldogságot, állapította meg a szimpatikus házaspárra gondolva.

Többszöri hosszas csengetést követően végre feltárult az ajtó, és megpillantotta Charlotte elcsigázott, züllött arcát. Erős cigaretta és vodkaszagot árasztott magából, Catherine legszívesebben sarkon fordult volna, de felvillant előtte a pillanat, amint tűt szúr vénájába. Eltökélte magát, megpróbál segítségére lenni a magából teljesen kivetkőzött nőnek.

-Ki vagy és mit akarsz?- kérdezte Charlotte tompán.

-Szia, Catherine vagyok. Tudod, akivel együtt feküdtél a kórházban. Ígéretemhez híven, jöttem meglátogatni téged.

-Gyere be, ha nagyon akarsz.

Catherine belépett a minden igényt kielégítően berendezett lakásba. Szó nélkül követte az imbolygó léptekkel haladó Charlottet, akinek első útja a bárszekrényhez vezetett. Lehúzott egy vodkát és rágyújtott egy cigarettára. Catherine leült, anélkül, hogy hellyel kínálták volna.

-Remélem nem akarod megkérdezni, milyen a közérzetem?

-Nem! Elég rád nézni.

-Örülj neki, te úgyse járhatsz így.

-Voltam már hasonló helyzetben, nem is olyan rég.

-Na ne játszd meg itt nekem a sokat tapasztalt oktatónéni szerepét! Ne akarj jóságos tündér lenni! Nincs szükségem segítségre és nem is fogadok el senkitől.

-Cselekedj úgy, ahogy jónak látod, én csak beszélgetni jöttem.

-Ez az, amire egyáltalán nincs szükségem.

-Lehetséges, hogy te a szenvedésbe menekülsz, de nem teheted a férjeddel azt, amit csinálsz!

-Ki vagy te, hogy a férjemmel foglalkozz? Tetszik talán? Most, hogy jobban megnézlek, igazán összeillő párt alkotnátok. Még gyermeket is tudnál neki szülni, nemde?

-Biztosan hatalmas csapás ért, de ez nem jogosít fel arra, hogy sértegess! Különben is, sosem foglalkoznék olyan férfivel, aki rajongásig imádja a feleségét! Arról nem is beszélve, számomra egy férfi létezett, aki egy átkozott tragédia áldozata lett. Érted, nem csak te szenvedsz, mást is súlyt a sors, más is volt padlón!- üvöltötte Catherine elvörösödött arccal, miközben két kézzel rázta meg Charlotte vállát, aki meredten bámult rá.

-Az Istenit, miért kellett ide jönnöd?- suttogta elfúló hangon. Átölelte Catherinét és hangos zokogásban tört ki. Catherine megsimította fejét, leültette a kanapéra, s hagyta hadd sírjon. Egy idő után felemelte fejét, s csak ennyit mondott:- Mindjárt összeszedem magam.

-Csak pihenj!- nyugtatta meg Catherine.

A vélhetően nagymennyiségű elfogyasztott alkohol, hamarosan mély álomba merítette. Addig Catherine mesélt neki saját vesszőfutásáról, miközben szomorúan figyelte a szerencsétlen nőt. Tudta mi vár még reá. Élete a sors kegyétől, vagy éppen kegyetlenségétől függ.

Hamarosan megérkezett Daniel. Látva őket, megtörten kérdezte:- Remélem nem sértette meg nagyon?

-Nem járt sikerrel.

-Mintha némi megbékélést fedeznék fel az arcán, nem akarok hinni a szememnek. Hogy érte el?

-Ez már a végkifejlet.

-Fogadja elismerésemet! Kér egy kávét?

-Köszönöm, de indulnom kell.

-Várom a megbeszélt időpontban.

-Ott leszek és remélem jó híreket tud majd mondani Charlotteról.

-Úgy legyen!- sóhajtott fel Daniel.

Catherine távozását követően Daniel óvatosan betakarta feleségét, kinyitotta az ablakokat, utat nyitván a betóduló friss levegőnek. Kicsit összepakolt a nappaliban, megvárta míg kiszellőzik a helységre terpeszkedő cigarettafüst, majd leült az asszony mellé, arcát két kezébe temette és átadta lelkét a keserűségnek.

Charlotte zúgó fejjel ébredt, könyörtelenül ostromolták a mértéktelen alkoholfogyasztás elkerülhetetlen következményei. Ilyenkor habozás nélkül a pohár után szokott nyúlni, segítvén pocsék állapotán, minek köszönhetően nem volt menekvés az ördögi körből. Most azonban várt néhány percet.

Az elalvás előtti percek pörögtek le előtte. Lelke mélyén belátta Catherine igazát, de ő nem akart többé szembenézni az igazsággal, inkább elmenekül, ha kell nagyon nagyon messzire.

Tétován ült fel, lassan járatta körbe tekintetét, zavaros szemeivel a vodkásüveget kereste, mígnem felfedezte a lábainál alvó meggyötört arcú Danielt. Hosszasan bámulta a nemes arcot, amely hűen tükrözte a férfi lelkiállapotát.

Éles fájdalom hasított szívébe. Visszadőlt előbbi helyére, behunyta szemeit, s gyötrő gondolatok támadták elborult agyát: *-Hogy bánhatok így vele? Ez így nem mehet tovább, de mit tegyek? Képtelen vagyok talpra állni, sem erőm, sem szándékom nincs hozzá. Így viszont ő is rá fog menni, amit nem engedhetek meg. Ki kell találni valamit, de hogyan kezdjem?...Igen! Első lépésként meg kell szabadulni az alkoholtól, és tiszta fejjel kitervelni valamit. Ehhez kell erőt meríteni, mert ez az egyetlen célom. Meg kell őt kímélnem, bármi áron is.*

Feküdt mozdulatlanul, tudta élete legnagyobb küzdelmét fogja megvívni. Nem mozdult akkor sem, amikor férje felébredt és kiment a fürdőbe, inkább alvást színlelt. Nem akart a szemébe nézni.

Daniel eltakarított egy üres üveget az útjából, majd megállt a tükör előtt. Megrökönyödve fedezte fel a vérvörös rúzzsal írt szöveget: *Gyönyörű gyermek, nem kér kegyelmet!*

Az utolsó betűből kövér cseppek hulltak alá, a tükör sarkában vértócsát képezve, félelmetes hangulattal ruházva fel a titokzatos sorokat. Daniel nem bírta tovább, iszonyatos erővel zúzta szét lesújtó öklével kedvenc tükrüket.

Mary vidám arccal helyezte az asztalra leánya kedvenc ételét. –Egyél picim, mostantól különös gondot kell fordítanunk az étrendedre.

-De anya, még nem vagyok várandós! Talán egy hét múlva.

-Nem számít, gondoskodnom kell a tökéletes kondíciódról.

-Előre rettegek, micsoda felhajtást fogsz csinálni körülöttem.

-Azért, ugye nem bánod?

-Egyáltalán nem, sőt kihasználom a helyzetet. Később úgyse fogsz velem törődni, lesz aki lekösse minden pillanatod.

-Ez az élet rendje, de megígérem, te is hozzáférhetsz majd a picihez. Feltéve, ha jó kislány leszel.

-Csodás kilátások. Majd elfelejtettem, megint kaptam képeslapot Nicholastól.

-Csak küldözgesse, gondolom éli világát és ismerkedik a különféle országokkal.

-Miért mondod ezt ilyen rosszallóan?

-Fiatal korában nagy előszeretettel utazgatott országról országra. Sokat mesélt élete ezen szakaszáról. Volt egy sajátos elmélete, hogyan lehet egy népet megismerni. Tudod mi volt az?

-Nem.

-Egyél a nemzeti ételükből, igyál a nemzeti italukból és tégy magadévá egy szüzet lányaikból.

-Nem rossz.- nevetett Catherine.

-Nem rossz? Valószínűleg bepótol minden lemaradást és ismerkedik serényen.

-Nocsak, nocsak! Netán féltékenyek vagyunk?

-Szerencsédre, már védett állapotban vagy, különben most kapnál.

-Ami azt illeti, Nicholas nagyon jól tartja magát és még elég vonzó ahhoz, hogy akár fiatal nőket is elbűvöljön.

-Igazad van! Miért is foglalkozna egy hozzám hasonló öreglánnyal.- jegyezte meg Mary félig tréfásan, félig komolyan.

-Talán azért, mert egy mély érzésű nemes lelkű úriember, aki életében egy nőt szeretett, s csakis ő teheti boldoggá.

Mary elpirult a szavak hallatán, s hirtelen kiszaladt a konyhába mosogatni.

Charlotte napok óta nem ivott, pedig nehezen viselte a világot józan fejjel. Minduntalan reménytelen jövőjük járt a fejében. Képtelen volt elviselni, hogy miatta mindkettejükre boldogtalan élet várjon.

Az alkoholtól kitisztult fejében kezdett összeállni az ördögi terv, amely a megoldást jelenti. Hosszas töprengés után végre rászánta magát, hogy beszél Daniellel, az imádott férjjel, aki a tragédia óta folyamatosan mellette van és önfeláldozóan vigyázza őt, nehogy baj érje. Ő pedig hálából egy épkézláb mondatra se méltatta. Állandóan a cigaretta füstöt és vodka bűzt lehelte rá. Visszautasította segítőszándékú javaslatait, esélyt se adott neki, pedig az ő fájdalma se volt kisebb semmivel.

Éjszaka nem aludt, csak forgolódott ágyában. Hallgatta férje egyenletes szuszogását, némi elégedettséget érezve, amiért végre mély álomba zuhanva pihenhetett. Talán a tény, miszerint nem botlott bele üres üvegekbe lépten- nyomon, egy kis megnyugvással töltötte el.

Korán kelt és úgy gondolta, kis meglepetéssel vezeti fel beszédét, amely első lépése lesz az éjszaka folyamán jól kifundált tervének. Gombás, szalonnás rántottát készített, megterített két személyre, majd leült Daniel mellé az ágyra. Finoman megsimította arcát, végül lágy csókot lehelt homlokára.

A férfi jobb oldaláról hanyatt fordult, lassan kinyitotta szemeit, de rögvest le is hunyta. Tovább akart álmodni, hisz oly rég érzett hasonlót, mint most. Meg se fordult fejében, hogy ez valóság. Legszebb pillanataikra emlékezett, mosoly ült ki arcára, s felesége nevét suttogta. Álmodozását a nő kedvesen csengő hangja szakította meg.

-Ébresztő, a reggeli tálalva vagyon.

Daniel félve nyitotta ki szemeit, aztán hosszasan bámulta a rég nem látott kedves arcot, majd megszólalt:- Megjöttél?

-Igen és bocsáss meg a hosszas távollétért.

-Nincs mit megbocsátani. Nagyon hiányoztál már.

-Gyere enni!- mondta Charlotte, miközben megfogta férje kezét és az asztalhoz vezette.

Jóízűen falatoztak, mintha misem történt volna az elmúlt napokban. Charlotte élete legnagyobb színészi szerepét alakította és tudta, nem hibázhat.

Valamikor szép jövőt jósoltak neki a filmes szakmában. Gyermekkori álma valósult meg, amikor először játszhatott epizódszerepet egy sikerfilmben. Ő viszont nem elégedett meg ennyivel, új álmok jöttek, új célokat állított maga elé.

Főszerepekre vágyott, hírnév és dicsőség lebegett szemei előtt. Azt is tudta, ehhez kevés a tehetség és a remek adottságok, ehhez más is kell, de nem riadt vissza semmitől.

A színésznői pálya sok mindent magába foglalt, ami ugyan nem volt ínyére való, de a cél érdekében mindenre képes volt. Még arra is, hogy bájai segítségével egyengesse útját. Egymást követték a partik, fogadások, fergeteges bulik. Az átmulatott éjszakákat követően, bizony előfordult, hogy egy-egy új barát ágyában kötött ki. A felelőtlen, sokszor alkoholmámorban elkövetett szerelmi kalandok nem maradtak következmények nélkül. Több ízben volt abortusa.

Aztán a várva-várt pillanat elérkezett. Egy tengerparti villában eltöltött hétvégét követően a világhírű producer alig észrevehető huncut mosollyal arcán jelentette be egy sajtótájékoztatón, hogy ő lesz a következő filmjének a főszereplőnője.

Charlotte meglepődött, de nem az alaposan behálózott férfi döntésén, hanem önmaga reakcióján. Ott állt a világhír kapujában, csak egy lépés választotta el tőle, de nem kellett. Ürességet és szégyent érzett, undorodott önmagától. Ekkor ébredt rá, hogy mivé is lett valójában az egykor tisztességre és becsületességre nevelt vidéki lány.

Mit ér a hírnév, pénz, elismerés, ha egyszer gyűlöli önmagát, ha képtelen szülei szemébe nézni. Nem kért többé ebből az életből, nem akart az lenni, amivé vált. Feledni akart mindent, ami az elmúlt években történt, nem akart mást, mint olyan egyszerű emberként élni, mint korábban.

Hamarosan egy szerényen berendezett szobában, és egy klinika alulfizetett ápolónői között találta magát. Szívesen végezte a nehéz és fárasztó munkát, mert önmaga tudott lenni, és lelkét jóleső megnyugvás hatotta át.

Aztán váratlanul belebotlott élete nagy szerelmébe, egy kezdő nőgyógyász személyében. Minden úgy alakult, mint a mesékben. Örök hűséget esküdtek egymásnak, s az évek folytán boldog egyetértésben építették fel saját kis birodalmukat.

Charlotte remekül festett, és szabadideje nagy részét e tevékenység töltötte ki. Daniel jó hírű, elismert személy lett szakmájában. Egy napon kis kulcsot nyomott Charlotte kezébe, amely egy műteremé volt. Neki rendezte be, hogy komolyabb szinten foglalkozzon a festészettel. Többé nem engedte ápolónőként dolgozni.

Charlotte boldogsága teljes volt, csak időnként fellépő szorongásai zavarták meg életét. Ilyenkor eszébe jutott korábbi erkölcstelen élete, s gyötrő félelmek kínozták.

Akaratlanul is felvetődött benne a kérdés, bűnhődnie kell-e vétkeiért.

Sajnos a válasz nem váratott magára sokáig. Nem tudta férjét gyermekkel megörvendeztetni, s legutóbb az is tudomására jutott, maradék esélyét is elvesztette. Kegyetlen, de megmásíthatatlan büntetés volt ez ifjúkori felelőtlenségéért. Elfogadta sorsának végzetét, de nem törődött bele Daniel szerencsétlenségébe. Nem lehet, hogy az ő élete is zsákutcába jusson.

Békésen kevergették a teát, miközben úgy néztek egymásra, mintha ma találkoztak volna először.

-Cudarul nézel ki.- törte meg a csendet Charlotte.

-Te se dicsekedhetsz.

-Van mit rendbe tenni.

-Igen és itt az ideje, hogy elkezdjük. Mondd csak, valóban rendbe jöttél, vagy csak átmenetileg szedted össze magad?

Charlotte pillanatnyi kétségbeeséssel nyugtázta a tényt, miszerint mennyire ismeri őt Daniel, s még a gondolataiba is belelát.

-Talán mindkettő, mert ez csak az első lépés. Ráébredtem arra, milyen fájdalmat okozok neked, ha nem állok talpra. Semmi se lehet fontosabb egymás iránti érzéseinknél, ezért eltökéltem, rendbe fogok jönni.- válaszolt Charlotte, olyan meggyőzően, ahogy csak tudott.

-Válaszod első fele egyértelmű, de a másik felében sántít valami.

-Éspedig?

- Váratlanul tudatosult benned, hogy kettőnk kapcsolata mindennél fontosabb, pedig oly sokszor került szóba, szinte eredménytelenül. Annyiszor próbáltalak meggyőzni, de hiába, most meg egy csapásra belátod igazam. Mi az oka a változásnak? Ugye nem a lelkivilágom rendbetétele vezényel?

-Hazudtunk mi egymásnak valaha is?- vágott közbe Charlotte élesen.

-Nem, soha, csak már félek szinte minden eshetőségtől.

Charlotte odalépett Danielhez, gyengéden átölelte és hosszasan megcsókolta.

-Úgy néz ki, végre eljutott a tudatomig.- suttogta.

-Ha ezen múlik, naponta elmondom százszor mennyire szeretlek, és boldogságunk mindennél fontosabb.- válaszolt Daniel, majd viszonozta a csókot.

-Mellesleg van valaki rajtad kívül, aki sokat segített.

-Ki volt az?

-Az egyik paciensed, Catherine. Elmesélte az ő történetét, és ez adott erőt a küzdelem elkezdéséhez.

-Nem is sejtettem, hogy valaki ilyen hatással lehet rád.

-Én se, de annyi közös gondolatunk és tulajdonságunk van. Biztos ez az oka. Ráadásul most járok azon az úton, amelyen ő már végigment, s hiszem, el fogok jutni oda, ahol ő tart.

-Rendkívüli ember lehet, ha ennyire befolyása alá tudott vonni.

-Igen, az.

-Nem akarok tolakodó lenni, de mi történt vele?

-Tragikus körülmények között elvesztette a férjét. Teljesen összeroppant és szörnyű dolgok történtek vele, de ezt nem részletezném. A lényeg az, sikeresen helyre jött és most azon fáradozik, hogy kitöltse a férje után maradt űrt.

-Erős nő lehet.

-Nem mindig volt az. Volt idő, amikor gyengébb volt nálam.

-Remélem követed példáját.

-Igen, annyi különbséggel, nekem egy nagyszerű férj tölti ki a keletkezett űrt.

-Szeretlek.- suttogta Daniel.

-Én is, s mindig is szeretni foglak.

Rövid hallgatást követően, Daniel témát váltott:- Nincs kedved holnap bekísérni a rendelőmbe? Van egy kis elintézni valóm.

-Nyugodtan elkezdhetsz dolgozni, nem kell már őrködni felettem.

-Inkább melletted lennék még néhány napig.

-Mi lenne, ha összekötnénk a kettőt? Nincs szükséged egy kisegítő asszisztensre? Szívesen dolgoznék, biztos jó hatással lenne. Amikor otthagytam a színészi pályát bevált, pedig padlón voltam akkor is.

-Legyen úgy, mint a régi szép időkben?

-Akkor elfogadtál egy tapasztalatlan kezdőt, most miért ne lenne jó egy visszatérő?

-Előre bocsátom, azóta sokkal szigorúbb és rigolyásabb főnök lett belőlem.

-Majd legfeljebb panasszal élek, de csak itthon.

-Félek tőle, nem egy nőgyógyászati rendelő a leginkább neked való hely.

-Szembe kell néznem a tényekkel, el kell fogadnom a sorsom. Nem fordíthatom el a fejem, ha látok egy terhes nőt az utcán, nem kapcsolhatom ki a televíziót, ha épp olyanról szól a műsor. A rendelődben rövid idő alatt megtanulnék szembe nézni a számomra most még fájdalmas dolgokkal. Különben is az a lényeg, hogy melletted legyek.

-Akkor, talán Hétfőn kezdhetne is kollega, elkél nálunk a segítség. Ráadásul Catherinénél elvégzünk egy kis beavatkozást, gyanítom örömmel lát majd fehér köpenyben.

-Biztos meglepődik.- mosolygott Charlotte.

Anya és leánya a vacsorához készülődött. Catherine, miután letette könyvét a kanapéra, elkezdte megteríteni az asztalt. Mary egymás után helyezte el a különböző finomságokat. Mindegyikhez volt egy-egy megjegyzése, melyik milyen vitamint, vagy ásványi anyagot tartalmaz, melyekre most feltétlen szüksége lesz.

Catherine mosolyogva nyugtázta a határtalan lelkesedést és nem állta meg szó nélkül:- Ha ez így fog menni, az unokádnak lesz egy elhízott, ormótlan anyukája.

-Ne is törődj vele, majd ha már nem szoptatsz, segítek fogyókúrázni. Természetesen, ha a pici hagy rá időt.

-Köszönöm szépen, nagyon megnyugtattál.

-Tudod, olyan izgatott vagyok, lehet holnap már eggyel többen leszünk.

-Hidd el anya, én még izgatottabb vagyok, de ne éljük bele magunkat ideje korán. Egyáltalán nem biztos, hogy elsőre sikerül. Könnyen lehet, hogy még pár ilyen este vár ránk.

-Én optimista vagyok. Makkegészséges vagy, holnap lesz az egyik legalkalmasabb napod a fogamzáshoz. Miért ne sikerülne?

-Remélem igazad lesz!

-Biztosítalak felőle.

Korán tértek nyugovóra, bár jóllehet sokáig nem jött álom a szemükre.

Daniel kedélyesen helyezte be a kulcsot rendelője zárjába. Szélesre tárta az ajtót, visszafordult, meghajolt Charlotte előtt és harsány hangon szólította meg:- Hölgyem, fáradjon be régi sikerei helyszínére.

Charlotte mosolyogva lépte át a küszöböt, s elégedetten könyvelte el, rég látta férjét ilyen jókedvűnek. Daniel átnyújtott neki egy fehér köpenyt, leült az asztalhoz és belenézett a naptárba.

-Catherine lesz ma az első, pontosan egy óra múlva. Az asszisztensem kihasználta a lehetőséget és visszament szabira, úgyhogy mindjárt bekerülsz a mélyvízbe.

-Ilyen hamar híre ment jöttömnek?

-Reggel már korán bent volt. Felhívtam, hogy készítse elő a Catherine számára kiválasztott spermiumot. Említettelek neki, mint segítséget. Nagyon örült és rögtön el is kéredzkedett egész hétre. Szerencsétlen, eddig szóba se merte hozni. Tényleg, megnéznéd nem felejtkezett-e el feladatáról nagy örömében?

Charlotte átment a nyitott ajtón keresztül a szomszéd helységbe, ahol hamar rátalált a keresett dologra. Csilingelő hangon kiáltott át:- Igen bekészítette, úgy ahogy kell. Itt vár bevetésre készen.

Daniel megvárta míg visszatér Charlotte, majd intett neki, üljön le a vele szemben levő székre.

-Örülök neki, hogy korábban akartál bejönni, legalább van időnk feleleveníteni egy-két dolgot.

Charlotte váratlanul felállt, az ajtóhoz sétált és bezárta azt. Visszament Danielhez, átkulcsolta nyakát és szerelmes pillantások kíséretében gyengéden suttogta:- Így igaz, fel kell elevenítenünk egy-két dolgot. Ugye emlékszel még erre a helyre? Az első csókra, az első csodálatos együttlétre?

-Igen, mintha tegnap történt volna.

-A tegnap az már a múlté, használjuk ki a jelen ajándékát.

A férfi laza könnyedséggel kapta ölbe szerelmét, átsétált vele a szomszéd helységbe és óvatosan fektette el a fal melletti heverőn. Szenvedélyesen csókolóztak, bal kezével kigombolta Charlotte köpenyét, majd egy ügyes mozdulattal megszabadította melltartójától. Testük, lelkük egybeolvadt és elmerültek a szerelem csodálatos mámorában.

Catherine nyugodtan üldögélt a várószobában. Reggel, miután felkelt eltökélte, ettől kezdve idegeskedésnek helye nincs, sokkal lazábbra veszi. Ez a recept sokszor bevált. Csak egy elhatározás, kellő elszántság és odafigyelés, s képes legyőzni az izgatottságát. Különben is, ha teherbe esik, a legkisebb izgalom is árthat a picinek.

Charlotte visszatért a mosdóból, majd a tükör előtt állva igazgatta frizuráját és köpenyét. Örömmel töltötte el Daniel elégedett, boldog tekintete. Rövid ideig elbizonytalanodott az elmúlt percek varázsának köszönhetően. Ismét átélhette azt az élményt, amely jó néhány évig része volt mindennapjainak. Most viszont szembe kell néznie a kőkemény valósággal. Itt nincs helye gyengeségnek, nincs visszaút.

Arcára kiült a keserűség, szíve megkeményedett. Végig kell vinnem, gondolta, miközben eltökélten nézett a tükörbe. Ez volt az a pillanat, amikor elszállt az utolsó esély is, végleg bezárta maga mögött az ajtót.

Néhány perc múlva mosolyogva fordult Danielhez és vidáman szólt hozzá:- Még egyszer leellenőrzöm, helyén van-e minden, utána pedig behívom a mai nap legfontosabb ügyfelét. Remélem itt lesz addigra.

Daniel összeráncolta szemöldökét és csinált szigorral oktatta ki Charlottet:- Sokat felejtett a kisasszony! Nem emlékszik rá, nálunk minden ügyfél egyformán fontos? Különben már csak tíz perc van vissza, úgyhogy biztos itt van. Eddig még nem késett.

Charlotte nem válaszolt, sietve ment át a vizsgálóba, ahol pakolászott valamit, azután a mosdóban kötött ki. Kis idő múlva ismét a vizsgálóban volt, ahol helyére rakott egy-két dolgot, végül elindult a bejárati ajtóhoz.

Daniel ezalatt az asztalánál ült, mélyen el volt foglalva egy papír tanulmányozásával. Charlotte lassan nyitotta ki az ajtót, kíváncsian kandikált ki, itt van-e barátnője? Catherine felállt és elindult felé, de amikor felismerte megállt és kérdően tekintett rá. Charlotte mosolyogva fogadta.

-Fáradj be kérlek, Daniel már vár rád.

-Te mit keresel itt? Ez valami tréfa?- kérdezte Catherine értetlenkedve.

-Ez nem tréfa, teljesen komoly. Átmenetileg itt dolgozom asszisztensként. Hordtam én ilyen köpenyt évekig.

-Ne haragudj a kíváncsiskodásért, de ha ez nem tréfa, akkor a múltkori volt az?

-Sajnos az is valóság volt.

-Akkor egy megroppant nőt láttam, aki a szakadék szélén szédelgett és képtelenségnek tűnt elhúzni onnan őt. Most pedig az én régi kedves barátnőmet találom itt, láthatóan a legjobb formájában.

-Így igaz. Szerencsére volt valaki, aki képes volt eltávolítani onnan azt a szerencsétlen asszonyt.

-Csodás erők léteznek ezen a földön.

-Igen, az én férjem csodákra képes. A te látogatásod is sokat segített, még ha nem is gondoltad volna. Kérlek ne haragudj rám a durva viselkedésért.

-Ne izgasd magad! Rendkívüli öröm számomra, hallani szavaid.

Közben odaértek Danielhez, aki felállva üdvözölte Catherinét:- Jó reggelt, látom remekül néz ki, csak úgy sugárzik önből az egészség és jó kedv.

-Jól látja, pompásan érzem magam, főleg ilyen hírek hallatán.

-Igen, úgy tűnik rendeződtek a dolgok, na de beszéljünk önről, hisz most ön a főszereplő.

-Kíváncsisággal hallgatom!

-Nos, lássuk csak! Ön kitűnő egészségi állapotnak örvend, a jogi háttérrel tisztában van, aláírta a szükséges papírokat. Nincs más hátra, mint átmenni a vizsgálóba, ahol Charlotte előkészített minden szükséges kelléket, és elvégezzünk egy egészen apró beavatkozást, megteremtve ezzel egy piciny élet létrejöttének a feltételeit.

Catherinét lenyűgözték a férfi utolsó szavai, különösen ahogy mondta. Sugárzott belőle a szeretet egy számára ismeretlen személy iránt. Ismerve személyes szerencsétlenségét, magatartása hatalmas lelkierőről tanúskodott. Catherine hirtelen késztetést érzett, hogy megérintse a kezét, de pusztán a gondolat is szégyenérzettel töltötte el és mérhetetlenül dühös lett önmagára.

Felálltak és átsétáltak Charlottehez, aki a szomszéd szobában tüsténkedett és nem hallhatta férje szavait. – Minden előkészítve, jelentem!- mondta katonásan, majd észrevétlenül kiment. Leült és az asztalra borulva várta, míg végeznek. Furcsa érzések kavarogtak meggyötört lelkében. Hol a keserűség kerítette hatalmába, hol pedig a jóleső elégedettség. Lelki tusájának az ajtó nyitódása vetett véget. Hatalmas önfegyelemmel bájt, mosolyt varázsolt arcára és kedvesen megpaskolta férje arcát. Utána bement Catherinehez, rákacsintott és próbálta oldani barátnője feszültségét:- Nagyon bízom benne, sikerrel jártunk!

-Én is!

Ösztönösen megölelték egymást, miközben Charlotte ezt mondta:- Legyetek nagyon boldogok és mielőbb keress a picinek apát!

-Köszönöm, de egyelőre ne beszéljünk többes számban. Nem szeretnék csalódni.

-Érzem, sőt tudom, hogy sikerült és meg fogod szülni. Megéreztem előre a saját sorsomat is, csak nem volt erőm elhinni. Ügyelj rá nagyon, hogy Daniel utasításait maradéktalanul tartsd be, akkor nem lehet baj.

-Tudom, már tájékoztatott mindenről.

-Akkor nem fárasztalak tovább.

-Az jó lesz, de mikor találkozhatunk egy kiadósabb csevegésre?

-Nem is tudom, délelőtt négy órát dolgozom. Daniel egyelőre ennyit engedélyezett. Ebéd előtt még beugrok pár percre hozzád a pihenőbe, de talán a legjobb lenne, ha hétvégén egyik nap összejönnénk.

-Remek ötlet! Mit szólnál a Szombathoz? Eljönnétek hozzánk, s legalább megismerkednél Mary konyhaművészetével.

-Örömmel megyünk, de előre bocsátom, én nagyon vigyázok a vonalaimra. Nálunk Daniel a nagy ínyenc, ő imádja a finom falatokat.

-Akkor biztos a Szombat?

-Természetesen, mindjárt elújságolom Danielnek a hétvégi programot, nehogy betervezzen közben valamit.

Mindketten átmentek hozzá, aki örült az ötletnek. Catherinét ellátta még néhány tanáccsal, végül kifejezte jókívánságait. Charlotte átkísérte Catherinét egy szobába, ahol néhány óráig pihennie kell. Visszatért a rendelőbe és szorgosan végezte dolgát, férje legnagyobb megelégedésére.

Csigalassúsággal telt a délelőtt, annak ellenére, hogy minden igyekezetével próbálta elterelni figyelmét. Vészesen közeledett a dél, amikor minden erejére szüksége lesz. Tudta, erős és megingathatatlan lesz, ám mégis félt.

Aztán eljött a rettegett pillanat, elment az ebéd előtti utolsó paciens is. Fáradtan vette le köpenyét, s odalépett Danielhez.

-Nekem mára elég volt, átadom a helyem a hivatásosoknak. Ugye nem baj, ha nem ebédelek veled? Inkább elugrok vásárolni és készítek valami finom vacsorát.

-Nem bánom, de előbb pihenj egyet, kimerültnek tűnsz.- fejezte ki aggodalmát Daniel.

-Megígérem, miután bevásároltam, hazasietek és pihenni fogok. Mit szeretnél vacsorára?

-Mindegy.

-Akkor legyen meglepetés! Folytatnunk kellene, amit nemrég abbahagytunk, nemde?

-Hozom a pezsgőt, a többit rád bízom.- válaszolt Daniel, miközben átölelte kedvesét.

Charlotte hozzásimult, fejét megemelte és viszonozta a szerelmes tekintetet. Ajkuk összetapadt és hosszú forró csókkal fejezték ki érzelmeiket. Különösnek tűnt ez a csók Danielnek, mert valami szokatlant érzett Charlotte viselkedésében. Csók közben mindig érezte a szeretetét és rendkívüli odaadását, de most mindez hatványozottan jelentkezett. Olyan ünnepélyesnek és különlegesnek hatott az egész.

Rendkívüli volt ez a csók Charlotte számára is, mert ő tudott valamit, amit szerelme még csak nem is sejthetett. Nem érzékelték meddig tartottak a felejthetetlen pillanatok, legszívesebben megállították volna az idő kerekét. Végül Charlotte finoman kivonta magát az ölelésből, gyengéden végigsimított a férfi homlokán. Odament a fogashoz és gyors mozdulatokkal felhúzta kabátját.

Ezek voltak a leggyötrőbb percek, nem sok hiányzott a teljes összeomláshoz, egy hajszál választotta el attól, hogy zokogásban törjön ki, elárulva ezzel önmagát. Utolsó erőfeszítésével egy gyenge mosolyt erőltetett arcára, míg elköszönt.

-Szervusz szerelmem, siess haza!- szólt vissza a küszöbről.

-Észre se veszed, máris otthon leszek.- válaszolt Daniel, de ezt ő már nem hallotta. Kifordult az ajtón, arca falfehérré változott, szeméből elszántság tükröződött. Határozottan haladt az utcai ajtó felé. Lépésről lépésre szállt tova félelme, már csak az számított, tervét végigvigye.

Ebéd előtt Daniel beugrott Catherinehez a pihenőbe. Kedélyesen simított végig a fekvő nő hasán. –Nos, lakozik már bent valaki?- kérdezte tréfásan.

Catherine hálásan tekintett fel, de mielőtt válaszolhatott volna, a szemébe villanó lámpafény hatására hatalmasat tüsszentett. Épphogy a szája elé kapta kezét, miközben hasa nagyot rándult, megemelve az orvos egy pillanatra ottfelejtett kezét.

-Ejha, ez gyors válasz volt!- nevette el magát Daniel.

Catherinében szokatlan és rég tapasztalt érzést váltott ki a férfi érintése, minek köszönhetően elpirult egy kissé. Hamar úrrá tudott lenni a helyzeten, és a következő pillanatban együtt nevetett Daniellel. Kisvártatva jónak látta, ha véget vet a bizalmasnak tűnő jelenetnek, nem mintha kedve ellenére lett volna.

-Charlotte mikor jön? Azt ígérte beugrik hozzám.

-Az előbb ment haza.

-Akkor biztosan elfelejtkezett rólam.- állapította meg Catherine.

-Sosem szokott megfeledkezni a barátairól.- válaszolt Daniel tanácstalanul.

-Sebaj, majd hétvégén dorgálásban részesítem.- tréfálkozott Catherine.

-Erre kíváncsi leszek.

-Ezek szerint biztosra vehetem az ön látogatását is?

-Hát, ha nem zavarom a hölgyeket?

-Biztosan nem, de ha éppen olyasmiről akarunk beszélni, ami nem tartozik a férfi nemre, akkor magára szabadítom az én szószátyár anyukámat.

-Szeretem a bőbeszédű embereket, mellettük legalább hallgathatok. Időnként olyan jó csendben maradni.

-Majd teszünk egy próbát.

-Nem bánom. Most viszont, mielőtt túlzott óvatossággal illetne azt mondom, egy óra múlva elmehet. A szombati viszontlátásra.

-Várom önöket, viszlát Daniel!

Charlotte első útja a postahivatalhoz vezetett, ahol feladott egy levelet. Azután beült kocsijába és elindult a hazafelé vezető úton, ám néhány perc múlva letért egy útkereszteződésben. Pár kilométeres kanyargós hegyi út vezetett a bevásárlóközponthoz, melyről említést tett férjének.

Daniel nem kedvelte ezt az utat, túl veszélyesnek tartotta, főleg ilyenkor télen. Szívesebben tett kerülőt és úgy közelítette meg az áruházat. Nagyritkán, ha mégis erre jártak, végigmagyarázta az utat, melyik szakasz, milyen veszélyt rejt magában.

Volt egy kanyar, melyet a világ legalattomosabb helyének tartott, amit alátámasztottak az itt előforduló gyakori balesetek is. A látszólag nem túl éles ívű kanyarulat könnyen megtévesztette az autósokat a sebesség megválasztásában. Több helyen gyilkos átfolyások törtek utat észrevétlenül maguknak. Itt a hőmérséklet egy-két fokkal alacsonyabb szokott lenni, így könnyen előfordult, váratlanul jegesedéssel találta magát szembe az óvatlan sofőr.

Charlotte autója feltartóztathatatlanul közelített ehhez a helyhez. Daniel már biztosan rászólt volna, hogy lassítson. Ő azonban egyre gyorsabban száguldott, a lóerők fegyelmezetten engedelmeskedtek könyörtelen parancsának. Elégedett volt, amiért végigjátszotta szerepét, viszont keserűen gondolt arra: életében először félrevezette Danielt.

Feltűnt előtte a végzetes kanyar, tudta, az út mellett tátongó szakadékban nincs menekvés. Behunyta szemeit, padlóig nyomta a gázpedált és minden idegszálával Danielre gondolt.

Lefekvéshez készülődtek az izgalmakban bővelkedő fárasztó nap után. Mary, kis vitamin gyanánt narancsot, banánt és almát etetett leányával, aki örömmel tett eleget az anyai óhajnak. Egyrészt jólesett neki a szerető gondoskodás, másrészt pedig imádta a gyümölcsöt.

Kicsit még nézték a televíziót, aztán mindketten nyugovóra tértek. Catherine nem aludt el rögtön, gondolatában végigpörögtek a nap eseményei. Áttekintette helyzetét és örömmel nyugtázta, milyen kiegyensúlyozottnak és felszabadultnak érzi magát. Pusztán a tudat, miszerint egy magzat pihenhet méhében, megváltoztatott sok mindent.

A picinek nyugodt, egészséges életet élő anyára van szüksége a gondmentes fejlődéshez. Ahhoz a fejlődéshez, minek nyomán életképes, szeretni való babaként világra jön.

Megingathatatlannak tartotta magát. Thomas halála óta először volt határozott jövőképe, mégpedig tele reményekkel. Nem gondolt már rettegéssel arra a pillanatra, amikor Thomas újra felbukkan, nem félt már önmagától. Életében megjelent egy olyan erő, amely többé nem ad helyt a gyengeségnek.

Ekkor még nem tudhatta, Thomas hamarosan eljön hozzá, de ezúttal nem a képzeletvilágában, nem a szerelme utáni hiába való vágyódás okozta sokk következtében, hanem legszebb álma közepette, még azon az éjjelen.

Csendben, ünnepélyes hangon beszélt, de szavai annál súlyosabbak voltak.

-Boldog vagyok, hogy gyermeked lesz, aki bearanyozza életed. Búcsúzni jöttem, többé nem térek vissza. Ezután ha eszedbe jutok, ne a szomorúság kerítsen hatalmába, hanem az együtt töltött csodás percek szép emléke. Van egy ismerősöd, nemrég érkezett. Sokat beszéltünk rólad. Légy nagyon boldog, amíg csak élsz!

Ahogy jött, úgy el is tűnt. Catherine felébredt, ám néhány percig még a frissen lepergett álomképek hatása alatt állott. Bal kezével kábultan intett búcsút, miután felült ágyában és merőn nézett oda, ahol nemrég tűnt el Thomas arca. Nemsokára magához tért, s ennyit mondott:- Szervusz szerelmem!

Felállt és átment Mary szobájába. Felébresztette anyját, aki riadtan nézett rá.

-Csak nem vagy rosszul?

-Nem, ellenkezőleg! Rég voltam ilyen jól!

-Akkor, minek köszönhetem hajnali látogatásod?

Catherine beszámolt a történtekről, s tágra nyílt szemekkel, kíváncsian nézett anyjára.- Mondd csak anya! Mi volt ez? Egy álom, vagy valami más?

-Attól tartok, nem tudok egyértelmű választ adni. Modern gondolkodású és felvilágosult emberként azt kell mondjam, csak egy álom volt. Viszont sok olyan esetről, titokzatos történésről hallottam már, ami gyakorta ébreszti fel kételyeimet. Ráadásul velem is történt már olyasmi, ami teljesen elbizonytalanít.

-Szerinted elképzelhető, hogy Thomas így üzent nekem?

-Nem tudom, de kezeld ezt úgy, ahogy jónak látod. Vannak kérdések, melyekre sosem kaphatunk egyértelmű választ. Oly sokat tudunk mi emberek, s mégis oly keveset. A lényegen mit sem változtat, végleg megszabadultál gyötrelmes látomásaidtól.

-Igen, semmi sem fontosabb számomra, mint a pici. Nicholasnak tökéletesen igaza lett.

-Neki mindig igaza van.

-Kivéve, ha saját magáról kell határoznia.

10.

Daniel magába roskadtan ült a nappaliban. Nem sokkal a baleset után értesítették, de azóta se akarja elhinni a történteket. Épphogy visszakapta feleségét, máris elveszítette, de ezúttal örökre.

Nem értette, miért bünteti a sors, mit vétett ő egyáltalán, amiért így kell bűnhődnie. Kiment az udvarra szívni egy kis friss levegőt, hátha segít valamit. Nekidőlt a falnak és keserű szívvel kémlelte a békésen hunyorgó csillagokat.

Agyában egymást követték a gyötrő gondolatok. Valóban baleset volt? A tények ugyan ezt támasztják alá, de mi van, ha az egész egy jól megjátszott jelenet volt Charlotte részéről, az ő félrevezetése érdekében. A lényegen mit sem változtat, gondolta nagyot sóhajtva. Charlotte nincs többé, ő pedig magára maradt.

A csengő hangja szakította félbe merengését. Kelletlenül sétált a kapuhoz, nem akart beszélni senkivel. Szerencsére, csak egy futár volt, aki a pizzákat hozta, melyeket Charlotte rendelt estére.

Visszament a házba, elesett mozdulattal dobta a szemétbe kedvenc pizzáját. Leroskadt az útjába eső kanapéra és átadta lelkét a fájdalomnak.

Robert egy külvárosi tömbházban lakott, egy csónakázó tó közelében, mely körül minden reggel futott három kört. Most elmaradt a szokásos tréning, így bőven volt ideje a munkába indulásig. Mióta elvált üressé váltak szabad percei, nem szokta még meg az egyedüllétet. Hiányzott neki az állandó nyüzsgés, amit a felesége és két gyermeke okozott.

Daniel kora esti telefonja villámcsapásként hatott. Megdöbbentette húga halála, annak ellenére, hogy valahol számolt ezzel az eshetőséggel. Közel álltak egymáshoz, tisztában volt Charlotte válságos helyzetével, a benne zajló folyamatokkal.

Nem hitte el a balesetet, meg volt győződve az öngyilkosságról, de ezt nem említette senkinek. Éppen a híreket hallgatta, amikor kopogtak az ajtón. A postás volt, aki egy nagyméretű ajánlott levelet adott át neki. Azonnal felismerte húga kézírását, sietve ült le, s izgatottan bontotta fel a levelet.

Három normál méretű lezárt borítékot talált benne és egy kettéhajtott papírost, melyen az ő neve szerepelt. Haladéktalanul kinyitotta és elkezdte olvasni, Charlotte vélhetően utolsó sorait.

Drága bátyám!

Bizonyára hallottad a lesújtó hírt, de ahogy ismerlek tisztában vagy vele, nem a véletlen műve volt. Tudom megértesz és nem ítélsz el cselekedetemért. Daniel nem tudhat semmiről, remélem sikerült félrevezetnem, bár nem vagyok meggyőződve. Volna egy kívánságom, melyet szeretném, ha a leírtak szerint teljesítenél!

1, Várj egy hónapot, keresd fel Danielt és tudd meg, sikerrel járt-e az a beavatkozás, amit egy Catherine nevű nőn hajtott végre. Egyszer említést tettem róla, tudod kiről van szó.

2, Amennyiben sikertelen volt, akkor égesd el mindhárom borítékot, nincs további teendőd.

3, Amennyiben sikeres volt, várj további hat hónapot és bontsd fel azt a borítékot, amelyen nincs címzett. Abban lesz leírva a további teendőd.

Ennyit szeretnék kérni. Őrizz meg szerető szívedben!

Charlotte!

Robert letette a levelet, merően bámult maga elé, miközben arra gondolt, milyen erős tudott lenni az ő húga, mégis diadalmaskodott fölötte a gyengeség. Elrakta a leveleket, naptárjába feljegyezte a fontossá vált időpontot. Kiment a fürdőbe arcot mosni, mielőtt útra kelt.

Catherine kipihenten és vidáman ébredt a hideg téli reggelen. Békésen szemlélte az ablakon keresztül, a párkányon elhelyezett madáretető körül sürgölődő cinkéket. Mily apró figyelmesség egy embertől, s mily nagy segítség a zord téli tájban élelmet kereső madárkáknak.

Mary a piacra ment vásárolni, de nem felejtette el az asztalra készíteni a reggelit. Catherine jó kislány módjára bőségesen fogyasztott a vitamindús ételekből.

Várakozással tekintett a nap elé, mert Charlotte és Daniel 11-re ígérte érkezésüket. Mary hamarosan megérkezett, hatalmas pakkokkal megrakottan. Catherine úgy tervezte besegít az ebéd készítésébe, de előre tartott anyja tiltakozásától. A legjobb védekezés a támadás elvét követve, rögvest szóvá tette a látottakat.

-Az én drága anyukám egyáltalán nem törődik sem az unokájával, sem pedig velem. Önmagáról nem is beszélve.

-Tessék?- kérdezte Mary pihegve a cipekedéstől.

-Nem is olyan rég, még kórházban feküdtél egy szívrohamot követően, most meg erőemelőnek képzeled magad. Miért nem fogadtál fel segítséget, legalább ma délelőttre?

-Mert hétvége van, különben sincs szükségem senkire, remek erőben érzem magam.

-Valóban nincs szükségünk senkire, mert én fogok segítkezni, ha tetszik, ha nem.

-Meggyőztél, de csak olyat csinálhatsz, amire engedélyt adok.

-Áll az alku!- egyezett bele Catherine, s neki is állt zöldséget pucolni, mindenféle engedély nélkül.

11-re elkészült az ebéd. A sonkával és sajttal töltött pulykamell-tekercsek kövéren sorakoztak egymás mellett a rózsamintás porcelántálon. A tűzhelyen magányosan fortyogó tyúkhúsleves ínycsiklandozó illatokkal töltötte be a helységet.

Minden tálalásra készen állt, már csak a vendégek hiányoztak, akik jócskán késésben voltak. Két óráig mit sem változott a helyzet, Catherine türelmetlenül toporgott az erkélyablaknál, figyelve az érkező autókat.

Végül nem bírta a várakozást, és úgy döntött felhívja Charlottet. Hiába próbálkozott, nem járt sikerrel. Nem maradt más, mint Daniel, s ez be is jött.

-Tessék!- hallatszott a férfi hangja.

-Üdvözlöm, Catherine vagyok. Vártam önöket délre, közbe jött talán valami? Hívtam Charlottet, de hiába.

-Bocsásson meg kérem, amiért nem értesítettem! Charlotte autóbaleset következtében életét vesztette. Nagyon kiborultam, ezért felejtkezhettem el önről.

-Tessék? Jól hallottam?- kérdezte Catherine hitetlenkedve.

-Amikor ön nálunk volt, útban hazafelé kicsúszott egy kanyarban és szakadékba zuhant.

-Mily szörnyű tragédia, fogadja őszinte részvétemet!

-Köszönöm. Ne felejtse el a megbeszélt időt, addigra összeszedem magam.

-Előtte telefonálok a biztonság kedvéért.

-Ahogy gondolja, én várni fogom, ha nem hív akkor is.

-Ott leszek!- válaszolt Catherine elcsukló hangon.

Bizonytalansággal lelkében tette le a telefont. Szeretett volna lelket önteni a teljesen magába zuhant férfibe, segíteni rajta valahogy, de nem tehette. Túlságosan tolakodónak, illetlennek érezte volna cselekedetét, hisz alig ismerték egymást.

Kiment Maryhoz a konyhába és szomorúan közölte vele:- Nem lesznek vendégeink!

-Akkor gyorsan tálalok, már farkas éhes vagyok.

-Nekem nincs étvágyam.

-Mi történt? Nagyon letört vagy.

-Charlotte elhunyt autóbalesetben.

-Jézusom, hogy történt?

-Szakadékba zuhant, akkor amikor ott voltunk.

-Szerencsétlen, azok után amin keresztül ment!- sóhajtott Mary.

-Lehet, ő akarta így.- gondolkodott Catherine hangosan.

-Ezt hogy érted?

-Egy alkalommal közölte velem, ha kell örökre eltűnik Daniel életéből. Olyan vészjóslóan, furcsa hangsúllyal mondta, mintha előre vetítette volna a jövőt.

-Bárhogy is van, nagyon megrázó történet.

-Igen, Daniel rettenetesen oda van.

-Nem csodálom. Gondolom egy jó ideig nem dolgozik. Vajon ki fogja helyettesíteni?

-Senki, várni fog a megbeszéltek szerint.

-Nem korai ez neki?

-Megbízom benne.

Napról napra erősödött benne az anyai érzés, néha már meggyőződéssel hitte, hogy állapotos. Ilyenkor hamar lehűtötte forrongó gondolatait és türelmet erőltetve önmagára kitartóan várta a vizsgálat napját, amikor egyértelmű választ kap kérdéseire.

Időnként megbabonázva fürkészte hasát, jó nagy pocakot képzelve magának. Tervezgette a kismama életet, majd a későbbi anyai szerepet.

Így telt el az a kis idő a várva-várt napig, amikor kora reggel várakozással telve keltek útra, abban reménykedve, este már hivatalosan is eggyel többen lesznek. Ugyan Mary késtényként kezelte az unoka létezését, de Catherine határozott tiltakozásának köszönhetően féket szabott túlzottan optimista megnyilvánulásainak.

Azért nem állta meg szó nélkül, amikor beszállt a kocsiba és bekapcsolta a biztonsági övét:- Ma végre be kell lássad, nem beszéltem csacsiságokat az elmúlt napokban és nem bábáskodtam fölöslegesen.

-Én leszek a legboldogabb, ha így lesz, de te nagyot fogsz csalódni, ha mégsem.

-Néhány óra múlva bebizonyosodik igazam, s kénytelen leszel maradéktalanul alávetni magad, mindenre kiterjedő gondoskodásomnak.

-Nem mintha eddig másképp lett volna, de beletörődöm sorsomba.- adta meg magát Catherine nevetve.

Izgatottan feküdt az ágyon, miközben Daniel komor arcát fürkészte, aki merően figyelte a monitort. Ígéretéhez híven teljesen összeszedte magát. Ha valaki nem ismerné tragikus sorsát, azt feltételezné róla, egy életunt és besavanyodott orvos, akit a munkáján kívül más nem tud lekötni.

Egyszer csak halovány mosoly enyhítette meg szigorú vonásait. Az egész egy villanásnyi ideig tartott, de Catherine észrevette és tisztában volt a jelentésével. Az orvos szavai, csak megerősítették észrevételét.

-Asszonyom, ön állapotos!- jelentette be, jól érezhető elégedettséggel hangjában.

Csodálatos, sosem tapasztalt érzés kerítette hatalmába. Legszívesebben megölelte volna Danielt örömében, egy nagy puszi kíséretében, de ez nem volt lehetséges. Majd anyán kiélem minden belém rekedt boldogságomat, gondolta, s sikeresen fojtotta magába, kitörni készülő jókedvét.

Daniel viszont átlátta a helyzetet, s csak ennyit mondott csendesen:- Örüljön csak bátran, ne zavarja a jelenlétem!

-Nem zavar és szeretném kifejezni hálámat, amiért képes volt fogadni az ön számára oly keserves időszakban.

-Tudja, a munka jót tesz most nekem, eltereli a figyelmem. Legszívesebben a nap huszonnégy óráját itt tölteném.

-Tudom, voltam hasonló helyzetben.

-Hallottam róla, Charlotte sokat mesélt önről.

-Pontosan mit?

-Kizárólag annyit, amit ön is biztosan elmondana. Említést tett a férje tragédiájáról, és az azt követő nehéz időszakról. Részletekről nem esett szó.

-Olyannyira nehéz időszak volt, hogy teljesen összeroppantam, még a drogtól se riadtam vissza. Az egész egy sikertelen öngyilkossági próbálkozásba torkollott.

Maga se értette, miért fedi fel magát ilyen mértékben, ám mégis olyan szívesen tette.

-Már vége, ugye?- aggódott Daniel.

-Igen, egészen biztos. Különben nem lennék itt.

-Remélem, én nem fogok így összeomlani! Nagyon erős akarok lenni. Beletörődéssel fogadom örökre átkozott sorsomat, de igyekszem rendet tenni magam körül.

-Lehetnek roppant nehéz szakaszai egy életnek, de ha túltesszük rajta magunkat, egyszer még kárpótolhat a sors valamilyen formában.

-Hát ez az, amit én most elképzelhetetlennek tartok, de nem is tud érdekelni.

-Ne feledje amit mondok: mindig van kiút. A dolgok változnak, velünk együtt. Én egyszer már feladtam, ám mégis olyan pillanatot éltem át imént, amilyet sosem gondoltam volna. Megtaláltam a magam boldogságát, igaz ebben sokat segítettek.

-Nekem nincs senkim. Charlotte volt az egyetlen, akire számíthattam a bajban és most pont ő hagyott cserben.- mormogta Daniel szinte magának, majd pakolászni kezdett a műszerek körül.

Úgy tűnt, nehezére esik a további beszélgetés. Catherine észrevette, illedelmesen elköszönt és önfeledten rohant ki megosztani örömét anyjával, aki kitörő örömmel fogadta a hírt, és derekasan állta leánya csóközönét.

Daniel meghatódottan nézte végig a jelenetet a nyitva felejtett ajtón, és az járt a fejében, máris igazolódni látszanak Catherine szavai. Igaz, csak egy szemrebbenésnyi ideig, de feledte bánatát és képes volt gyönyörködni a látványban. Mi ez, ha nem a remény első idevetődött, áldott szikrája? Tette fel a kérdést, ám mielőtt választ kaphatott volna, arcáról tovatűnt a derű és visszazuhant korábbi búskomorságába.

Robert, miután lefutotta reggeli távját a tó körül, vett egy hideg zuhanyt, majd megborotválkozott. Remekül érezhette volna magát, de a lakásban uralkodó csend és üresség hamar kedvét szegte. Egyre jobban hiányzott neki a nyüzsgés és zsivaj, a felesége és gyermekei.

Charlotte halála óta sok mindent másképp lát, átértékelte életét. Utólag igazat adott húgának, amiért őt okolta a válásért, pedig akkor nagyon zokon vette. Belátja hibáit és megesküdött Charlotte sírjánál, nem lesz több kilengés, könnyelmű kaland. Megbecsüli a család nyújtotta igazi értékeket és visszahódítja feleségét. Reménykedve tekintett a délutáni randevú elé Clarissával, akivel mindig is szerették egymást, s akinek jóvátételt szeretne szolgáltatni.

Mielőtt útra kelt fellapozta noteszát, és felfedezte a bejegyzést az aznapi dátum mellett. Előkotorta a levelet fiókja mélyéről és újra elolvasta. Alig ért a végére, máris tárcsázta Daniel számát, akivel megbeszélt egy találkozót estére.

Kedvelte sógorát, akivel baráti viszonyt alakított ki az évek során. Gyakorta szerveztek közös programokat, mindketten imádták a teniszt és szerettek kosármeccsre járni. Barátságuk meglehetősen bizalmas volt, Robert rendszerint beavatta magánéletbeli problémáiba Danielt.

Nem egyszer kérte ki tanácsát, még ha nem is mindig fogadta meg azokat.

Charlotte nem találhatott volna megfelelőbb embert a feladatra, ami egyáltalán nem ígérkezett könnyűnek. Daniel nem szívesen beszélt a munkájáról, legfőképp a pacienseiről. A diszkréciót az egyik legfontosabb kötelességének tartotta.

Nem találkoztak a temetés óta, csak telefonon beszéltek időnként, akkor is csak pár szó erejéig. Ismerte jól Danielt, tudta nem szívesen fogad senkit, még őt se. Most viszont eljött az ideje, hogy feltérképezze barátja lelkiállapotát, s egyben eleget tegyen húga kívánságának, bátorította magát Robert, miközben leparkolt a ház udvarán.

Daniel az ajtóban várta, arcáról hiányzott a megszokott mosoly, amikor kezet fogtak. Betessékelte látogatóját és hellyel kínálta a nappaliban.

-Iszol valamit?- kérdezte egykedvűen.

-Nem, köszönöm. Gondoltam beugrok néhány percre, nem szeretnélek zavarni.- puhatolózott Robert.

-Nem zavarsz, sőt örülök jöttödnek, még ha ezt nem is tudom kimutatni.

-Hát, akkor mégis kérnék egy italt.

-Ne változtassunk a jól bevált szokáson, szolgáld ki magad kérlek! Nem tartok veled, ha nem haragszol.

-Dehogy is!

Sokáig beszélgettek mindenféléről, mígnem Robert elérkezettnek látta az időt, hogy szép óvatosan rátérjen a lényegre.

-Charlotte mesélt nekem egy újdonsült barátnőjéről, akivel a klinikán ismerkedett meg. Nem emlékszem a nevére, pedig nagyon kedvelte őt.

-Catherine.- szólt közbe Daniel.

-Igen, igen, már beugrott. Nagyon kedves nő lehet.

-Az és ráadásul rendkívül intelligens is, de bökd ki végre, mire akarsz kilyukadni?

-Roppant kíváncsi vagyok.

-Mire?

-Teherbe esett-e, azon a napon?

-Tudod jól, nem adhatok információt a pacienseimről és ez alól akkor se szívesen teszek kivételt, ha olyan valaki kér rá, akiben megbízok.

-Tudom, de Charlotte annyit mesélt róla, úgy oda volt érte, hogy még én is megkedveltem, anélkül, hogy találkoztunk volna. Charlotte annyira drukkolt neki.

-Gondolom arról is mesélt neked, mennyire csinos és vonzó nőről van szó?

-Igen.

-Netán ennek is köszönhető a rendkívüli érdeklődésed? Azt hittem idővel megváltozol, de be kell lássam, míg csak élsz, szoknyapecér maradsz.

-Hát, hát nem egészen így van ez.- próbált Robert tiltakozni, de Daniel rá se hederítve, folytatta a fejmosást.

-Ha azt hiszed minden nőt be tudsz fűzni, fel kell világosítsalak, ez esetben esélyed sincs. Egy olyan nő után szimatolgatsz, akinél az ilyen komolytalan fickók szóba se jöhetnek. Amúgy is megnézném azt a férfit, aki képes lenne elcsábítani. Csak azért, hogy elvegyem a kedved az udvarlástól, kivételt teszek és elárulom neked: kisbabát vár.

Robert megkönnyebbülten lélegzett fel. Ugyan kemény kritikával illette sógora, de közben azért megtudta, amit akart.

-Valószínűleg igazad lett volna, ha ezeket a vádakat korábban vagdosod a fejemhez, de van valami, amit nem tudsz. Nem titok, csak korainak tartottam beszélni róla. Úgy néz ki, Clarissa visszajön hozzám a gyerekekkel.

-Képes azok után megbocsátani?

-Igen, mert szeret és tudja, hogy én is.

-Sose bocsátanék meg annak, aki beletapos a lelkembe, bármit érzek is iránta.

-Te túl kemény vagy.

-Lehetséges. Miből gondolod, hogy tartós lesz a béke?

-Biztos vagyok benne, mert ez csak az én viselkedésemen múlik.

-Ezt én is aláírom, de pont ettől félek.

-Megváltoztam Daniel, mégpedig gyökeresen. Elhatároztam magam és ezentúl féltve óvom családom nyugalmát, megbecsülöm feleségem szeretetét. Tudom nem veszel komolyan, de majd meglátod.

-Hiszek neked. Eddig nem ígértél semmit, bárhogy is próbáltunk győzködni. Most mi vitt a helyes irányba?

-Charlotte halála számos kérdést vetett fel bennem. Sajnálom, hogy nem érhette meg kijózanodásomat.

-Nagyon boldog lenne, abban biztos lehetsz!

-Tudom.

-Én is örülök. Végre van valami jó is, ami a környezetemben történik. Add át üdvözletem Clarissának és a gyerekeknek!

-Ugye meglátogatsz minket, ha visszaköltöztek?

-Természetesen. Ne haragudj, ha jogtalanul bántottalak a paciensemmel kapcsolatban, de nekem akkor is sántít valami.

-Nem haragszom, tőled elviselem.

Robert késő este ért haza. Ismételten fellapozta noteszát, és bejelölte a hat hónappal későbbi időpontot.

A robosztus hajó nagy sebességgel szelte az óceán tajtékos hullámait. Nicholas a fedélzet egyik árnyéktól védett szegletében helyezte magát kényelembe. Hanyatt feküdt egy csíkos mintázatú nyugágyon, és békésen szemlélte a végeláthatatlan nagy semmit. Nem látott mást, csak az óceán felszínét egészen addig, amíg az egybe nem olvadt az égbolttal, valahol nagyon távol.

A napsugarak milliónyi lándzsaként döfődték a rakoncátlan hullámokat, ám erejük szikrázva tört meg rajtuk, majd menthetetlenül vesztek bele a feneketlen mélység sötétjébe.

Csodálattal töltötte el a látvány, ám egy idő után mégis behunyta szemét és gondolatban felidézte a hazai tájakat. Végigjárta a szeretett birtok minden részét, végül megjelentek előtte a számára kedves arcok.

Régóta úton volt már, de még oly sokára tervezte a hazatérést az egyre erősödő honvágy ellenére. Időt kellett nyerni döntése meghozatalához, amely sorsfordítója lehet életének.

Megpróbált teljesen ellazulni, élvezni a föld körüli utat, s hagyni letisztulni gondolatait. Érezte, hogy jó úton jár, és remélhetőleg előítéletektől mentes, a múlt által nem befolyásolt, önbizalommal telt emberként tér haza.

Mary és Catherine sorsáról hűséges házvezetőnője rendszeresen tájékoztatta, persze tudtuk nélkül. Töretlenül küldözgette a képeslapokat Catherinének a nagyobb városokból, de semmilyen más kapcsolatot nem kezdeményezett. Ez nem volt véletlen, ugyanis nem tudta mi lesz a hazatérése után. Megfogadja-e Catherine tanácsát és meghódítja Maryt, vagy végleg feledi őt? Az is előfordulhat, már nem is lesz szabad, mire ő visszatér. Gyorsan elhessegette a gondolatot, belekortyolt italába, és úgy döntött úszik egy nagyot a csábítóan csalogató medence hűs vízében.

11.

Catherinéből időközben nagyon szép kismama lett. Egészséges, formás pocakot növesztett, amely büszkeséggel töltötte el, bármikor ránézett. Ott létezett az ő jövője, élete értelme és boldogsága, gyakori rúgkapálásokkal vétetve magát észre.

Szerencsés alkat lévén a terhesség egyáltalán nem okozott neki nehézségeket, igaz ezt jórészt nem a véletlennek köszönhette, mert cseppet se hagyta el magát. Sokat sétált, mozgott a szabadban és gyakorta tornázott is.

Nagy örömmel állta anyja gondoskodását, aki elhalmozta kedvességgel és figyelmességgel. Mary legalább annyira kiegyensúlyozott és boldog volt, mint leánya. Mindketten emlékeztek fájdalmas múltjukra, de képesek voltak elfogadni a megváltoztathatatlant és előre tekintettek.

Catherine rendszeresen járt ellenőrzésre, ami egyáltalán nem esett nehezére. Azon kívül, hogy biztonságérzetét növelte a szakszerű felügyelet, szívesen beszélgetett Daniellel ezen vizitek alkalmával. Charlotte révén, valahol barátjának tartotta a férfit, aki amúgy is szimpatikus volt számára. Érdekelte, hogyan alakul a sorsa, mennyire lesz képes feldolgozni az őt ért csapást.

Úgy tűnt túl van a nehezén, és a munka leköti minden figyelmét. Catherine azonban tudta, a látszat gyakran csal. Találkozásaik során fáradt ember benyomását keltette Daniel, s láthatólag rossz bőrben volt. Ennek ellenére tudott csillogó szemmel beszélni a születendő gyermekről, és mosolyogni az ultrahangos vizsgálat alatt elébük táruló látványon.

Catherine szerint, Daniel valahol minden babában a sajátját is látta, olyan szeretettel és meghatottsággal beszélt róluk. A sors legcsúfabb játékát űzte, amikor nem engedélyezte nekik a gyermekáldást.

Robert felfrissülve, vidáman jött ki a fürdőszobából. Annyira várt erre a napra, amikor több hónapos próbatételt követően, Clarissa és a gyerekek visszaköltöznek hozzá. Felvette frissen vasalt ingjét, s komótosan gombolkozott be. Mielőtt elővette volna mandzsettáit,- amit Clarissától kapott két évvel ezelőtt- leült az íróasztalához és kinyitotta noteszét.

Gondolataiba mélyedve lapozgatott, amikor tekintete megakadt egy bejegyzésen. Sietve húzta ki az alsó fiókot, kotorászott kicsit benne, mielőtt előhúzta Charlotte borítékait.

Az egyiken Daniel neve szerepelt, a másikon a Catherine nevezetű nőé, míg a harmadik üres volt. Kiválasztotta ez utóbbit, letette az asztalra, kortyolt egy nagyot teájából, majd olvasni kezdett, miután egy éles késsel felvágta a borítékot.

Drága Robert!

Kérlek keresd fel Danielt, használd fel közeli barátságotokat és tudd meg véleményét a történtekről! Elfogadta- e a baleset tényét, vagy rájött a valóságra? Amennyiben egyértelműen úgy ítéled meg, hogy az utóbbi következett be, add át a nevére szóló levelet, a másikat pedig égesd el. Ellenkező esetben az ő levelét égesd el, a másikat juttasd el a címzettnek.

Köszönök mindent! Neked kívánom, rendeződjön az életed!

Charlotte!

Teljesült az óhajod.- suttogta Robert. Letette a papírost és gondolkodóba esett a titokzatos levelekkel kapcsolatban. Szívesen belelátott volna a borítékokba, fényt derítve a rejtélyes küldetés hátterére, amivel Charlotte élete utolsó óráiban megbízta.

Végül gátat vetett feltörő kíváncsiságának és tiszteletben tartotta húga akaratát. Felhívta Danielt és megbeszélték, este együtt nézik meg a kosárlabdameccset.

Catherine a minap töltötte be a hetedik hónapot. Kora este lefekvéshez készülődött, reggel időben tervezte az indulást a soron következő felülvizsgálatra, amit türelmetlenül várt. Eddig olyan gondmentes kismama volt, ám az elmúlt két napban több alkalommal fordultak elő alhasi fájdalmai. Bár nem voltak erősek, azért ő aggódott és mindenképp kíváncsi volt az orvos véleményére.

Marynek nem is merte említeni, valószínűleg túlreagálta volna a dolgot. Szerencsére nem fogott gyanút, amiért fáradtságra hivatkozva lemondta az esti sétát.

Fürdés után a haját szárította, amikor újra jelentkeztek a panaszai, ám ezúttal sokkal erősebben és tartósabban. Első ijedtségében még az is megfordult a fejében felhívja Danielt, de később elvetette az ötletet.

Szorongva dőlt el ágyán, s Charlotte példája járt a fejében. Vajon nála is így kezdődött?- vetődött fel a kérdés, rémülettel töltve el lelkét. Végül erőt vett magán és mivel idővel a fájdalmai is enyhültek, kissé megnyugodva szenderült álomba.

Daniel pontban a megbeszélt időpontban érkezett, mint mindig. Clarissa nyitott ajtót, ami váratlan meglepetésként hatott. Először csak bámult értetlenül, aztán magához ölelte a nőt.

-Remek asszony vagy és azt kívánom maradj is az!-mondta csendesen, miközben belépett az előszobába. – Nem gondoltam volna, hogy egy család lesztek valaha is.

-Én sem, de szerencsére mindketten tévedtünk.

-Hol ez a lókötő?

-Gyere csak beljebb, mindjárt kezdődik!- kiáltott Robert és kijött a szobából üdvözölni a vendéget.

-Hoztam pár sört.- mondta Daniel, miután levette kabátját.

-Mindjárt behűtöm kicsit.- szólt közbe Clarissa és kivette Daniel kezéből a szatyrot.

-A gyerekek nincsenek itthon?- érdeklődött Daniel.

-Az egyik edzésen, a másik moziban van, későn érnek haza.- válaszolt Robert.

Letelepedtek a televízió elé és izgatottan várták kedvenc csapatuk mérkőzését. Clarissa sós mogyorót és ropit készített nekik, majd egy ezüsttálcával jelent meg, rajta két pohárral és két üveg sörrel.

-Gyökeres változások történtek nálunk, de a bevált szokásokhoz hűek maradunk. Magatokra hagylak benneteket a meccs idejére, jó szórakozást!- jelentette be Clarissa és kiment a szobából, becsukva maga mögött az ajtót.

A két férfi gyakori véleménynyilvánítás mellett, néhány sör kíséretében szurkolta végig a mérkőzést. Rég volt, amikor utoljára együtt szórakoztak, pedig korábban sűrűn sort kerítettek rá.

A meccs után Robert kikapcsolta a készüléket és elérkezettnek látta az időt a cselekvésre:- Tudod, hogy nem véletlenül akartam veled tölteni az estét?- kérdezte óvatosan.

-Sejtettem. Charlotte pontosan hét hónapja hagyott itt minket. Gondolom a segítő szándék vezérelt és meg kell mondjam, sikerrel jártál.

-Akkor, a visszavágót újra együtt?

-Az jó lenne.

-Tudod, a mai napig sokat gondolkozom rajta, mi is történt valójában azon a szörnyű napon?- kezdte puhatolózását Robert.

-Lehet nem értesz velem egyet, de meggyőződésem szerint Charlotte öngyilkosságot követett el.- lepte meg Robertet Daniel, s mielőtt választ kaphatott volna, folytatta gondolatmenetét.

-Annyira megszervezett mindent, olyan ügyesen játszotta a szerepet, hogy képes volt megtéveszteni. Aztán kételyeim támadtak, majd szép lassan kezdtem átértékelni a dolgokat. Amikor utoljára csókolt meg, olyan megmagyarázhatatlanul furcsa érzés kerített hatalmába. Olyan szenvedélyesen ölelt, majd hirtelen ott hagyott egyedül. Ha akkor nem engedem el, jobban magamhoz szorítom és velem marad, biztos nem lett volna ereje véghez vinni kétségbeesett cselekedetét. Akkor nem tudhattam azt, amit már tudok. Azokban a percekben nem tudott szerepet játszani, akkor ő a búcsúzó asszony volt, aki tisztában volt vele, többé nem látja férjét.

Daniel lehajtotta fejét és a szobára rátelepedett a komor csend. Robert várt egy kicsit, majd elszánta magát és megjegyezte:- Sajnos, ez így igaz.

-Te is így véled?

-Nem csak vélem, tudom. Írt egy búcsúlevelet, amelyben minden benne van. Ne haragudj amiért eddig nem beszéltem róla, de ez volt az akarata. Meg kellett várnom a mai napot és meg kellett tudnom az álláspontod. Most hogy egyértelmű választ kaptam, átadhatom neked ezt a levelet, amit ő írt.

Daniel nem tudott szólni a meglepetéstől. Némán nyúlt a boríték után és becsúsztatta az ingzsebébe a szíve fölé. Néhány percig újra csend honolt a helységben, amit Daniel hangja tört meg:- Ha nem haragszol, most elmennék.

-Menj csak. Hívni foglak a visszavágó előtti napon.

-Rendben!

Daniel elköszönt Robertéktől, leballagott a kocsijához és hazahajtott. Otthon gyorsan lezuhanyozott, bement a hálószobába és végignyúlt az ágyon. Felemelte a rózsaszín borítékot, finom mozdulattal nyitotta fel, és szeretettel szívében kezdte olvasni a jól ismert írást.

Szerelmem!

Bocsásd meg tettemet és azt is, amiért megpróbáltalak félrevezetni. Képtelen voltam feldolgozni a történteket, még akkor is, ha te mindent megtettél értem. Számomra az élet, már csak szenvedést hordozott magában, ezért választottam a menekülést, egyben esélyt teremtve a te jövőbeli boldogságodnak.

Kérlek tartsd tiszteletben döntésemet és őrizz meg szívedben annak a szerető hitvesnek, hű feleségnek, aki mindig is voltam. E levelet olvasva fogadd meg, hogy újjáépíted életed, s nem menekülsz sokáig abba a közönybe és magányba, ami most jellemzi hétköznapjaid. Ezzel biztosítod békémet és megnyugvásomat, mert tudom, így fogsz cselekedni.

Van még valami, amiről tudnod kell! Nem volt szép dolog részemről, de képtelen voltam ellenállni a kísértésnek és beleavatkoztam jövőd alakulásába. Catherine megtermékenyítését megelőzően kicseréltem az előkészített üveget. Annak a gyermeknek te vagy a vérszerinti apja, s ugyan más anyától, de a mi szerelmünk gyümölcseként fog világra jönni. A többi már a te dolgod.

Az ég legyen veled! Igaz Szerelmed!

Chatlotte!

Danielt sokkolta a levél tartalma, néhány percig nem tudott napirendre térni az olvasottak fölött. Először képtelen volt uralkodni érzelmein, düh és méreg forrongott benne. Nem Charlotte volt az, akire haragudott felindulásában, hanem sorsukat gyalázta, amely ily kegyetlen tréfát űzött velük. Hogy is haragudhatott volna az ő imádott kedvesére, akinek minden gondolata az ő boldogsága körül forgott.

Aztán szép lassan a beletörődés átjárta tudatát, belekényszerítve egy nyugodt és kitisztult állapotba. Leemelte Charlotte bekeretezett képét a falról, maga elé helyezte az ágyra és bal kezével a levelet fogva fogadalmat tett, pontosan úgy, ahogy kedvese kérte.

Ez volt az a pillanat, amikor észrevétlenül kezdetét vette az a folyamat, amely során visszanyerheti önmagát és élete kedvező fordulatot vehet.

Felállt az ágyról, hihetetlen megkönnyebbülést érezve egészen addig, amíg a levél második felére nem gondolt. Képtelen volt a kialakult helyzet higgadt elemzésére. Charlotte, zavarodott állapotában elkövetett tettével, annyira megkevert mindent, de képtelen volt elítélni érte.

Daniel roppant bonyolult helyzetbe csöppent, s sejtelme sem volt a követendő magatartással kapcsolatban. Hosszas tipródást követően úgy határozott, aznapra elég volt annyi. Megivott egy pohár sört és lefeküdt aludni.

Mielőtt álomba merült volna, arra a nőre gondolt, aki másnap jön hozzá vizsgálatra. Az a rokonszenves nő, már nem csak a paciense, hanem születendő gyermeke anyja. Az a piciny gyermek pedig a méhében, nem csak egy a világra segítendő gyermekek közül, hanem az ő vére. Ő az aki dédelgetett álomként ott van a tudatában, hosszú hosszú évek óta.

Álmában egymást követték a felvillanó képek. Hol Charlotte szomorú, hol Catherine mosolygós arca jelent meg. Riadtan ébredt fel és azt kívánta, bárcsak fordítva lenne. Egy gondolat erejéig még vádolta is Catherinét, aztán szégyent érzett, hisz az a nő semmiről se tehetett.

Hajnalig forgolódott ágyában, míg végre elaludt. Újra álmodott, de ezúttal egy hosszú göndör aranyszőke hajú kisfiúról, akivel fociztak a kerti pázsiton.

Catherine feszülten lépett be a rendelőbe, aggodalommal töltötték el a napokban tapasztaltak. Éjjel is rosszul aludt, minek köszönhetően most fáradtnak érezte magát.

Kölcsönösen üdvözölték egymást. A gyakorlott orvosi szem azonnal kiszúrta, valami nincs rendben a kismamával. A tekintetekben jól olvasó, könnyen a lélek mélyébe látó Catherine, pedig rögvest észrevette a férfin, valami megváltozott. Élénk érdeklődést és óvatos közeledési szándékot vélt felfedezni. Nem érezte azt a falat, amellyel a férfi körbebástyázta magát korábban. Az utóbbi időben tapasztalt közönynek és hideg tartózkodásnak nyoma se volt.

-Nem néz ki túl rózsásan, csak nincs valami baj?- kérdezte Daniel habozás nélkül.

Catherine beszámolt részletesen mindenről, Daniel feltett néhány kérdést, azután megvizsgálta. Catherine türelmetlenül várta, mit nyilatkozik az orvos.

-Egyelőre úgy tűnik, nincs komolyabb probléma.- szólt végül Daniel, miközben lehúzta a kesztyűt.

Catherine fellélegzett és hamarjában megjött a hangja:- Bevallom őszintén nagyon féltem, de most annál jobban örülök, s máris remekül érzem magam. Anyámnak nem is mertem említeni, mert biztosan megrémült volna.

-Azért a felhőtlen örömre sajnos semmi ok, van egy rossz hírem is.

-Hallgatom, essünk túl rajta!

-Pár napig bent kell maradnia, megfigyelés alatt tartjuk. Fog kapni gyógyszert, s reméljük búcsút inthetünk ennek a kis kellemetlenségnek.

-Muszáj itt maradnom, s még ma?- próbálkozott Catherine.

-El kell szomorítanom, muszáj. Mégpedig most.

-De hát nem úgy készültem, nincs nálam semmi, még egy fogkefe sem.

-Ez nem jelenthet akadályt, majd gondoskodom önről.

Catherine kénytelen volt engedni, de arcán olvasható volt minden keserve.

-Csak semmi szomorkodást! Jusson eszébe a cél, ami vezérli. Majd meglátja, nem is lesz olyan borzasztó.- vigasztalta Daniel.- Egy, vagy kétágyas szobát szeretne?

-Inkább egyedül szeretnék lenni.

-Rendben van, mindjárt intézkedem.

-Lehetne egy kérésem?

-Természetesen!

-Beszélne az édesanyámmal? Ön biztosan nyugtatólag hatna rá.

-Azonnal behívom és ígérem, nem lesz semmi baj.

Daniel felállt és kiment betessékelni a láthatóan meglepett Maryt.

-Remélem nem csinált valami rosszat az én leánykám?- próbált tréfálkozni.

-Nem, legalábbis nincs tudomásom róla, de egyelőre nem is lesz rá módja. Néhány napig be kell feküdnie a klinikára.

-Történt valami, amiről nem tudok?

-Semmi különös, csak ki kell vizsgálnunk egy-két apróságot. Meg kell győződnünk róla, valóban minden rendben van-e?

-Kérem ne tartson ennyire naivnak! Milyen probléma merült fel, ami indokolttá teszi a bent tartózkodását? Azt hiszi nem vettem észre Catherinén, valami zűr van?

Daniel kérdően nézett Catherinére, aki tudta, rajta a sor. – Kérlek anya ne haragudj! Napok óta fáj a hasam, csak nem akartalak idegesíteni.

-Ne aggódjon asszonyom! Megvizsgáltam a leányát, nincs semmi különös. A biztonság kedvéért döntöttem úgy, legyen szem előtt néhány napig.- magyarázkodott Daniel.

-Nagyon helyes! Roppant megnyugtató, hogy a lányom jó kezekben van.

-Köszönöm.- válaszolt Daniel az elismerésre.

Catherine meglepődött anyja higgadt viselkedésén. Odalépett hozzá, megölelte és így szólt:- Ha már ilyen könnyű szívvel itt hagysz raboskodni, legalább kereshetnél egy áruházat és vehetnél néhány holmit! Ez a szigorú ember ki se enged, nehogy megszökjek.

-Így igaz.- helyeselt Daniel.

-Nem lesz könnyű dolog egyedül eligazodni egy idegen városban, de csak elboldogulok valahogy.- sopánkodott Mary.

-Ezen könnyen segíthetünk, úgyis van időm a délutáni rendelésig, s ha nincs ellenére szívesen elkalauzolom.- ajánlkozott fel Daniel.

-Remek ötlet, nagyon kedves öntől.

-Catherinét elhelyezzük a szobájában, utána akár indulhatunk is.- javasolta Daniel.

Mary örömmel egyezett bele és jót derült leánya ábrázatán, aki érezhetően zokon vette sorsának ilyetén alakulását.

Mary beszállt Daniel elegáns kocsijába, szemmel láthatóan felvillanyozta a férfi lovagiassága.

-Dokikám ugye nem vagyok a terhére, s tényleg nem rabolom a drága idejét?

Daniel elmosolyodott a szokatlan megszólítás hallatán, tetszett neki Mary stílusa.

-Nem, egyáltalán. Valószínűleg unatkozva elfogyasztanám szokványos ebédemet a klinikán. Aztán visszatérnék a rendelőmbe és valamely szakkönyv olvasásával múlatnám az időt.

-Azért azt javaslom, az ebédről ne feledkezzünk meg. Hálám jeléül, amiért bajlódik velem, meghívom valahová. Ne próbálkozzon ellenkezni, nem ismerek tréfát. Ja, ugye nem haragszik a dokikámért?

-Fenntartások nélkül megadom magam és nem is haragszom.

Néhány perc múlva egy hatalmas áruház ruházati osztályán sétáltak a sorok között. Daniel tolta a bevásárlókocsit, míg Mary szorgosan pakolt bele. Daniel készségesen segített leemelni a kiszemelt cikkeket egy-egy magasabban fekvő polcról. Azt gondolhatták volna a vidáman vásárolgató párosról, hogy több éves múltra visszatekintő barátság fűzi őket össze.

Miután sikeresen beszereztek minden szükséges holmit, beültek egy Daniel által javasolt vendéglőbe és megebédeltek. Észre se vették, hogy elszaladt az idő. Sokat beszélgettek, viccelődtek, láthatóan megkedvelték egymást.

Daniel óhatatlanul is gyakran kötött ki Catherinenél. Szeretett volna minél többet megtudni róla, amiben Mary kiváló partnernek bizonyult. Az óvatosan feltett kérdésekre kimerítő válaszokat adott, időnként alig tudta elfojtani mosolyát, felfedezvén Daniel egyáltalán nem szakmai jellegű érdeklődését.

Visszaérve a klinika parkolójába, Mary komolyra fordította a szót:- Köszönöm, amit értem tett.

-Szóra sem érdemes.

-Kérem ígérje meg, nagyon fog vigyázni az én kislányomra, nemcsak mint orvos, úgyis mint kedves ismerős. Sajnos a távolság miatt nem lehetek mellette, biztos nagyon egyedül lesz.

-Ígérem megteszek minden tőlem telhetőt. Catherine igazán irigylésre méltó, amiért ilyen önfeláldozó és gondoskodó anyával áldotta meg a sors.

-Igen, de meg is érdemli mindezt.

Türelmetlenül várta anyja visszatérését, s nagy örömmel fogadta, amikor belépett az ajtón. Gyermeki mosollyal arcán próbálta fel mindazt, amit vettek neki. Nagy boldogsággal szokta fogadni a legapróbb ajándékokat is, ha azt szeretettel hozták, még akkor is, ha az csak egy pár zokni, s ha épp azért kapta, mert kórházba kellett vonulnia.

-Hogyan telt az időd frissen szerzett lovagoddal?- kérdezte kötekedve.

-Pompásan! Igazán jó humorú és szórakoztató úriember, akivel kellemesen teltek a percek. Ajjaj, csak lennék annyi idős, mint te.

Catherine szándékosan elengedte füle mellett a célzást, ellenben Mary áradozását nem hagyta szó nélkül:- Legalább van a családunkban valaki, aki jól érezte magát. Mellesleg én még nem tapasztaltam újdonsült barátod remek tulajdonságait. Szegény, vagy a munkájába volt temetkezve, vagy magánéletbeli problémái nyomasztották. Úgyhogy meglepve hallom, milyen vidáman voltatok.

-Ismersz te olyan embert, akit ne tudnék felvidítani?

-Felvidítani bárkit képes vagy, de boldoggá is tudná tenni valakit?

-Ne kezd megint, tudom hová akarsz kilyukadni. Különben is, ki tudja hányadik szűzzel foglalatoskodik az elfogyasztott nemzeti étel, ital után?

-Van mit bepótolnia, nem?

Most Mary feledkezett meg a válaszadásról, nagy bölcsen. Sokáig beszélgettek még, mígnem eljött a búcsúzás ideje. Fájó szívvel köszöntek el egymástól, néhány könnycsepp kíséretében.

Catherine televízió nézéssel múlatta az időt, hosszú unalmas fogságának első estéjén. Elfogyasztotta vacsoráját, majd azon tűnődött, mit fog kezdeni magával napokon keresztül. Elborzadva gondolt rá, mennyi ideig kell itt tartózkodnia, amikor finom kopogást hallott az ajtó felöl.

-Tessék!- szólt határozottan.

-Daniel lépett be, kezében egy szatyor gyümölccsel. Meglóbálta csomagját és vidáman mondta:- Édesanyja kérésének eleget téve, meghoztam a mai gyümölcsadagját.

-Képes volt ilyennel terhelni önt?- méltatlankodott Catherine.

-Amúgy is beugrottam volna, mielőtt hazamegyek.

-Leül nálam egy kicsit?- mutatott Catherine a fotel irányába.

-Ha nem zavarom?

-Ellenkezőleg, jól esik kicsit beszélgetni.

-Az nekem sem árt, az elmúlt hónapokban úgyis csak olvasással töltöttem a szabadidőmet.

-Gondolom nem ártott az elszigeteltség? Volt idő, amikor anyámon kívül nem szívesen láttam senkit a közelemben.

-Csak ez az életmód volt elfogadható számomra is.

-Tart még ez az állapot?

-Azt hiszem, már a múlté. Különben nem ülnék itt, nem töltöttem volna el igen kellemesen az ebédidőmet édesanyjával.

-Helyesen teszi, csak vigyázzon, nehogy megforduljon a folyamat.

-Azon leszek. Szerencsére vannak barátaim, akik eddig is segítettek volna, ha hagyom. Ezután igénybe veszem gondoskodásukat. Igyekszem új ismerősökre, barátokra is szert tenni.

-Az olvasásról jut eszembe. Elfelejtettem szólni anyának, szerezzen könyveket. Nem tart szemtelennek, ha megkérem, hozzon pár darabot?

-Milyen könyveket szeretne?

-Minden érdekel, csak ne legyen benne durvaság, vér és erőszak.

-Sajnos túl sok az ilyen alkotás manapság, de megnyugtatom, nincsenek ilyen könyveim. Van néhány kedvencem, azokkal kezdeném, feltéve ha nem olvasta őket.

Sokáig beszélgettek még könyvekről, filmekről, művészetekről. Kisült mennyire megegyezik ízlésük, érdeklődési körük. Daniel kedvenc olvasmányait, szinte mind olvasta Catherine, kivéve egyet. Daniel biztosra vette, Catherinének nagyon tetszene, ezért elsőként ajánlotta figyelmébe.

Mindketten szerették Nicholas műveit, Catherine azt is elkotyogta, hogy személyesen ismeri. Daniel elbűvölten hallgatta partnere élménybeszámolóját a titokzatos ismeretlenségbe burkolódzó íróról. Természetesen az igazi nevéről és Maryhoz fűződő viszonyáról diszkréten hallgatott. Daniel irigykedett, amit szavakban is kifejezett, mire Catherine ígéretet tett egy találkozó összehozására.

A férfi időnként teljesen megfeledkezett magáról, és le sem vette szemét a nő hasán rendetlenül hullámzó pongyoláról. Catherine hamar felfedezte a rendkívüli érdeklődést, de betudta szakmai ártalomnak. Egyszer azért nem állta meg szó nélkül:- Egészséges erős gyermek, jó nagyokat rúg. Biztos fiú, de maga már úgyis tudja.

-Igen tudom a nemét, és azt is milyen gyönyörű baba lesz.- suttogta Daniel csillogó szemekkel. Aztán észbe kapott és próbált uralkodni magán, nem sok sikerrel. Annyit azért elhatározott, nem fog ilyen feltűnően bámészkodni, be kell érje lopott pillantásokkal.

-Maga meg ezt honnan a csudából tudja?- kacérkodott Catherine.

-Egy ilyen szép kismama, csak szép gyermeket szülhet.

-Ugyan már, ne udvariaskodjon! Jól meghíztam, akkora lettem, mint egy ház, lassan nem férek a bőrömben.

-Ez így van rendjén, pont ezért ilyen szép és egészséges kismama.

Az éjjeles nővér beköszönt az ajtón, ekkor kaptak észbe, milyen későre jár. Daniel jónak látta, ha Catherine lepihen, ő pedig hazatér. Megígérte, másnap hozza a könyveket és elbúcsúzott. Catherine jókedvűen nyúlt el kényelmes ágyában, s rövid idő alatt mély álomba merült.

Hazaérve lakásába teleengedte a kádat forró vízzel, levetkőzött és befeküdt a gőzölgő habok közé, átengedve testét a kellemes fürdőzésnek. Gondolatai azonban máshol jártak. Elrepült addig a szobáig, ahol nemrég oly kedves perceket töltött.

Együtt lehetett gyermeke anyjával, elkezdhette a közelebbi ismerkedést. Lenyűgöző élmény volt látni, amint hullámzott a nő pongyolája az erőteljes mozgolódásnak köszönhetően. Az ő picije ott rúgkapált egy karnyújtásnyira tőle, s még csak meg se simíthatta az anya hasát.

Képtelen volt helyére tenni a dolgokat, nem volt határozott elképzelése a jövővel kapcsolatban. Számos kérdés formájában marcangolták felmerülő kételyei, melyekre nem tudott válaszolni: Mit tegyen, mi lenne helyes? Próbálja meg alantas módon elnyerni a nő kegyeit, pusztán érdekből, egy nagy titok birtokában, amiről a másik nem is tud?

Jó esélyt látott arra, hogy idővel a nőt is lássa Catherinében, ne csak gyermeke anyját, de mi lesz akkor? Hogy alakul a kapcsolatuk, ha esetleg beleszeret? Meddig lesz képes eltitkolni a valóságot? Szabad-e egyáltalán tudatlanságban hagyni őt, ha nem , mikor és hogyan közölje vele a megrázó tényt? Mit fog kiváltani belőle? Képes lesz-e elnyerni a nő kegyeit? Nem lenne-e jobb barátként a közelébe férkőzni, így biztosítani a kapcsolatot gyermekével? Mi lesz, ha Catherine talál magának valakit?

Erre még a hideg is kirázta. Elborzadt még a puszta gondolattól is, hogy gyermeke mást szólítson apának. Ő aki mindig megvetette a számító, másokat kihasználó embereket, most pont ilyennek érezte magát.

Túl sok volt a kérdőjel, ezért jobbnak látta, ha hagyja sodródni magát a sors kavargó örvényében, s majdcsak partra vetődik valahol. Egyelőre megpróbál minél több időt vele tölteni, megismerni és megismertetni önmagát is, s majd kialakul valami. Hosszas elmélkedést követően annál maradt, életét nem átgondolt terv szerint alakítja, hanem a szokásostól eltérően a szerencsére bízza.

Kikelt a kádból, felvett egy köpenyt és átsétált a nappaliba, ahol kiválasztott néhányat a polcokon katonásan sorakozó könyvekből.

Az elkövetkezendő napokban Daniel gyakori vendég volt Catherine szobájában. Ezek többnyire nem orvosi jellegűek, hanem hosszúra nyúló baráti látogatások voltak. Kettőjük kapcsolata egyre bensőségesebbé vált és ha máskor, más körülmények között találnak így egymásra, bizonyára nagy szerelem alakult volna ki közöttük. Most azonban egyikük sem volt felkészülve ilyesmire.

Catherine nem sokkal szülés előtt állt, Daniel pedig még nem tudta leküzdeni felmerülő aggályait. Ráadásul mindketten elveszítették életük nagy szerelmét, s meg se fordult fejükben egy új szerelem lehetősége.

Szerencsére Catherine fájdalmai teljesen elmúltak, visszatért korábbi jó közérzete is. Már csak a klinika bezártságát kellett valahogy elviselnie, de ebben nagy segítségére volt Daniel, aki úgy intézte, minél többet legyen ügyeletben. Amikor akadt egy kis ideje, mindig Catherinénél kötött ki. Most is az ágyánál ült és beszélgettek.

-Szóval, hamarosan hazamehetek?

-Igen, megszabadul tőlem.

-Ez fordítva is igaz.

-Mielőtt sajnálkozni kezdenénk egymás miatt, közlöm, hetente látni szeretném!

-Szigorúan orvosi indíttatásból?

-Igen, de azért elárulom, hiányozni fog.

Catherinének jólesett a váratlan válasz. Ő is hasonlóan érzett, de nem merte szavakban kifejezni. Rövid hallgatás után szomorúan nézett a férfi szemébe.

-Lehetne egy kérésem?- szólt szelíden.

-Természetesen.

-Kaphatnék holnap egy kis kimenőt? Úgy vágyom már ki, na meg anyának is szeretnék venni valamit.

-Meglátjuk mit tehetünk a kismamáért.- válaszolt Daniel mosolyogva.

-Nem lehet ilyen szőrösszívű! –elégedetlenkedett Catherine.

-Vajszívű sem lehetek.

-Ígérem korán elalszom és holnap egész délelőtt pihenek, csak délután engedélyezzen egy-két órát!- rimánkodott Catherine, mint egy rosszalkodó kisgyerek.

-Aludjunk rá egyet.- javasolta Daniel és jó éjt kívánt.

Másnap nagyon elfoglalt volt Daniel, még az ebédet is későbbre kellett halasztania, de azért úgy intézte dolgait, hogy két órától szabad legyen. Tizenegy körül tudott először néhány percet szakítani és beugrott Catherinehez.

-Jó napot!

-Lehetne jobb is, ami csak magán múlik.- köszöntötte Catherine durcásan.- Már azt hittem szándékosan kerül, mert nem akar kiengedni.

-Nem szoktam elkerülni a kellemetlen pillanatokat.

-Ezek szerint egy ilyen pillanat következik?

-Attól függ, ki minek veszi.

-Mondja már, mi a döntése? Ne kínozzon!

-Rossz hírrel kell szolgáljak.

-Na ne!

-Sajnos a kismama még nem maradhat orvosi felügyelet nélkül.

-Ez nem lehet igaz!- fakadt ki Catherine.- Hisz hamarosan hazamehetek.

-Végül is van megoldás.

-Ne játsszon velem, nagyon kérem!

-Elfogadja a meghívásomat egy városnézésre, s ezzel megoldódott az orvosi felügyelet kérdése.

Catherine felugrott az ágyról és örömében két puszival lepte meg Danielt.

-Mikor indulunk?- kérdezte vidáman.

-Két órára legyen kész, jövök magáért.

Catherine legalább úgy élvezte a kirándulást, mint Daniel, partnere szórakoztatását. Elkalauzolta a város legszebb részeihez, érdekfeszítő előadások keretén belül mutatta be a különböző nevezetességeket, történelmi helyszíneket, látnivalókat. Mindenhez volt hozzáfűznivalója, mindenről tudott valami érdekeset.

Gondosan ügyelt rá, ne legyen megterhelő Catherinének, ezért kocsival jól megközelíthető helyeken jártak. Amikor pedig úgy vélte, elég volt a mászkálásból, beinvitálta partnerét egy hangulatos cukrászdába, ahol helyet foglaltak egy ablak melletti asztalnál.

-Mit kér inni?- kérdezte Daniel.

-Narancslét. Három decit, ha lehet.

Közben megérkezett a pincérnő. –Kérünk kétszer három deci narancslét és két adag sarokházat.- adta le Daniel a rendelést.

Catherine szeme felcsillant és nevetve jegyezte meg:- Jól tájékozott a kedvenc süteményemmel kapcsolatban. Talán ráakadt egy megbízható informátorra?

-Ha sejtené, mennyi értékes információval lettem ellátva!

-Majd elkapom azt a tanácsadót.

Néhány perc múltán a pincérnő letette eléjük a látványosságnak sem utolsó finomságokat és az italokat. Daniel belenézett Catherine szemébe és derűs mosollyal arcán megszólalt:- Mielőtt belemerülne a mennyei ízek élvezetébe, szeretnék mondani valamit.

-Ki akarja próbálni a tűrőképességemet? Megnyugtatom, harminc másodpercnél tovább nem bírom.

-Az épp elég lesz. Tudomásom szerint én vagyok az idősebb, ezért javasolnám igyuk meg a pertut. Mivel egy kismama nem ihat szeszes italt, az az ötletem támadt, együnk pertut!

Daniel megemelte kistányérját és partnere felé nyújtotta.

-Ugyan még ilyen módon nem tegeződtem le senkivel, de mindig híve voltam az újdonságoknak.- válaszolt

Catherine és ő is megemelte tányérkáját. Átfűzte karját a férfi karja alatt, s kedves bájjal arcán viszonozta a férfi gesztusát.

-Egészségedre!- mondták mindketten és jóízűen haraptak a finom süteménybe.

Daniel még a felével sem birkózott meg a kiadós adagnak, amikor nagyot fújtatva dőlt hátra székében és megadólag tette fel kezeit:- Fel kell adjam, nem bírom tovább.

-Azt már nem, tessék mindet megenni!

-Egy év alatt nem szoktam ennyi édességet enni.

-Amikor pertut iszik valaki, fenékig kell inni a poharat. A mi esetünkben viszont tányérig kell enni.

-Rosszul leszek, ha még egy falatot lenyelek.

-Én meg babonás vagyok, s ha nem fogyasztod el mindet, nem lesz tartós a barátságunk.

-Megadom magam, de ugye kapok néhány perc türelmi időt?

-Nem bánom, de csak öt percet.

-Ezt nevezem szigornak.

-Napok óta viselem könyörtelen bánásmódod, amíg kint vagyunk rajtam a sor.

-Tényleg, hogy elszállt az idő!- nézett Daniel az órájára.- Megeszem és indulhatunk is vissza.- állapította meg fölényes mosollyal arcán.

-Ne, ne! Elismerem te győztél, csak maradjunk még. Ráérsz akár estig elszöszmötölni azzal a falat süteménnyel.

-Áll az alku!- egyezett bele Daniel.

Vidámság, jókedv és derű hatotta át napjuk hátralevő részét. Sokáig maradtak a cukrászdában, észre se vették az idő múlását. Végül nagy nehezen rászánták magukat az indulásra. Elhagyva a mindkettőjüknek oly kedvessé váló kis helységet, Danielben feltámadt az orvosi óvatosság és Catherine legnagyobb bánatára kiadta a visszavonulási parancsot.

Beültek a kocsiba, tettek még egy jókora kerülőt, megcsodálván a város lenyűgöző esti fényeit. Catherinének jólesett ez a kis kedvesség, mindennek a tetejébe.

-Nagyon szép a városod és nagyon jó idegenvezetőnek bizonyultál!- hálálkodott Catherine.

-Iparkodtam.

-Olyan érdekes. Eddig is élveztem az együtt töltött perceket, de ma valahogy más volt. Azelőtt bármilyen témáról is beszélgettünk, mindig az orvost éreztem benned. Ma délután nem fedeztem fel orvost a közelemben.

-Talán a köpeny teszi.- heccelődött Daniel.

-Szemtelen, engem nem lehet megtéveszteni egy ruhadarabbal.- replikázott Catherine.

Egymásra mosolyogtak és egy ideig szótlanul folytatták útjukat. Megérkeztek a klinikához, Daniel felkísérte Catherinét, aki a szobaajtóban hálával telve nézett rá.

-Köszönöm neked ezt a csodálatos napot. Igazán remekül éreztem magam és remélem mihamarabb viszonozhatom az én városkámban.

-Szavadon foglak!

-Beugrasz még ma hozzám?

-Ha nem lennék éjszaka ügyeletes, akkor is visszajönnék. Így még rám is fogsz unni.

-Majd akkor szólok, rendben?

Catherine feküdt az ágyában, de rögtön felült, amikor Daniel belépett a szobába. Magán hagyta a köpenyét, mert már várta a férfi érkezését. Rövid beszélgetést követően rátört a fáradtság, ám nem akarta, hogy Daniel elmenjen. Gondolt egyet és váratlan kéréssel hozakodott elő:- Felolvasnál nekem abból a verseskötetből, amit tegnap hoztál?

-Ha ezzel örömet szerzek, nagyon szívesen.

-Olyan szép verseket tartalmaz, s te biztosan jó előadó vagy.

-Nem dicsekvésképp mondom, de egykor indultam szavalóversenyeken.

Catherine odanyújtotta a kötetet és érdeklődéssel várta az előadást. Hátradőlt, fejét kényelmesen megpihentette párnáján.- Nem zavar, ha így maradok? Kicsit fáradt vagyok.

-Alapvető feltétele fellépésemnek, hogy közben pihenj.- nyugtatta meg Daniel.

A szobát betöltötte a férfi dallamos, érzéki hangja. Egymást követték a szebbnél szebb versek. A nő látható átéléssel élvezte a kialakult hangulat varázsát. Megállt számukra az idő, továszálltak gyötrő gondjaik, s nem gondoltak semmire. Végül Catherine fölött diadalmaskodott a fáradtság álmosító hatalma és elaludt.

Daniel folytatta az olvasást, nehogy kizökkentse Catherinét a kezdeti álmából. Amikor úgy vélte elég mélyen alszik, akkor elhallgatott. Nézte a nő szép arcvonásait, mígnem egyszercsak hirtelentámadt mozgásra lett figyelmes.

Catherine hasa lágy hullámzásba kezdett a pongyola alatt. Valaki felébredt, gondolta Daniel, s megbabonázva figyelte a váratlan, de annál jobban vágyott előadást. Egészen közel hajolt, úgy figyelte a jelenetet.

A kis ember, mintha ráérzett volna tette fontosságára, egyre jobban produkálta magát. Nagyokat rúgott, elevenen kalimpált, bizonyítva létezését. Daniel lopva oldalt nézett és megállapította, hogy Catherine elég mélyen alszik. Bal tenyerét óvatosan a köntösre helyezte, oda ahol az események leginkább zajlottak, s átadta magát az érintés önfeledt mámorának.

Néhány pillanat telhetett csak el, amikor Catherine kábán nyitotta ki szemeit a kis gézengúz által rendezett ramazuli hatására. Amikor ráeszmélt, mi is zavarta meg álmát valójában, édes mosollyal arcán aludt vissza. Ám mielőtt szempillái lecsukódtak volna, megpillantotta a teljesen gyanútlan férfit, amint meghatottan pihenteti kezét az ő drága terhén. Mély álomba zuhant és arcán még édesebbé vált a mosoly.

A reggeli ébredést követően nem emlékezett tisztán a történtekre. Legalábbis nem tudta eldönteni, álom vagy valóság volt , ami most is jóleső érzéssel töltötte el szívét.

Daniel volt az, aki este utoljára hagyta el a szobát, reggel pedig először lépett be. Némi szégyenérzet fogta el esti fegyelmezetlenségéért, amiért úgy elragadtatta magát. Arra gondolni se mert, mi lett volna, ha Catherine felébred, vagy épp benyit valaki.

-Jó reggelt!- köszöntötte a nőt.

-Neked is!

-Mikor szándékozol itt hagyni minket?

-Mikor lehet?

-Akár ma is. Az igazat megvallva tegnap haza akartalak engedni, de úgy ragaszkodtál a kimenőhöz.

-Ez a hecc most nem jött össze, vétek lett volna kihagyni azt a napot.

-Ebben teljesen egyetértünk, így legalább nincs lelkiismeret-furdalásom. Szóval, mikor indulsz?

-Előbb telefonálok anyának, jöjjön értem. Mire ideér, több órába telik.

-Addig fölösleges várni, tudok egy jobb megoldást. Van egy kedves ismerősöm a városotokban, régóta hivatalos vagyok hozzá. Ma szabadnapos vagyok és úgy gondoltam eleget teszek kötelességemnek. Így szívesen hazaviszlek, ha nincs ellene kifogásod.

-Nagyon kedves tőled. Több okból kifolyólag is nagyon örülök. Először is, nem szeretem, ha anya vezet. Mostanában nincsenek egészségi problémái, de azért féltem őt. Másodszor pedig, nem tud érkezésemről. Jó kis meglepetés lesz, amikor váratlanul betoppanok. Végül, de nem utolsó sorban, élvezhetem még néhány óráig szórakoztató társaságodat. Na meg, legalább megízlelheted anya fenséges főztjét.

-Attól tartok, csalódást fogok okozni.

-Miért?

-Ez az ismerősöm rendkívül rámenős tud lenni, ezért valószínűnek tartom, hogy akár az ebéd, akár a vacsora alól kibúvót találnék.

-Majd én felhívom és beszélek ezzel az önző alakkal.- méltatlankodott Catherine.

-Ez az alak egy nő, s valószínűleg zokon venné, ha ilyenekkel zaklatnád.

-Elnézést, csak tréfálkoztam.- próbálta Catherine leplezni zavarát.

-Én is.- mosolygott Daniel sejtelmesen.

Tizenegy múlott néhány perccel, amikor leparkoltak Catherine háza előtt. Daniel kisegítette a kismamát a kocsiból, kivette táskáját a csomagtartóból és várakozó álláspontot felvéve megállt előtte.

-Azért felkísérhetnél és anyát is üdvözölhetnéd.- kérlelte Catherine.

-Nem bánom, de csak egy perc erejéig, mert még meg is kell keresnem ismerősöm lakását. Ha lekésem az ebédet, képes elevenen felfalni.

-Nem is voltál még nála?

-Most járok először ebben a városban.

-Mégis ilyen fontos személy? Gondolom nem régóta ismered?- puhatolózott Catherine, érezhető szemrehányással hangjában.

-Ha kevéssel is, de régebbi ismerősöm vagy.

-Hát, jó. Szívesen elmagyarázom merre menj, feltéve ha elárulod a címet.

-Majd inkább fent.

Közben beszálltak a liftbe és néhány perccel később az ajtó előtt álltak. Catherine nem akarta keresgélni a kulcsát, inkább röviden csöngetett.

-Ki az?- hallatszott belülről a harsány kiáltás.

-Egy nagy meglepetés.- jött a mindent elsöprő válasz.

Kinyílt az ajtó, s a következő pillanatban anya és leánya kitörő örömmel borult egymás nyakába. Kiszabadulva az ölelésből Catherine betessékelte a türelmesen várakozó Danielt, majd megpróbálta heccelni Maryt:- Na mit szólsz? Téged is meg lehet lepni, mindenről azért nem tudhatsz.

-Gőzöm sincs, miről beszélsz. Az lett volna a meglepetés, ha lekésitek az ebédet.- válaszolt Mary diadalittasan.

Közben átmentek az ebédlőbe, ahol három személyre volt terítve, ráadásul az ünnepi alkalmakhoz használatos étkészlettel. Catherine kérdőn tekintett Danielre, aki próbált meghúzódni a sarokban, de így sem térhetett ki a felelősségre vonás elöl.

-Mondtam neked, az ismerősöm nagyon erős személyiség, csak elfelejtettem közölni, te is jól ismered.

-Ezek szerint anya tudott jövetelünkről?

-Picikém, előbb tudtam róla, mint te.- mondta Mary nevetve.

-Szóval egy összeesküvés áldozata lettem?

-Azért túlzás lenne így nevezni. Minden nap zaklattam Danielt telefonon és kifaggattam mindenről, ami veled kapcsolatos volt. Azt is tudtam, már tegnap haza jöhettél volna, de te inkább lófráltál a városban. Hálám jeléül, amiért gondoskodott rólad, meghívtam ebédre. Volt olyan kedves és elfogadta. Nehogy hibáztasd szegény embert, mert semmiről se tehet.

-Szegény ember olyannyira ártatlan, hogy visszaélt a helyzetével és alaposan átvert. Ezek után azt se hiszem el, ha szüléskor azt közli fiam lett, mert biztosan kisleány.

-Az is elképzelhető, mindkettő összejön.- szólalt meg Daniel tettetett komolysággal.

-Tessék?

-Nem mondtam még?

-Mit?

-Ikreket vársz.

-Ja, mindjárt négyes ikreket.- nevetett Catherine rövid habozás után.- Ne akarj megint becsapni.

Daniel késő este indult haza. Addig pompásan érezte magát és nagyon jó kedve kerekedett a két nő társaságában. Nem győzte dicsérni Mary főzőtudományát, annyira ízlett neki az ebéd és a vacsora is. Catherine lekísérte a kocsiig, míg Mary nem tartott velük.

-Nem is értem, hogy tudtok ilyen koszt mellett nem elhízni.- jegyezte meg Daniel, mielőtt kinyitotta volna a kocsi ajtaját.

-Egy kis önuralom, nagy adag akarat, na meg azért alkat kérdése is.- válaszolt Catherine mosolyogva.

Álltak egymással szemben az út menti villanyoszlop gyér fényében. Nehéz volt a búcsú az együtt töltött napok után. Nem adtak hangot gondolataiknak, de mindketten biztosak voltak benne, hiányozni fog a másik társasága. Végül Daniel törte meg a csendet:- Hát akkor, szervusz Catherine. Egy hét múlva várlak.

-Ott leszek és akkor megbeszéljük, mikor jössz újra. Tudod, tartozom egy városnézéssel!

-Jó lenne minél előbb sort keríteni rá, nehogy később nehezedre essen a mozgás.

-Rajtam nem múlik, te vagy elfoglalt. Bármikor szívesen látlak.

-Élni fogok a lehetőséggel.

-Daniel!- szólt Catherine olyan hangsúllyal, mint aki valami nagyon fontosat szándékozik mondani.

Ezt a férfi rögtön felfedezte, akaratlanul közelebb lépett és tétova mozdulattal végigsimított a nő arcán. – Hallgatlak.- mondta alig hallhatóan. Legszívesebben itt maradt volna gyermeke és Catherine közelében, de nem tehette. Kissé elszomorította a tény, ám nem lehetett elégedetlen, hisz sokat haladt előre.

-Nagyon köszönök mindent és örülök neki, hogy egy új baráttal lettem gazdagabb.

-Érzéseim hasonlóak, s bízom a folytatásban. Nemrég el se tudtam volna képzelni, hogy egyszer újra élni fogok. Mára ez megváltozott. Nem hihetetlen?

Daniel úgy érezte, túl sokat mutatott meg magából, ezért válaszra sem hagyva időt elköszönt és elhajtott kocsijával.

Gyorsan teltek a hetek és ezzel együtt rohamosan közeledett a nagy nap. Catherine terhe egyre nagyobb lett, de szerencsére semmilyen komplikáció nem árnyékolta be mindennapjait.

Daniel szerint szép nagy, egészséges gyermek fog hamarosan világra jönni. A nemét, Catherine kérésének megfelelően nem árulta el, sőt eleget tett azon óhajának is, miszerint Maryt se avassa be a titokba. Nem volt könnyű dolga, de azért derekasan állta a jövendőbeli nagymama vehemens rohamait, aki majd kibújt a bőréből kíváncsiságában.

Catherine még a veszélyét is el akarta kerülni annak, hogy ne Danielnél szüljön, ezért ellenkezés nélkül egyezett bele a férfi javaslatába, és a kiírás előtt két héttel befeküdt a klinikára. Maryt nem lehetett otthon tartani, ismét szobát bérelt a közelben, így Catherine napközben nem maradt magára. Este pedig ott volt Daniel, aki rendre bevállalta az éjszakai ügyeleteket, csak kéznél legyen, ha Catherinének szüksége lenne rá. Szinte minden szabadidejét nála töltötte, ott folytatták, ahol nemrég abbahagyták.

Egyik szokásos esti beszélgetésük során, Daniel váratlan kérdést tett fel:- Sikerült már teljesen feldolgoznod férjed elvesztését?

Catherine meglepődött, mert nem szokták szóba hozni sorsuk szomorú eseményeit, de azért szívesen válaszolt Danielnek:- Azt hiszem igen, ha egyáltalán fel lehet ezt teljességgel dolgozni. Ha egyszer felépítetted a magad boldogságházát, s egyszercsak a hurrikán porrá zúzza, azt sosem tudod elfelejteni. Viszont meg kell próbálkozni egy új ház építésével. Ezt már elkezdtem, leraktam az alapot. Itt hancúrozik a kezem alatt.-

végigsimított hasán, tartott egy kis szünetet, aztán folytatta:- Lesz egy imádnivaló gyermekem és anyával karöltve felhúzzuk a falakat. Talán egyszer jön valaki, aki befedi tetővel az én új házamat.

-Ezek szerint létezhet olyan férfi, aki helyet kaphat életedben, s képes lennél szeretni?

-Bízom benne.

-Bárki is lesz, szerencsésnek vallhatja magát.

-Veled mi a helyzet?

-Igyekszem követni példádat. Talán ha nekem is olyan alapom lenne, mint neked, könnyebben boldogulnék.

Daniel legszívesebben ott helyben elmondta volna az igazságot, feltárta volna féltve őrzött titkát és a nőre bízni sorsuk alakulását. Végül Catherine iránti féltése felülkerekedett hirtelen jött szándékán, hisz nem tehette ki ilyen sokkhatásnak, közvetlenül a szülés előtt.

Következő este elmaradt a mindkettőjüknek oly kedves beszélgetés, a meghitt együttlét. Heves vihar tombolt odakint. Villámok cikáztak szerte-széjjel, eget rengető dörgések kísérték táncukat, miközben utat és behatolási helyet kerestek a föld mélyébe. Hatalmas zápor zúdult az elárvult tájra, menekülésre késztetve azt a néhány elvetemültet, akik nem vették komolyan a sötéten tornyosuló felhőket.

Daniel este nyolc előtt néhány perccel jelentette ki a tényt, miszerint a vihar bent is elkezdődött. Egyik kollegája átvette tőle az ügyeletet, így ő csakis Catherinére összpontosíthatott.

Tapasztalt, gyakorlott nőgyógyász volt, aki szülések sokaságának a levezetését tudhatta maga mögött. Most mégis olyan izgatottságot érzett, mintha először kellene bizonyítania szakmai felkészültségét.

Mindig együtt érzett a szenvedő nőkkel, mindig aggódott anya és gyermeke egészségéért, elkövetett minden tőle telhetőt, de most minden egészen más volt. Féltette Catherinét és a picit, s gondolni se mert esetleges nehézségek felmerülésére.

Bízott önmagában és tudta bármilyen helyzetben megállja a helyét, tudja mit kell tenni. Mi van, ha mégse? Mi történik, ha hibázik, vetődött fel benne. Olyan nem fordulhat elő, határozta el magát, legyőzve félelmét. Megacélosodott lélekkel lépett be a szülőszobába, s gondosan ügyelt rá, a szokásosnál is nyugodtabbnak és magabiztosabbnak tűnjön.

A vajúdás hosszú és kimerítő volt, egyaránt próbára tett szülőanyát, segítő orvost, s egyben aggódó apát. Odakint már nyoma sem volt a természet tombolásának, de bent még javában folyt a küzdelem.

A szülőágyon hosszú órákig szenvedő Catherinének olyan fizikai fájdalmat kellett elviselnie, ami minden korábbi képzeletét felülmúlta. Szenvedésén, Daniel odaadó gondoskodása, együttérzése sem tudott enyhíteni. Amikor éppen nem orvosi teendőit látta el, vagy gyengéden törölgette a nő verejtékező homlokát, vagy elszoruló szívvel állta karján érezve a szenvedő markának eszeveszett erejű szorítását, vagy bátorító szavak formájában próbált lelket önteni a végső erőtartalékait mozgósítónak.

A legnehezebb pillanatokban kínzó düh kerítette hatalmába. A tehetetlenség és kiszolgáltatottság dühe volt ez, amiért nem osztozhatott a másik szenvedésében.

-Legalább egy kis részt magamra vállalhatnék szenvedésedből, mennyivel könnyebb lenne. –suttogta végső elkeseredésében.

Catherine lelke azonban erős volt és egy pillanatig nem adta fel, szinte hang nélkül viselte sorsát. Sokat jelentett Daniel, aki átsegítette a holtpontokon. Sosem fogja feledni mindazt, amit nem mint orvos cselekedett. Örökké érezni fogja a szerető simításokat homlokán, mindig hallani fogja a fájdalomtól ugyan elmosódó, de annál szívhez szólóbb szavakat. Másképp fog tekinteni a férfire, pedig azelőtt is nagyon kedvelte őt.

Aztán eljött a pillanat, mely kárpótlást nyújtott minden korábbi gyötrelemért. A pillanat amikor tovaszáll minden fájdalom, még az emléke is a múltba vész észrevétlenül. Az a pillanat, amikor Daniel diadalittasan helyezte Catherine hasára a hangosan felsíró gyönyörű kisfiút.

Daniel határtalan boldogsággal szívében gyönyörködött a látványban. Úgy érezte, ezt a két embert soha többé nem engedi el a közeléből, olyan felszabadult érzés kerítette hatalmába, mintha minden gondja megoldódott volna hirtelenjében. Nem sokáig tartott ez az állapot, eszébe jutott Charlotte, kinek ugyanez az öröm, ugyanez a sors járt volna, ám mégse. Visszatért a mennyből a földi valóságba és tudta, a nehezén még nincs túl, az ő igazi megpróbáltatásai most kezdődnek.

Hosszú órákig feküdt ágyában, fáradtan és kimerülten. Beszélni se nagyon volt ereje, ám mégis öröm járta át lelkét, amikor meglátta Daniel fejét felbukkanni az ajtóban.

-Voltam már többször bent, míg aludtál. Nem is akarlak sokáig zavarni, csak tudatni jöttem: a pici remekül van és hamarosan hozzuk szoptatni, de addig szigorúan pihenned kell. Különben csodálatra méltóan viselted e rendkívül nehéz szülést.

Catherine hálásan nézett fel rá, hallgatott kicsit, nem igazán tudta szavakba önteni, amit szeretett volna Daniel tudomására hozni.

-Köszönöm, hogy végig mellettem voltál. Sokat jelentett a közelséged.- mondta erőtlenül.- Ez nem az orvosnak szólt. Szeretném, ha ezt tudnád. -fűzte még hozzá, rövid szünetet követően.

-Remélem ez nem csak a múltra vonatkozik. Ezután is számíthattok rám mindketten, bármikor.- mondta Daniel és finoman megszorította Catherine ágyon heverő jobb kezét.- Szép gyermeknek adtál életet.- tette még hozzá, mire a nő viszonozta a szorítást.

Julia nővér óvatosan nyitott be az ajtón, nehogy felébressze valamelyik picit. Mielőtt belépett volna, tekintete megakadt az egyik sarokban, ahol a főorvos állt háttal neki, épp magasba emelve feje fölé az osztály legifjabb csecsemőjét. Gyönyörködött benne kicsit, aztán gyorsan visszafektette helyére. Megcirógatta arcocskáját, gügyögött neki egy keveset, végül csókot lehelt homlokára.

Meglepett mosoly lopódzott a nővér orcájára, sosem látta ilyennek a mindig tekintélyt parancsolóan komoly főorvost. Mielőtt az felfedezte volna, nesztelenül behúzta az ajtót és kuncogva eliszkolt.

Meg sem állt legjobb barátnőjéig, akinek rögvest elújságolta a látottakat. Jane szülésznő volt és egyáltalán nem lepődött meg a hallottakon.

-Ajjaj! Hátha még láttad volna, mit művelt a szülés alatt a mi nagyra tartott főnökünk. Az a sejtésem révbe ért végre, aminek szívből örülök.

-Úgy érted, lehet valami közte, meg az anya között? Esetleg …

-Pszt!- fojtotta bele a szót Jane.- Ehhez aztán semmi közünk, s nem szeretném, ha kósza pletykák kezdenének terjengeni.

-Megbízhatsz bennem. Azért sajnálom, hogy ezúttal nem a nővérek közül választott, mint annakidején. Jó esélyem lett volna.- tréfálkozott Julia, mire Jane megfenyegette mutatóujjával.

Daniel becsöngetett Roberthez és reménykedett benne, a váratlan látogatás ellenére otthon találja. Megkönnyebbülten észlelte a bentről kiszűrődő léptek zaját. Nem akarta az estét otthon tölteni magányosan, ünnepelni akart, megosztani örömét valakivel.

Kinyílt az ajtó és megjelent Robert bozontos üstöke.- Milyen kellemes meglepetés!- örvendezett, megpillantván barátját.

-Van nálam egy üveg kiváló minőségű pezsgő, megihatnánk együtt!- invitálta Daniel köszönésképpen a teljesen meglepett Robertet, majd széles mosollyal arcán ölelte meg.

-Ezt nevezem pompás ötletnek, de elárulnád milyen jeles alkalomnak köszönhetően, s mitől vagy ily feldobódott állapotban? De mindenekelőtt kerülj beljebb.

-Tudod jól, sosem kedveltem a hazugságot, ezért elárulom: jó okom van az ünneplésre. Hogy mi, azt egyelőre nem árulhatom el senkinek. Kérlek légy megértő, és ne haragudj ezért rám, s próbálj osztozni örömömben.

-Ami azt illeti, még sosem voltál ilyen titokzatos, de biztos meg van rá az alapos okod. Úgyhogy bontsuk hamar azt a pezsgőt, s örüljünk gyorsan.

-Köszönöm megértésed!- hálálkodott Daniel, miközben nagy durranással találta telibe a dugóval az ékesen terpeszkedő kristálycsillárt.

-Szerencsére Clarissa később jön haza, most biztos hüledezne.- nevetett Robert és az üveg szájához tartotta poharát.

Daniel töltött mindkettőjüknek, aztán magasba emelve poharát ünnepélyesen szónokolt:- Igyunk valaki egészségére, akit most nem nevezhetek meg!

-Az egészségére ennek az ismeretlennek, de remélem egyszer azért fény derül kilétére.

Az összekoccanó poharak csilingelő hangja bejárta az egész lakást, míg a két férfi fenékig itta tartalmukat.

-Ígérem, mindent tisztázni fogok, ha egyszer módom lesz rá, mert nem csak rajtam múlik.

-Na ez egyre bonyolultabb. Az a sejtésem, olyan jeles eseményt ünneplünk, hogy megérdemel egy kis whiskyt is kísérőnek. Mit szólsz az ötlethez?

-Nem bánom, ma mindent szabad.

Órákig tartott a duhajkodás. Clarissa hazatértkor jót derült az enyhén spicces férfiak láttán és maga is benevezett egy pohár pezsgőre. Nem faggatózott, csak sejtelmesen mosolygott Daniel ünneplésén.

Későre járt nagyon, amikor TAXI-t hívtak, s Daniel hazatért otthonába. Fáradtan terült el megvetett ágyában és elégedetten idézte fel a nap eseményeit, majd megpróbálta higgadtan elemezni a kialakult helyzetet. Az elfogyasztott alkohol nem gátolta ebben, sőt segített háttérbe szorítani félelmét, lecsillapítani viharos hullámként tornyosuló aggályait.

Jó néhány kérdésre választ kapott a közelmúltban, ami elősegítette gondolatai letisztulását. Kezdett határozottan körvonalazódni a jövővel kapcsolatos elképzelése.

Legfontosabb felismerése rávilágított: Catherine már nem csak a gyermeke anyját jelenti számára, hanem azt a nőt is, akibe szerelmes tudna lenni. Érezte, a szíve mélyén már elkezdődött valami, csak nem akarta elismerni. Biztos volt benne, a nő is hasonlóan érez iránta, de addig nem közelíthet férfiként hozzá, amíg nem tisztázta gyermekük nemzésének körülményeit. Ezzel el is érkezett a legnehezebbnek ígérkező feladat áttekintéséhez.

Mikor és hogyan közölje a várhatóan hatalmas megdöbbenést kiváltó valóságot? Mit fog Catherine róla, de legfőképp Charlotteről gondolni? Pusztán a gondolattól is iszonyodott, hogy felesége emlékét bármi és bárki megsértse, még akkor is ha jó oka van rá, még akkor is ha Charlotte zavart állapotban, végső elkeseredésében beleavatkozott mások életébe, amihez egyáltalán nem lett volna joga.

Mindezek ellenére Daniel tudta, előbb-utóbb ki kell valamit találnia, mert Catherinének joga tudni, ki is ő valójában. Halogatni pedig nem érdemes, mert a késlekedésnek súlyos következményei lehetnek. Egyre jobban tudatosult benne az egyetlen megoldás, az igazság kendőzetlen beismerése.

Vajon lesz-e elég ereje megtenni, vetődött fel benne a kérdés. Egyelőre nem tudta a választ. Miért is vetemedett Charlotte ilyen cselekedetre? Valószínűleg azért, hogy gondoskodjon kedvese boldogságáról, s ha szerencsésen alakulnak a dolgok, elérte célját. Mi lenne most vele, ha Charlotte nem kever össze mindent? Itt állna-e ugyanígy, karnyújtásnyira a boldogság kapujától, vagy élne továbbra is fiatal aggastyánként? Vajon mit tanácsolna Charlotte, hogyan birkózzon meg a feladattal? A válasz elég egyértelműnek tűnt, de nem volt mersze elszánni magát.

Ilyen és ehhez hasonló gondolatok keveregtek agyában, egészen addig, míg el nem aludt.

Reggel kissé zúgó fejjel ébredt, sose bírta az alkoholt. Nem szokott hozzá az este fogyasztott mennyiséghez, ráadásul keverte is. Azonban egyáltalán nem bánkódott, csak azon bosszankodott, hogy kicsit tovább szedelőzködött a kelleténél és késésbe került.

Beviharzott a klinikára, felkapott egy fehér köpenyt, s első útja Catherinéhez vezetett. Megható látvány fogadta, belépvén a friss illatú szobába, ahol nemrég szellőztethettek. Catherine ült ágyában, hátát a támlának döntve. Karjában lágyan ringatta a hófehér pólyából épphogy kilátszó angyali gyermeket. Édesgette, cirógatta babáját, s halk búgó hangon dúdolt neki.

Észre se vette az érkezőt, aki megállt nem messze tőlük, s néhány percig csodálta őket. Catherine megérezhette a figyelő szemeket, megemelte fejét és észrevette Danielt.

-Gyönyörűek vagytok külön -külön is, de így együtt még inkább.- szólt a férfi.

-Én köszönöm a bókot, a kis Samuel pedig az elismerést.

-Egyiket se szántam bóknak, nem szoktam osztogatni.

Elégedett mosoly suhant át Catherine arcán, jólesett hallani a dicsérő, ám annál őszintébb szavakat. Rég volt már, amikor adott arra, minél vonzóbb és kívánatosabb legyen, azonban az utóbbi időben egyre többször támadt ilyen vágya, s el is határozta: a szülést követően minél előbb visszanyeri korábbi önmagát. Azzal is tisztában volt, ebben nagy szerepet játszott Daniel.

-Nézd csak Samuel, megkerült a mi elveszett őrangyalunk! Kicsit késett, de azért nem feledkezett meg rólunk. Csak az a baj, mindenki rajtunk kereste.- csipkelődött Catherine jóízűen.

-Tudják hova vezet mindig az első utam. Elnézést a kellemetlenségért, na meg azért is, hogy ilyen észrevétlenül rátok rontottam. Hiába kopogtam többször, nem jött válasz, így kénytelen voltam benyitni.

-Nem tesz semmit, én voltam figyelmetlen. Örülök látogatásodnak, ami már többünknek szól.

-Így igaz és látom, minden a legnagyobb rendben.

-Te viszont cudarul festesz, csak nem vagy beteg?

-Nem, dehogy. Nagyon rosszul aludtam, talán a késő esti vacsora tette.- füllentett Daniel.

-Rád férne egy kiadós pihenés, agyon dolgozod magad.- sajnálkozott Catherine.

-Mindenképp sort kerítek rá, mihamarább. Most, hogy túl vagyunk a szülésen módom is lesz rá.

-Miattunk nem mentél szabira?

-Gondolod, nyugodtan tudtam volna lenni?

-Te olyan jó vagy Daniel, nagyon fog hiányozni a közelséged.

-Majd megyek látogatóba, ha nem zavarok.

-A vendégszoba mindig a rendelkezésedre fog állni, és figyelmeztetlek: ne feledd előbbi ígéreted! Esetleg, ha nem bírnád a gyereksírást, van egy hétvégi házunk, ott is éjszakázhatsz.

-Szerinted én vagyok az, akit ilyesmi zavar? Különben is, Samuel csak nevetni tud.

-Ne kiabáljuk el!

A kisember ráérezhetett a téma komolyságára, mert a következő pillanatban fülsiketítő panaszkodásban tört ki. Daniel mosolyogva sietett dolgára, Catherine pedig anyai gyengédséggel szorította magához féltve őrzött kincsét. Nem sokáig élvezhette a felemelő érzést, hamarosan betoppant Mary, aki egészen addig birtokolta a picit, amíg el nem vitték.

Köszönhetően anya és gyermeke kiváló egészségi állapotának, Daniel kénytelen- kelletlen úgy döntött, hazaengedi őket. Csodálatos volt ez a pár nap, mikor a közelükbe lehetett azoknak, akikért a szíve dobog. Elkeseredetten vette tudomásul, ennek vége, de eltökélte, ez az állapot csak átmeneti lesz. Alakulgatott fejében egy terv, hogyan maradjon a közelükben, már csak a kivitelezéssel volt baj. Szerette volna elkerülni, hogy tolakodónak tűnjék.

Hosszasan töprengve ballagott végig a hosszú folyosón, míg elérte a szobát, ahová naponta oly sokszor tért be. Catherine épp egyedül volt, olvasgatott unalmában. Meglátva Danielt letette a magazint és megigazította köntösét.

-Gondolom lejárt a munkaidőd?- nézett Catherine a faliórára.

-Igen és jó éjt jöttem kívánni, mielőtt hazamegyek.

-Holnaptól eggyel kevesebb gondod lesz, mi már nem leszünk itt.

-Holnaptól semmi gondom, ugyanis én se leszek itt.

-Hogyhogy?

-Négy hét szabira megyek, megfogadtam tanácsod.

-Azért reggel még találkozunk?

-Olyannyira, hogy szeretnélek haza is vinni benneteket.

-Nem rabolhatjuk szabadidőd drága perceit!

-Pedig én ezt szeretném.

-Így egészen más. Szívesen fogadjuk a felajánlást. Tényleg, hol szándékozod tölteni a vakációdat?

-Magam se tudom. Nincs valami jó ötleted?

Catherine törte kicsit a fejét, azután előállt néhány javaslattal, melyek egyike se nyerte el Daniel tetszését, bár mind vonzó üdülőparadicsom volt.

-Mégis mire vágysz pontosan?- érdeklődött kíváncsian.

-Egy csöndes és nyugodt, de azért lehetőleg hangulatos helyre. Élvezhessem a magányt, ha épp arra vágyom, de legyen kihez szólnom, ha úgy kívánom.

-Tudsz ilyen helyet?

-Nem igazán, hacsak az otthonom nem nevezhető ilyennek. Ott aztán egyedül vagyok, s ha kedvem úgy tartja átugrok Robert barátomhoz. Legfeljebb a hangulatos jelzőt elhagyjuk.

-Nekem lenne egy javaslatom.- élénkült fel Catherine.

-Ugye nem a Bahamák, mert az kimaradt az előbbi sorból.

-Csúnya vagy, ne tarts ennyire szűklátókörűnek!- méltatlankodott Catherine, aztán komolyra fordította a szót:- Említettem a hétvégi házunkat. Egy kis tó partján fekvő, otthonosan berendezett lakra gondoljál, ahol madárcsicsergés vegyül a fák suhogásába. Lehet csónakázni, nagyokat kószálni a környező erdőkben. Kihalt az egész táj, a pihenni vágyót semmi és senki se zavarja. Ha mégis szórakozni vágysz, közel a város, ott mindent megtalálsz. Amikor pedig társaságot kívánsz, fél óra alatt nálunk lehetsz. Szívesen a rendelkezésedre bocsátjuk, ha megfelel.

Danielnek feltűnt Catherine arcának ragyogása, amikor érezhető elérzékenyüléssel beszélt a helyről.

-Nagyon kedves neked ez a lak, ugye?

-Igen, apámra emlékeztet. Ő építette saját kezűleg. Sok szép percet töltött ott a család.

-Jónak tűnik az ötlet, de még azért aludjunk rá egyet.- halasztotta el színlelt komolysággal a döntést Daniel, pedig legszívesebben pördült volna egyet tengelye körül és összecsókolta volna Catherinét.

-A színházi választék is kiváló városunkban. Tudom, mennyire szereted az előadásokat.- folytatta az érvelést Catherine.

-Egyedül nem szeretek színházba járni.

-Csak erősödjek fel annyira, majd elcsallak magammal.

-Így már tetszik a dolog.- adta meg magát Daniel.

13.

Remekül érezte magát a tóparti lakban, már amikor ott tartózkodott. Ideje nagy részét ugyanis ott töltötte, ahol mindig szívesen látták, ahol lassan családtagnak számított. Nem tartotta már magát tolakodónak, haszontalan látogatónak, aki csak a háziak idejét fecsérli, mert érezte az őszinte szeretetet, mellyel őt ott illették.

Ő pedig levetkezte gátlásait, eltaszítá gyötrő gondolatait és szabadjára engedte valódi énjét. Ha úgy hozta a pillanat szórakoztatta társait, puszta jelenléte biztosítéka volt a jókedvnek és vidámságnak.

A házi teendőkből is jócskán kivette részét, nagy segítséget jelentvén a lábadozó Catherinének, és a sok teendőtől egyre fáradékonyabb Marynek. Nem volt rest megismerkedni a felmosóval, szoros ismeretséget kötni a porszívóval. Egyedül a főzésbe nem kotnyeleskedett bele, az megmaradt Mary felségterülete. Hanem a legtöbb időt mégis a kicsi körül foglalatoskodott. Megragadott minden adandó lehetőséget, hogy törődhessen vele, beszélhessen hozzá, megérinthesse, gyönyörködhessen benne.

Catherinével való kapcsolata is úgy alakult, ahogy szerette volna. Egyre bensőségesebb és elmélyültebb beszélgetések zajlottak közöttük, egyre gyakoribbakká váltak a nő sokatmondó, várakozással telt pillantásai. Daniel tudta, rajta lenne a kezdeményezés sora, ám még mindig mázsás teherként nyomta szívét a nagy titok, mely egyelőre áthatolhatatlan falként ékelődött közéjük.

Mary is szívébe zárta új barátjukat. Gyakorta figyelte lopva a meghitt jeleneteket, amint férfi és nő közös erővel igyekszik a pici kedvére tenni, ahogy ez szokás egy egészséges családban. Ilyenkor mosolygott sejtelmesen, s erősen bizakodott valamiben.

Daniel esténként élményekkel telve terült el a tóparti fövenyen, szemeit az égre szegezve átadta magát a tudatnak, ismét volt egy csodás napja. Mióta itt lakott, mindig tiszta égbolt mutatta magát, s a csillagok a holddal karöltve bíztatták: *Tedd meg, tedd meg!*

De ő csak várt egyre, egészen az utolsó napig. Akkor számot kellett vetni önmagával. Vagy megcselekszi, mit meg kell, a nő kegyére bízva sorsát. Vagy megfutamodik és tovább halogat. Ez utóbbi nem volna jó megoldás, mert ha ő haza megy, meglehetősen ritkán fognak találkozni. Talán sose lesz ilyen kedvező a helyzet, mint most, amikor minden úgy egybevág. Na és mit szólna Catherine? Látja rajta a várakozást, hogy mikor billen át kapcsolatuk azon a ponton, amin látszólag megakadt, s alakul át azzá, amivé mindketten szeretnék? Ha ő most elmegy, anélkül hogy jelét adná tényleges vonzalmának, nem érezné-e Catherine magát joggal becsapva?

Ekképp őrlődött nagy zavarában, végül köztes megoldást választott: két héttel meghosszabbítja szabadságát, legalább addig bizton lubickolhat a boldogságban. Utána pedig nincs kibúvó, megcselekszi a kötelezőt.

Catherine szép lassan felerősödött, a pici napról-napra gyarapodott. Mary teljesen unokája rabjává lett, de azért bőven jutott kimeríthetetlen szeretetéből, kedves gondoskodásából leánya számára is. Daniel állandósuló jelenléte tette teljessé a képet, egészen addig, míg egy pénteki nap bejelentette: Vasárnap visszatér otthonába. Előtte viszont szeretné, ha Catherine betartaná ígéretét és elkísérné egy színházba.

Catherine mosolyogva nyúlt a beépített szekrény fiókjába, és előhúzott két jegyet Szombat estére, melyeket jó előre lefoglalt.

Daniel korábban tért haza átmeneti otthonába, nehezen viselte a bejelentése nyomán kialakult visszafogott hangulatot. Szokásához híven hanyatt feküdt az udvaron és kérdőn kémlelte az égboltot. Az most először volt borús idejövetele óta, nem volt ki bíztatást adjon elszorult szívének. Csak a feltámadó szél fújta fülébe vészjóslóan: *Ne tedd meg, ne tedd meg!*

Ráérősen andalogtak a kietlen parkon keresztül, az élvezetes előadást követően. A hold tele arccal, szélesen vigyorogva kémlelte őket, éjszakai fényt vonván köréjük, megvilágítva ezzel útjukat.

Sokáig elemezgették a darabot, mely elnyerte tetszésüket. Nem messze jártak a lakástól, amikor Daniel úgy látta elérkezett a cselekvés ideje. Catherine szintén úgy vélte, most történnie kell valaminek, amit már várt egy jó ideje.

Daniel megfogta partnere kezét, gyengéden maga felé vonta és mélyen a szemébe nézett.

-Catherine! Szeretnék valami nagyon fontosat mondani.

Catherine állta a férfi tekintetét, s arcán az oly régen látott csalfa, csábos mosollyal válaszolt:- Csak nem akarsz megint becsapni valamivel?

-Sosem tudnálak komolyan becsapni, amit pedig el akarok mondani, az nagyon fontos dolog.

-Izgatottan hallgatlak.- suttogta Catherine.

Néhány percig nézték egymást, Daniel nem tudta, hogyan kezdjen bele féltett titkának elmondásába. Váratlanul erős férfihang szakította meg az éjszaka nyomasztó csendjét. Még a hold is elbújt ijedtében egy arra járó felhő takarásába.

-Jó estét kívánok! Taylor őrmester vagyok, kérem igazolják magukat!- szólította fel őket a felbukkanó rendőrök egyike.

Készségesen nyújtották át papírjaikat, s türelmesen vártak, míg a rend őrei átvizsgálták azokat. Miután végeztek, egyikük így szólt:- Köszönjük szépen!

Figyelmeztetnem kell önöket, nem ajánlatos ilyenkor itt tartózkodni. Az utóbbi hetekben több ízben is rablók garázdálkodtak a környéken, ezért voltunk kénytelenek megzavarni önöket.

Amilyen váratlanul bukkantak fel, olyan hirtelen tűntek el a sötétben. Daniel és Catherine megfogadva a jó tanácsot, sietős léptekkel indult haza. A lépcsőház bejárata előtt, mielőtt búcsút vettek volna egymástól, Catherine megpróbálta felrázni az időközben szótlanná váló Danielt.

-Szóval, mit is akartál mondani?

-El szeretnélek holnap hívni magammal, számomra egy nagyon kedves helyre. Eljössz velem?

-Ez volt az a rendkívül fontos dolog?

-Nem, majd holnap arról is beszélünk.

-Csak ketten?

-Igen.

-Hová lenne a menet?

-Ne légy kíváncsi, majd meglátod.

-Nem bánom, de azért ez igazságtalanság, hogy duplán kíváncsivá tettél.

-Jó éjt! Ebéd után indulunk.- köszönt el Daniel kurtán.

-Neked is!- viszonozta Catherine és eltűnt a lépcsőházban.

Daniel beült kocsijába és nekivágott az előtte lévő útnak, a tóparti házig. Bosszankodott, amiért nem tudta megvalósítani tervét, s nem szabadult meg titkától.

Holnap viszont bármi legyen is, pontot tesz az ügy végére, hozta meg a visszavonhatatlan döntést.

Catherine kissé fáradtan süppedt bele a kényelmes fotelba, mely a nappali egyik sarkában volt elhelyezve. A picike édesdeden aludt. Jó baba lévén, az egész éjszakát nyugton szokta tölteni. Mary leült leánya mellé és beszélgetni kezdtek.

-Hogy éreztétek magatokat?

-Pompásan.

-Hogy állsz Daniellel?- tért rá Mary a lényegre, az udvarias bevezetést követően.

-Nagyon kedvelem őt, s élvezem a társaságát. A legjobban az tetszik benne, mennyire szereti Samuelt, szinte sajátjaként.

-Amit eddig mondtál, azzal én is tisztában vagyok, de arra lennék kíváncsi, mint férfi érdekel-e?

-El tudnám fogadni, ha......- szakította meg mondandóját.

-Folytasd csak!- noszogatta Mary.

-Ha nemcsak barátként érdekelném őt.

-Mire alapozod ezt a véleményed?

-Sosem fedeztem fel szemében azt a vágyat, ami a nőt akaró férfit jellemzi. Sosem nézett rám úgy, hogy lángra gyúljak, pedig csak rajta múlna. Még ma este se mutatta jelét férfiúi érzéseinek, pedig úgy adva volt minden. Igaz, akart valami nagyon fontosat mondani. Attól tartok, túl barátivá válik kapcsolatunk. Néha az az érzésem, valami mindig ott lebeg közöttünk, ami megakadályozza a továbblépést.

-Nem mondta el, mit akart?

-Megzavartak, de holnap valószínűleg sort kerít rá. Elhívott kirándulni. Tényleg, vállalod a picit?

-Persze.

Mary mélyen elmerült gondolataiba, leánya szavai erősen meglepték. Biztos volt benne, Catherine jól látja a dolgokat.

Catherine megzuhanyozott és várt a lefekvéssel, mert a pici ilyenkor szokott felébredni egy szoptatás erejéig, hogy aztán reggelig húzza a lóbőrt.

Nem kellett sokáig múlatni az időt, hamarosan erőteljes sírás jelezte, valaki nagyon megéhezett. Néhány perc múltán nyoma se volt mindennek. A jóllakott csecsemő elégedetten bámult anyjára, nagy kék szemeit tágra nyitván.

Catherine gyönyörködött egy kicsit benne, aztán lefektette, nehogy túlságosan felébredjen őkelme.

-Ilyenkor, amikor mélyrehatóan nézem ezt a gyönyörű szempárt, mindig olyan érzésem támad, már találkoztam hasonlóval.- szólt anyja felé, aki már meglehetősen álmosnak tűnt.

-Persze hogy találkoztál, hisz szoktál tükörbe nézni, na meg azért rám is hasonlít valamelyest. –válaszolt Mary.

-Tudom, butaság amit mondok, de annyira kíváncsi lennék az apjára, úgy meglesném titkon.

-Jobb lesz, ha aludni térünk.- javasolta Mary és így is cselekedtek.

Catherine autójában lassan haladtak előre a rossz állapotú, elhagyatott mellékúton. Kátyúk sokasága lassította őket a hegyektől ölelt kanyargós szerpentinen.

-Igazán elárulhatnád, hová megyünk?- türelmetlenkedett Catherine.

-Amint felkapaszkodtunk ezen a dombon, meg fogod látni.

Valóban így is történt. A hegy túloldalán elterülő völgyben festői szépségű falucska tűnt fel szemük előtt. Béke, csend és nyugalom áradt az eléjük táruló látványból.

-De csodás!- fakadt ki Catherine.

-Ez a szülőhazám, itt nevelkedtem.- szólt Daniel büszkén.

Néhány perccel később megálltak egy takaros házikó előtt, amely a falu szélén csörgedező patak partján állt. Daniel kiszállt, rövid kotorászást követően kihalászott egy kulcsot zsebének mélyéből, s kinyitotta a kovácsoltvasból készült bejárati kaput.

-Fáradj be, egykori otthonomba!

-Nem lakja senki?

-Szüleim egyetlen, de annál értékesebb öröksége ez számomra. Anyám öt, apám három éve hunyt el. Azóta csak én népesítem be egy-egy hétvégére, amikor igazi pihenésre vágyom. Nem adnám el semmi pénzért, ez az egyetlen kézzelfogható emlék róluk. Ha mégis megtenném, az azt jelentené világgá mentem, s többé nem térek vissza.- mondta Daniel, miközben szemével egy magasan szálló sas fenséges röptét kísérte a távoli égbolton.

-Gondoltam leellenőrzöm, minden rendben van-e, hisz két hónapja nem jártam erre. Ugye nem bánod, hogy elcsaltalak?

-Egyáltalán nem. Kimondottan jólesik kitörni a városi forgatagból. Ráadásul egy ilyen helyre. Tudod mennyire szeretem a természetet.

Odabent tisztaság és rend honolt, ami nem csupán a véletlen műve volt. Egy helybéli asszony gondoskodott minderről a szükség szerinti rendszerességgel, némi fizetség fejében. A biztonság kedvéért, Daniel előre jelezte jöttüket.

-Először is, kell néhány szót váltanom a háziasszonnyal, meg vennünk is kéne valami ennivalót. Sétáljunk el és intézzük el mindezt!- javasolta Daniel.

Catherinének nem volt kedve vele tartani. Nem vágyott a helybéliek kíváncsi tekinteteire, melyek a betérő idegent szokták követni ilyenkor. Főleg ha az nő.

-Inkább maradnék és körbenéznék a portán.

-Ahogy gondolod, foglald el magad kérlek! Pár perc az egész, csak a bérét adom be, s itt is vagyok.

Catherine körbejárta az udvart, leült a patak partján egy erre a célra kiképzett tuskóra. Szívta magába a friss, tiszta hegyi levegőt, szinte érezte ahogy átjárja tüdejét. Elképzelte Danielt gyermekként, amint térdig gázol a csörgedező patak hűs vízében. Aztán Samuelre gondolt, aki remélhetőleg gyakori látogatója lesz e mesevilágnak.

Erre jó esélyt látott, érezte, itt ma történni fog valami, ami megváltoztatja a dolgok folyását. Látta Daniel szemében az elszánt tüzet, s az sem véletlen, hogy itt kötöttek ki a férfinek oly kedves helyen. Hazai pályán biztos a sikerében, vonta le a következtetést mosolyogva.

Aztán megelégelte a sok ábrándot, felállt helyéről és besétált a házba felderítő körútra. Körbejárt a konyhában, benézett a fürdőbe, végül a szobák következtek. Olyan egyszerű, de mégis kellemes benyomást keltő volt a bútorzat, a képek a meszelt falon, a sokéves padló. Hangulata volt az egésznek, mely magával ragadta az ittlevőt.

Mikor minden helységet kellőképpen feltérképezett, helyet foglalt a bíborszínű kanapén és várta Daniel visszatértét. Szeme megakadt egy albumon, mely az ágy melletti kisszekrényen hevert.

Valószínűleg Daniel felejtette ott legutóbb, gondolta. Odament, leült az ágyra és kezébe vette a súlyos albumot. Lassan lapozgatta és nézegette a minden bizonnyal családi ereklyét. Kíváncsian találgatta, ki kicsodája lehet Danielnek. Hamarosan felfedezte, egy gondos kéz minden kép hátuljára ráírta, kit is ábrázol.

Sikerült az első lapokon beazonosítani Daniel szüleit, nagyszüleit. A következő oldal tanulmányozása közben szeme megakadt az egyik fényképen. Hirtelen úgy érezte, mintha villám csapott volna megmerevedett testébe. Nem akart hinni a szemének, pedig kénytelen volt.

A képen egy vidáman kacagó baba volt látható, aki megszólalásig hasonlított az ő picijére. Reszkető kézzel fordította meg, és olvasta el a kissé elmosódott betűket. Daniel neve szerepelt ott, és a születési éve.

Daniel önbizalommal telve, elszántan sietett vissza dolga végeztével. Sejtése tökéletesen bevált, mert a hazai környezet kiváló hatást tett rá. Úgy érezte képes lesz megküzdeni minden nehézséggel, bármi legyen is az. Könnyű szívvel nyitott be az ajtón, nem is gondolva, mi vár ott reá.

Catherine anyatigrisként rontott a belépő férfire:- Mondd, hogy nem igaz! Mondd, hogy képzelődöm!

-Mi nem igaz? Mi a baj?- Kérdezte Daniel megszeppenve.

Catherine elétartotta a képet és folytatta tombolását:- Mondd, hogy ez nem te vagy itt!

Daniel elsápadt, miután felfedezte a tökéletes hasonlóságot.

-De én vagyok.- mondta csendesen.

-Legalább azt mondd, hogy rémeket látok, s nem te vagy Samuel apja!

-Nem látsz rémeket, a gyerek apja én vagyok.

Catherine zokogásban tört ki, s elfúló hangon folytatta:- Hogy tehettél ilyet, ez egy aljas, álnok és hazug tett volt.

-Catherine könyörgök, hadd magyarázzam meg!

-Már késő, itt nincs mit magyarázni. Ez az album, ugye nem szerepelt a tervedben?

-Mindent el akartam mondani.

-Mit mondtál volna el? Azt, hogy visszaéltél a helyzeteddel és orvos létedre szégyenteljesen cselekedtél? Azt, hogy az elmúlt hónapok közös élménye, csak egy gonosz, hideg és számító, undorító ember tervének köszönhetők? Azt, hogy mindaz a szeretet és gondoskodás, mivel elhalmoztál, csupán színjáték volt? Pedig tudtalak volna tiszta szívből, szerelemből szeretni, csak azt vártam nyújtsd értem kezed. Holott te, csak egy mellékterméknek tartasz, kin keresztül vezet az út gyermekedhez.

Daniel állt lecövekelt lábakkal, s szörnyedve hallgatta a lesújtó szavakat. Tudta, ha nem is ilyen formában, de jogos a nő felháborodása. Nehezére esett bármit is mondani, de érezte, lépni kell.

Sajnos, csak egy erőtlen próbálkozásra futotta erejéből:- Higgadj le, s később beszéljük meg!- motyogta bátortalanul.

-Nincs mit megbeszélnünk! Gyűlöllek, s ha egyszer is a közelünkbe mersz jönni, feljelentelek ocsmány bűnödért.

Catherine kiviharzott a szobából, beült kocsijába és elhajtott.

Daniel állt némán, elkeseredéssel és haraggal szívében. Catherine belegázolt becsületébe, meggyalázta őt, anélkül hogy meghallgatta és fikarcnyi esélyt adott volna. Olyan dolgokkal vádolta, miket el se követett. Az pedig, hogy közel került hozzá, nem volt tudatos, ő csak hallgatott szíve és ösztönei parancsára.

Úgy érezte örökre törölni kell szívéből a nőt, még akkor is ha ezzel le kell mondani gyermekéről, kinek úgyse kerülhet közelébe. Súlyos csapást mért rá a sors újra, egy szánalmas és nyomorult féregnek tartotta magát, aki képtelen küzdeni bármiért is ezután.

Beszélhetne vele, miután lehiggadt. Biztosan meggyőzné, akár még Charlotte levelét is megmutathatná, az tisztázna mindent. De nem, ő arra hívatott, hogy bűnhődjön és szenvedjen, akár egy bűnöző, ki kárhozatra ítéltetett.

Catherine hazaért, épphogy köszönt Marynak és beindult szobájába.

-Valami baj van picim? Nagyon zaklatottnak tűnsz.- kérdezte Mary aggódva.

-Igen anya, de most nem szeretnék beszélni róla. Kérlek bocsáss meg, reggel elmondok mindent. Meg kell nyugodjak, rendet kell tennem fejemben, ehhez pedig egyedüllétre van szükségem.

-Menj csak és pihenj!- bíztatta Mary leányát, s közben csóválta fejét. Tudta, valami nagy baj történt.

Reggelig, csak akkor jött ki szobájából, ha Samuelt nyugtatni kellett. Többször felriadt álmából, ami nem volt egyébként szokása. Ilyenkor kezében tartotta piciny, törékeny testét, végigsimított selymes haján, s tovaszállt minden dühe és bánata, helyreállt lelki egyensúlya. Mikor végzett és visszatért szobájába, újra hatalmába kerítette a kétség és bizonytalanság.

Mary nyugtalanul aludt az éjszaka, reggel pedig korábban kelt a megszokottnál. Sürgölődött kicsit a konyhában, majd bekukkantott Catherine szobájába. Meglepődve látta, hogy ébren van, sőt úgy festett, mint aki egész éjjel le nem hunyta szemét.

-Kérsz egy forró capuccinot?- kérdezte.

-Igen!- válaszolt Catherine.

Mary hamarosan visszatért, két gőzölgő csészével kezében. Lerakta mindkettőt az asztalra, s helyet foglalt leánya mellett.

-Most pedig szeretném, ha beavatnál a történetbe.

Catherine ráborult anyja vállára, jól kisírta magát, s csak utána beszélt.

-Szörnyű dolog történt!- kezdte mondandóját és részletesen beszámolt az előző napi eseményekről.

Mary szó nélkül hallgatta, komor arca aggodalomról árulkodott.

-Mit tudott felhozni mentségére?- kérdezte, miután Catherine befejezte mondandóját.

-Sajnos, olyan dühödt voltam, meg se hallgattam.

-Már megint forrófejű voltál. Úgy ítélkeztél, hogy esélyt se adtál neki. Mi van, ha ártatlan, ha valami fatális véletlen történt?- fedte meg leányát.

-Igazad van, képtelen voltam fékezni indulataimat, de egész éjjel ezen rágódtam, és nem találtam olyan magyarázatot, mely ártatlanságát igazolná.

-Valóban nehéz elképzelni, hogy ne lett volna tudomása az egészről.

-Ezt nem is tagadta.

-Azért ne feledd, az élet képes hihetetlen dolgokat produkálni! Lehet, ez is egy ilyen példa.

-Hidd el anya én lennék a legboldogabb, de ennek semmi esélye.

-Van valami, ami nem illik a képbe.- töprengett Mary hangosan.

-Mire gondolsz?

-Nem olyan embernek ismertem meg, ki képes lenne ilyen tettre. Az ő jelleme, számomra kizárja a szándékosságot. De neked jobban kell ismerned, több időt töltöttél vele.

Mary megállapítása teljes mértékben alátámasztotta egyre mardosó önvádját.

-Igen, ez megfordult már az én fejemben is, és hasonlóan vélekedem. Rendkívül nemes lelkű, mély érzésű és becsületes embernek ismertem meg, pedig ritkán szoktam tévedni, akárcsak te. Egész éjjel ezen rágódtam, emésztettem magam. Mi van, ha valamely csoda folytán mégis ártatlan? Ez esetben földig gyaláztam, minden ok nélkül. Sose bocsátaná meg a bánásmódot, teljesen jogosan. Úgy gondolom, a mi kapcsolatunk végleg befellegzett.

-Azt javaslom okulj a hibádon, s ezután higgadtan és átgondoltan cselekedj ez ügyben. Meg kellett volna hallgatnod őt, s úgy vélem, ezt még pótolhatod.

-Mit tanácsolsz, mit tegyek?

-Először is le kell csillapodnod teljes mértékben. Valószínűleg a sértettséged még sokkal erősebb, mint a megbékélésre való szándék.

-Ez így igaz.

-Várjunk néhány napot, aztán meglátjuk, mit tegyünk.

Daniel egykedvűen ült a belvárosi kávézó egyik eldugott asztalánál. Teljesen beletörődött a megváltozhatatlanba, feladta még a legcsekélyebb reményét is sorsa jobbrafordulásának. Érdektelenség és közöny jellemezte minden percét, akárcsak Charlotte halálát követően.

Egyedül a mai találkozó tudta valamelyest kizökkenteni gyászos hangulatából. Szerette volna, ha sikerrel jár, és a tárgyalás során egyezségre jutnak. Ennek érdekében megpróbálta összeszedni magát, s minél meggyőzőbb benyomást kelteni.

Időközben megérkezett, akire várt. –Szervusz!- üdvözölte az ötven körüli, elegáns öltönyben feszítő férfit. Az viszonozta a köszönést, leült a szemközti székre és rendelt egy kávét tejszínnel. Végigsimított őszülő haján, hátradőlt székében és tekintetét Danielre szegezve tette fel kérdését:- Szóval mégiscsak meggondoltad magad és számíthatunk rád?

-Igen! Elfogadnám a múltkori ajánlatot, ha még fennáll.

-Bevallom, váratlanul ért visszalépésed és kissé csalódottá tettél, de biztos okod volt rá.

-Igen, nagyon is, de már vége.

-Végérvényesen?

-Örökre.

-Nos, akkor gyorsan kell cselekednünk. El tudnád rendezni dolgaidat, mondjuk egy hét alatt?

-Megoldom.

-A többi a mi dolgunk. Ugyanazokat a feltételeket tudjuk biztosítani, mikben korábban megegyeztünk.

-Megfelel.

-Rendben. Holnap be kellene jönnöd az irodába, aláírni a szerződést. Szabaddá tudod tenni magad tíz órakor?

-Ott leszek.

A férfi kihörpintette kávéját a virágmintás porceláncsészéből, majd elnézést kért a nagy sietség miatt, és perceken belül távozott.

Catherine és Mary a nappaliban olvasgattak, elmélyedve könyveikben. Samuel jóllakottan szundikált kiságyában, s ügyet se vetett a külvilágra.

-Van konkrét elképzelésed Daniellel kapcsolatban? Eltelt egy hét.- szólalt meg Mary, teljesen váratlanul.

-Igen, mindenképp szeretnék beszélni vele, és meghallgatni mit hoz fel mentségére. Megpróbáltam hívni, de sikertelenül.

-Hívtad a munkahelyén is?

-Ott még nem.

-Próbáld meg, hátha okosabbak leszünk.

Catherine tárcsázta Daniel rendelőjét, ahol egy ismeretlen férfihang jelentkezett.

-Elnézést, Daniellel szeretnék beszélni, de azt hiszem rossz számot hívtam.- mentegetőzött Catherine.

-Ön jó számot hívott, csak Daniel nincs már itt. Én helyettesítem. Segíthetek valamiben?

-Nem , köszönöm. Magánügyből kifolyólag keresem. Mikor dolgozik újra?

-Daniel itt hagyta a klinikát, nem dolgozik már itt.

-Meg tudná mondani, hová ment?

-Sajnos nem. Egyik napról a másikra történt, senkivel se közölt semmit.

-Azért köszönöm, viszonthallásra!

-Viszonthallásra!

Catherine kérdően tekintett anyjára és kijelentette:-Holnap elutazok. Vagy a lakásán találom bezárkózva, vagy a szülőfalujában.

Daniel lerázta az esőcseppeket bőrkabátjáról, megtörölte cipőjét és belépett Roberték lakásába. Szívélyesen üdvözölték egymást, azután leültek oda, hol legutóbb a pezsgőt itták oly vidáman.

-Mi ez a búskomorság pajtás?- érdeklődött Robert.

-A búcsú sosem vidám.- válaszolt Daniel szomorúan.

-Milyen búcsú?

-Holnap reggel Afrikába utazom, ott fogok dolgozni.

-Ez tényleg nem egy örömteli hír, de gondolom időnként hazajössz? Na meg remélem, csak rövid időre mész.

-Nem akarok soha többé visszatérni ebbe az országba. Hacsak nem látogatsz meg, nem találkozunk.

Robert tisztában volt vele, sógora komolyan beszél. Látta rajta, súlyos veszteség érte a megrendült férfit.

-Tudok segíteni valamiben?

-Igen. Rajtad kívül nem tudja más, hova mentem. Kérlek te se mondd el senkinek. Ki akarok törölni mindenkit az emlékezetemből, akik fájdalmat okoztak.

Nem akarom, hogy bárki is felleljen. A házamat egy ügynökség fogja értékesíteni, a kocsimon már túladtam. Szüleim házát nincs lelkem eladni, azt néhány év múlva átírom valakire, akit nem ismersz. Addig kérlek nézzél rá néha, itt vannak a kulcsok. A bejárónő tudni fog rólad, ő továbbra is végzi a dolgát.

-Tudom, úgyse beszélnél szívesen döntésed hátteréről, de egyvalamit árulj el!

-Mi lenne az?

-Ugye, annak a Catherine nevezetű nőnek köze van sorsod ilyetén alakulásához?

-Ráhibáztál!

-Sejtettem.

-Hát akkor mennék is, majd jelentkezem. Írok levelet, vagy telefonálok. Ja, most jut eszembe! A mobilomat ott felejtettem szüleim házában. Neked adom, jussak eszedbe, ha kezed ügyébe kerül.

-Köszönöm szépen! Ígérem használni fogom, s sűrűn gondolok rád.

Hosszasan megölelte egymást a két férfi, mielőtt Daniel távozott. –Kár, hogy Clarissa és a gyerekek nincsenek itthon, tolmácsold nekik jókívánságaimat.- szólt vissza az ajtóból, és lehajtott fejjel elindult a lépcsőn lefelé.

Robert gondolataiba mélyedve járkált a lakásban, sejtése sem volt, mi történhetett barátjával, ami ennyire felkavarta őt. Egy biztos, az a Catherine lehet a titok nyitja, kinek csak a neve említésére is mély indulatok jelentek meg barátja arcán.

Hirtelen leült íróasztalához, keresgélt benne valamit, amit hamarosan meg is talált. Charlotte levele volt az, melyet elfelejtett elégetni és a Catherine nevezetű nőnek volt címezve. Szórakozottan forgatta a borítékot, felemelte a fény felé és kitartóan vizsgálgatta.

Milyen titkot rejthet magában e pillekönnyű papíros, mennyiben befolyásolhatja az Daniel életét? Vetődött fel benne a nagy kérdés.

Charlotte iránt érzett tisztelete, kötelességtudata mind azt diktálták, a leírtaknak megfelelően égesse el a levelet. Ám, valami kisördög ott a lelke mélyén azt súgta: ne tegye! Nem tudott dönteni, végül visszahelyezte a fiókba, ott úgyse kerülhet más kezébe, olyan mintha nem is létezne.

Catherine megállt a ház előtt, kiszállt autójából és elindult az ajtó felé. Messziről feltűnt neki egy tábla, ami a kapura volt helyezve. Közelebb érve ki tudta betűzni a ráírt szöveget: ELADÓ!

Életnek a nyomát se lehetett felfedezni, redőnyök leengedve, ajtók bezárva, sehol egy kiszűrődő kósza fénysugár. Azért próbálkozott kitartóan a csengetéssel, de mindhiába.

Beült kocsijába és abba a csendes kis faluba vette az irányt, ahol legutóbb szörnyűséges perceket élt át, ahol romba dőlt egy álom.

Robertnak nem kellett munkába menni, szabadnapos volt, így bőven akadt ideje az őrlődésre. Mióta felkelt, az este történtek foglalkoztatták. Hatalmas veszteségként könyvelte el Daniel távozását, de kénytelen volt elfogadni döntését. Azonban menekülésének titokzatos körülményei, barátja mérhetetlen csalódottsága, nem hagyták nyugodni.

Szeretett volna segíteni neki valahogy, beavatkozni életébe és közreműködni sorsának jobbrafordulásában. Sajnos gondolata se volt, miképpen tehetne érte, mígnem tekintete megakadt az íróasztalon.

Késztetést érzett a fiók mélyén lapuló levél felbontására, hátha fontos információ birtokába juthat, de jobban tisztelte húga akaratát, mintsem ilyet tenne. Rég el kellett volna égetnie, ám még nem vette rá magát.

A patak parti házat is üresen találta, annyi különbséggel, itt nem függött hirdetőtábla a kapura szegezve. Végigpörögtek előtte a közelmúlt itt zajló eseményei és arra a következtetésre jutott, higgadt fejjel másképp cselekedne, de valószínűleg már késő. Daniel úgy látszik nem szándékozik tisztázni önmagát, és megpróbál felégetni maga mögött mindent. Catherine úgy vélte, ezzel be is fejezhetné a keresést, ám támadt még egy ötlete. Elhatározta, felkeresi a bejárónőt, hátha ő tud valamit hollétéről.

Rövid kérdezősködés után sikerrel járt, s nemsokára egy ötvenes évei derekán járó, enyhén molett nővel találta magát szemben, aki rendkívül barátságosan tessékelte be és kínálta hellyel.

-Daniellel volt találkozóm a háznál, de nem jött el. A telefont se veszi fel. Aggódom érte, mert ő mindig olyan pontos és megbízható. Nem tud esetleg valamit róla?- adta elő meséjét Catherine.

-Attól tartok, nem is fog eljönni. Tegnap telefonált, közölte velem többé nem találkozunk. A házról továbbra is gondoskodnom kell, kapom rendszeresen a bérem.

-Nem mondta, hová megy?

-Semmit. Annyit említett még, egy Robert nevű barátja látogatja időnként a házat.

-Nagyon szépen köszönöm!

-Nincs mit!

Catherine elköszönt és távozott. Útban hazafelé egyre erősödött azon érzése, itt vége szakadt mindennek. Ő megpróbálta jóvátenni hibáját, de Daniel inkább elmenekült.

Robert erősen töprengve dőlt hátra karosszékében. Valójában örülnie kellett volna, hisz Daniel ígéretéhez híven felkereste telefonon, igaz három hónap múltán. Azonban barátja hangja életuntságot, letörtséget és komoly lelki válságot hordozott magában. Ez aggodalommal töltötte el, mert abban bízott, az idő majd gyógyítja barátja sebeit, de az a meglátása, a helyzet inkább rosszabbodott.

Újra csak a titokzatos levélnél kötött ki, melyet érthetetlen módon, még mindig nem égetett el. Biztosra vette, húgának komoly célja lehetett a halála előtt írt levéllel. Azt is tudta, mi volt Charlotte leghőbb vágya: Danielt boldoggá tenni. Nem érdekelte más, mint gondoskodni férje jövőjéről.

Ezek a rejtélyes levelek, biztosan nagy jelentőséggel bírnak az arra illetékesnek, ami nagyban befolyásolhatja gondolkodását, sorsának alakulását. Charlotte valószínűleg egy titkot szándékozott közölni valamelyikükkel, elsősorban Daniellel. De miért csak egyikükkel, miért kívánta a fölöslegessé vált levél elégetését?

Bárhogy is legyen, Charlotte terve kudarcba fulladt. Daniel romokban hever, és esély sincs a gyökeres változásra. Hacsak az a levélke nem tartalmaz olyan információt, amely behatással lenne a dolgok menetére.

Robert agya lázasan zakatolt tovább. Daniel elismerte, köze van ehhez a Catherinéhez, aki a kulcsfigura lehet. Vajon Charlotte hogyan cselekedne az ő helyében? Nézné tétlenül, amint Daniel elemészti önmagát, vagy félresöpörné gátjait, s tenne valamit?

Hosszas gyötrődést követően úgy határozott, életre kelti az egyetlen halovány reménysugarat, s ellentétben húga akaratával, mégsem égeti el a levelet. Talán megbocsát neki, sőt helyesli is döntését.

Felpattant helyéről és mielőtt újra belegabalyodott volna kusza gondolataiba, fogta a borítékot, elment a legközelebbi postahivatalba és útjára bocsátotta lelkének nyomasztó terhét.

15.

Catherine frissen szerzett sebei, lassan-lassan kezdtek begyógyulni. Ott volt neki a kis Samuel, aki kárpótolta őt minden szenvedésért, átsegítette bármilyen nehézségen. Na meg ott volt Mary, aki még mindig reménykedve várta Daniel felbukkanását.

Catherine is vágyta ezt titkon, s gyakran jutottak eszébe a férfival töltött felejthetetlen percek. A kis Samuel is minduntalan apjára emlékeztette. Ezerszer megbánta már a sértő, becsmérlő szavakat, melyekkel meggondolatlanul ihlette a szerencsétlent.

Számtalanszor átgondolt mindent azóta, s akkor se tudna már úgy haragudni, ha egyértelműen bebizonyosodnának a szörnyű vádak. Ráadásul az elmúlt hetek során egyre erősebbé vált meggyőződése: ez az ember sose tenne szándékosan ilyen alantas, megalázó dolgot.

A picit tette éppen tisztába, amikor Mary szokatlan izgatottsággal lépett be hozzá, kezében egy rózsaszín borítékkal.

-Nézd csak, egy feladó nélküli leveled van!- mondta sejtelmesen.

-Csak nem gondolod, hogy ő írt?

-Nagyon remélem!

Catherine átadta anyjának a picit, aztán bement a szobájába és felnyitotta a borítékot. Mivel feladó nem szerepelt rajta, és az írás is ismeretlen volt, ezért először az aláírást nézte meg.

Olvasva Charlotte nevét, furcsa érzés kerítette hatalmába. Tudta, valami nagyon fontos dologról lehet szó. Egy pillanatra megremegett kezében a papíros, mielőtt nekiállt falni a sorokat.

Catherine!

Nyílván meglepődve olvasod e sorokat és fel fog kavarni tartalma, de ezt a titkot, mit most közlök veled nem vihetem magammal a sírba. Úgy tartom helyesnek, ha a két illetékes közül, valakinek a birtokába jut, s döntse el ő, mi legyen a további sorsa. Megtartja-e magának, vagy megosztja társával.

Daniel abban a tudatban van, baleset áldozata lettem, pedig ez nem igaz. Mint e sorok is bizonyítják, jól megterveztem mindent, és sikerült őt félrevezetni. Túl friss még a lelkén esett seb, ezért nem szeretném felkavarni, s ha csöppet is könyörületes vagy, egyelőre te sem teszed.

Most rátérek a lényegre. Valószínűleg elítélsz és meggyűlölsz tettemért, mivel így beavatkoztam életedbe, de talán egyszer megbocsátasz, s talán egyszer még hálát is érzel irántam.

Azon a napon, mikor nálad a beavatkozás történt, fondorlatos módon becsapva mindenkit, kicseréltem az üvegcse tartalmát, melyben az ismeretlen donor hímivarsejtjei voltak. Kicseréltem, mégpedig Danielére, míg ő veled tárgyalt a szomszéd helyiségben. Röviden: Ő a gyermek apja.

Nem tudhatom miként fogod ezt feldolgozni, milyen reakciót vált ki belőled, mit fogsz tenni, de egyet vegyél figyelembe! Ő teljesen ártatlan, és semmiről se tudott. Azt még elmondanám, ő egy olyan ember, kire bármikor számíthatsz, ha szükséged van segítségre. Ő már nemcsak egy idegen számodra többé.

Őszintén kívánom, mielőbb békélj meg és ne őrizz haragot irántam. Légy boldog és sikeres!

Charlotte!

-Te pedig légy áldott!- suttogta Catherine, aki először a döbbenettől eszmélni se tudott. Csak ült és bámulta az előtte futó sorokat. Nem érzett sem haragot, sem megvetést Charlotte iránt, csak hálát. Tettének köszönhetően gyermekének nem egy ismeretlen az apja, hanem egy csodálatos ember, akit ő szeret, aki most nagyon szenved.

Ez a levél pedig tisztázott minden eddigi félreértést. Felállt és örömtől sugárzó arccal rohant anyjához, aki látva leánya boldogságát, kíváncsian várta a magyarázatot.

-Mi az picim? Ki írta azt a levelet és mi van benne?

-Anya! Daniel teljesen ártatlan, ő valójában az az ember, akinek ismertük. Ez a kis levél, amit Charlotte írt halála előtt, magyarázatot ad mindenre. Az egész mögött Charlotte áll, Daniel pedig semmiről se tudhatott.

-Ez valóban fantasztikus hír, de azért korai még az öröm. Honnan kerítjük elő, s ha megtaláltuk, képes lesz-e megbocsátani?

-Egyszer követtem el hibát vele szemben, többet nem teszem. Előkerítem, még ha a világ végére kell is utána mennem, s ha egyszer megtaláltam, többé nem engedem el. Meg fog bocsátani, mert ellenállhatatlan leszek.- mondta Catherine olyan elszántan, megingathatatlan magabiztossággal, hogy Marynek eszébe se jutott kételkedni szavaiban.

-Csak legyen szerencsénk!- fűzte hozzá és végigsimított leánya fején.

A következő percek lázas gondolkodással teltek. Sorra vették a lehetséges nyomokat, melyeken indulva esélyt láttak Daniel fellelésére. Elsőként a klinika igazgatójánál próbálkozott Catherine, nem sok sikerrel. Nem tudtak felőle semmit, viszont megadták az ügynökség címét, akivel kapcsolatban állt.

Szíve nagyot vert, amikor tárcsázta az ügynökség számát. Annyit sikerült csak kiszedni belőlük, Daniel tényleg az ügyfelük, de pont az ő kérésének eleget téve, semmilyen információt nem adhatnak ki róla. Catherine erősködött még egy kicsit, majd bosszankodva tette le a telefont.

-Ezeket még megszorongathatjuk, ha minden kötél szakad.- jegyezte meg és elővette ridiküljéből a noteszét. –Nem tudom miért, de felírtam az ingatlanközvetítő számát, nekik tudniuk kell, hol lehet utolérni.

A helyzet itt is hasonló volt, megtagadtak mindennemű segítséget.

-Most mit tegyünk?- kérdezte Mary.

-Ha más nem lesz, beadok egy apasági keresetet, akkor kénytelenek lesznek megadni ügyfelük elérhetőségét. Ezek is meg a másikak is.

-Te aztán mindenre képes vagy!- hüledezett Mary.

-Ha egyszer muszáj! Csak kerüljek a közelébe, ígérem mindent jóvá teszek. Különben te meg példát vehetnél rólam, hogyan kell küzdeni azért, akit fontosnak tartunk.

-Csak járj sikerrel, akkor talán meggondolom magam. Most inkább tekintsük át, tudunk-e továbblépni, esetleg finomabb módszerekkel?

Catherine törte a fejét jó ideig, aztán önfeledten kiáltott fel:- Meg van! A házvezetőnő a faluban!

-Hogyan?

-Említett egy férfit, aki időnként látogatni fogja a házat. Ez az ember nagyon közel állhat hozzá, s ő lesz az, aki segíteni fog a nyomára bukkanni! Reggel útra kelek.

A bejárónő most is kedvesnek és segítőkésznek mutatkozott. Teával és aprósüteménnyel kínálta vendégét, miután betessékelte és hellyel kínálta vendégszeretően.

Catherine nem akart rögtön a tárgyra térni, ezért hagyta partnerét kedvére fecsegni, aki láthatóan örült látogatójának. Kellemesen teázgattak, ízlelgették a sajátkészítésű édességet, mígnem Catherine elérkezettnek látta az időt és rákérdezett arra, amiért jött valójában.

-Jelentkezett már az az úr, aki Daniel házát felügyeli?

-Eddig még nem. Daniel megadta a nevét, címét és telefonszámát. Igaz ez utóbbit elérthettem, mert hiába hívom, nem kapcsolható. Szerettem volna beszélni vele.

-Megkaphatnám azt a címet? Szeretnék üzenni Danielnek, s csak ez a férfi segíthet. Nagyon fontos lenne!

-Természetesen. Legalább említést tesz rólam is, hogy rossz számot kaptam. Ha megkérhetem rá.

-Ez a legkevesebb.

Egy kicsit még beszélgettek, aztán Catherine udvariasan elköszönt és beült kocsijába. Egy röpke pillantást vetett a kezében lévő papírosra, és habozás nélkül az ott szereplő ismerős város felé vette az irányt.

A közel egyórás út alatt, szinte végig dolgozott az agya. Érezte, hogy cseppet se lesz könnyű dolga, de feltétlenül sikerrel kell járjon. Ezért minden eshetőségre felkészült, különbözőféle taktikai variációkat dolgozott ki. Elhatározta, bármeddig képes lesz elmenni, ha szükséges.

Robert fáradt mozdulattal helyezte kulcsát a zárba, kimerítő napja volt a munkahelyén. Jóleső érzéssel gondolt az előtte álló fürdőre, az azt követő kiadós pihenésre. Mielőtt belépett volna lakásába, szomszédja kidugta fejét az ajtórésen és kedélyesen szólt Roberthez.

-Kétszer is kereste egy cukorfalat, tanácsoltam neki próbálkozzon este felé. Felajánlottam, hogy várakozzon nálam, de nem fogadta el, inkább visszajön. Mondhatom, szívesen lennék a maga helyében!

-Kösz!- szólt vissza Robert és rövid gondolkodást követően belenyugodott a ténybe, miszerint fogalma sincs, ki kereshette.

Bizakodott benne, nem valamelyik korábban faképnél hagyott barátnője szándékozik megzavarni helyrebillent családi életét. Robert valóban megváltozott, és nem szívesen szembesült korábbi énjével. Na meg Clarissában se szabad felébreszteni a kisördögöt, bármily okos és megértő is, bármennyire bízik férjében.

A forró vízben telt kádban történő ernyedés helyett, megelégedett egy gyors zuhanyozással, felhúzott egy kényelmes szabadidőruhát, és türelmetlenül várta titokzatos látogatóját.

Egy óra sem telt bele, mikor kopogtak. Robert kérdezés nélkül nyitott ajtót és szembetalálta magát egy vadidegen nővel, aki rendkívül szép és csinos volt.

-Jó estét kívánok! Miben segíthetek?

-Jó estét kívánok! Catherine vagyok, Daniel közeli barátja és beszélnem kell önnel.

-Tessék befáradni!- mondta a teljesen meglepett Robert.

Bementek és leültek egymással szemben. Robert szólalt meg előbb.

-Honnan jött rá, hogy én továbbítottam önnek a levelet?

-Tessék? Milyen levélről beszél?

-Arról, amit már meg kellett kapnia és a húgom Charlotte írta, a halála előtt.

-Ah, már értem! Nem jöttem rá, ez csak véletlen, másért jöttem. Egyébként hálás köszönetem a levél közvetítéséért.

-Nem tesz semmit, remélem hasznát vette, ha már egyszer nem égettem el.

-Ezt hogy érti?

-A húgom írt egy levelet önnek, egyet pedig Danielnek. A neki írt levelet csak akkor adhattam át, ha egy bizonyos feltétel teljesült. Nos, ez így is történt, s Charlotte utasítása szerint, ez esetben az ön levelét el kellett volna égetnem. Akkor kézbesíthettem volna önnek, ha Daniel nem jön rá az igazságra és elkönyveli a baleset tényét. Így az övé lett volna megsemmisítve. Ő viszont tisztában volt azzal, hogy Charlotte mit követett el, ezért átadtam neki a küldeményt, hét hónappal a szomorú eseményt követően.

-Mégis, miért küldte el?

-Mert Daniel nemrégiben összeroppant, és reménykedtem, ez a levél befolyással lehet valamire. Csak találgattam, hogy őszinte legyek.

-Ön rendkívül szerencsésen cselekedett, és biztosíthatom, ez a levél megváltoztathat mindent, feltéve ha lesz kedves segíteni nekem.

-Miről lenne szó?

-Csak annyit kell tennie, megadja Daniel tartózkodási helyét.

-Nem tehetem!

-Miért?

-Mert Daniel nyomatékosan felhívta a figyelmem, nehogy eláruljam bárkinek is.

-Nézze! Több ember, köztük Daniel jövője és boldogsága forog kockán. Azt akarja, minden így maradjon, mint most?

-Legfeljebb annyit tehetek, beszélek vele és ha felhatalmaz rá, semmi akadálya. Holnap fel is hívhatom.

-Úgyis nemleges választ ad, személyesen kell felkeresnem. Ha másra nem, hát gondoljon Charlottera. Őt az vezérelte, hogy Daniel boldog legyen! Ön ezt veszélyezteti, ha nem segít nekem.

Robert elbizonytalanodott, ez a nő rátapintott a lényegre. Vajon ragaszkodjon-e Danielnek tett ígéretéhez, vagy engedjen ennek a mérges darázsként támadó nő szorításának? De mi van, ha félrevezeti és nem beszél igazat? Hátha csak ártani akar barátjának, aki valószínűleg nem ok nélkül menekült el? Mindenképp körültekintően kell eljárni, zárta le a témát és határozottan adott elutasító választ.

-Ne haragudjon, de én szavatartó ember vagyok, nem szegem meg ígéretem. Ráadásul Daniel sose bocsátana meg nekem. Különben is, honnan tudjam, hogy magát jó szándék vezérli-e?

Catherine látta zsákutcába került, szép szóval nem boldogulhat. Elképesztő tettre szánta el magát. Felállt, odament az erkélyhez, kinyitotta az ajtót és fenyegetően nézett Robertre.

-Úgy látom, mindennek vége. Nincs más választásom! Amennyiben nem segít, le fogok ugrani innen a nyolcadik emeletről.

Robert meghökkent egy pillanatra, majd higgadt hangon szólt Catherinehez:-Mi van ha becsapom és rossz címet adok?

-A tényen nem változtat, megteszem máskor és az ön lelkén fog száradni minden, egyben tönkre téve Daniel életét is végérvényesen. Fel tudna egy újabb öngyilkosságot dolgozni? Gondoljon csak bele!- miközben ezeket mondta felült a korlátra, lábait átvetve rajta.

Robert elképedve vette tudomásul, ez az átkozott nő nem tréfál. Elég egy rossz mozdulat, egy erősebb széllökés, s már fenyegetőznie se kell. Vagy mi van, ha tényleg megteszi? Mi van, ha mégis igazat beszél? Hogy számol el a lelkiismeretével? Mit gondol róla Clarissa, -aki bármely pillanatban hazatérhet- milyen nőügybe keveredett már megint? Ki hinne neki, hogy nem is ismeri ezt a mindenre elszánt némbert?

-Rendben van, győzött! Teljesítem óhaját, csak jöjjön be!- mondta kétségbeesetten, miközben papírt és tollat fogott a hitelesség kedvéért, s leírta a címet.

-Biztos nem csap be?- kérdezett rá Catherine.

-Isten őrizz! Nem kockáztatom meg, hogy még egyszer a szemem elé kerüljön.

Catherine bejött az erkélyről, magához vette a papírost és kajánul vigyorogva, két oldalról egy-egy puszit adott a romokban heverő férfinek.

-Tudtam, hogy jó ember maga! Biztosan találkozunk még.- mondta és távozni készült.

-Csak azt ne!- nyögte Robert, akinek kezdett olyan érzése támadni, hogy rendesen rászedték. –Ugye csak blöff volt az ugrás?- szólt Catherine után.

-Elárulom, igen!

-Legalább avasson be, mi folyik itt? Mi ez az egész ügy? Milyen szerepe van Charlotte leveleinek?

-Sajnos nem segíthetek, én is titoktartó ember vagyok, akárcsak ön.- válaszolt Catherine diadalittasan, s mielőtt eltűnt volna a lépcsőházban, még visszaszólt.

-Talán majd Daniel felvilágosítja, hamarosan úgyis találkoznak, mert haza fogom hozni. Addig is megkérem, ne szóljon rólam. Viszlát!

Robert kezdett magához térni. Először dühösen sziszegte:- Átkozott bestia!- aztán enyhült bosszúsága és némi megnyugvással dünnyögte:- Isten óvjon az ilyen hurrikántól, de ez legalább képes lesz visszafújni az életbe Danielt.

Catherine fáradtan, de annál elégedettebben tért haza. Későre járt már nagyon, Mary kezdett nyugtalankodni miatta.

-Azt hittem, itthon se töltöd az éjszakát.- zsörtölődött leányának.

-Nyugi anya, hisz csak egy napot voltam távol, pontosabban egy felet.

-Jól van, azért megejthettél volna egy telefonhívást napközben.

-A pici?- kérdezte Catherine és elindult a gyerekszoba felé.

-Jól viselkedett, sokat hancúrozott, s most mély álomba zuhant.

Catherine megállt a kiságy előtt, lehajolt és lágy csókot lehelt a kis Samuel fejecskéjére. Aranyszőke, göndör fürtjei finom illatot árasztottak. Homlokán néhány izzadságcsepp tette nedvessé bőrét. Catherine legszívesebben felkapta volna, hogy magához szoríthassa, de nem akarta felébreszteni. Így aztán gyönyörködött még egy kicsit büszkeségében, aztán kiment a türelmetlenül toporgó Maryhez.

-Na és, sikerrel jártál?- kérdezte, amint Catherine becsukta maga mögött a gyermekszoba ajtaját.

-Igen, itt lapul a cím a zsebemben. Holnap elrepülök néhány napra.

-Hová lesz a menet, ilyen hosszú ideig?

-Afrikába.

-Tessék, jól hallottam?

-Igen. Daniel ott dolgozik, oda menekült. Tartom az ígéretem. Tudod mi az?

-Persze, ha kell a világ végére is utána mész, de ez még azon is túl van. Nem veszélyes, csak így egyedül nekivágni?

-Ne félts, nem vagyok már gyerek!

-Úgysem tudnálak megállítani, de nem is szeretnélek. Remélem hazajöttök mindketten hamarosan. Én addig elhalmozom a picit szeretettel, helyetted is.

-Afelől nincsenek kétségeim.- mosolygott Catherine.- Gyorsan bepakolom a holmimat, reggel korán kell indulnom.

Mary segített összecsomagolni, érezhetően nagyon feszült volt. Nem szívesen engedte leányát az ismeretlenbe, ráadásul ilyen előkészületlenül. Se foglalt szállása, se egy kísérője, aki elvezetné az adott címre. Hogyan jut el abba a helyiségbe, melyhez a legközelebbi város is több száz kilométerre van? Hogyan boldogul majd magányos nőként a mostoha körülmények között? Amint leszáll a repülőgép fedélzetéről, kizárólag magára és a szerencsére lesz utalva.

Egész éjjel őrlődött, forgolódott az ágyban, képtelen volt megnyugodni. Hajnaltájt járhatott, mikor végre álom jött a szemére, ám egy óra se telt bele, rémülten riadt fel.

Mi van, ha rossz címet kapott, vagy ha rátalál ugyan Danielre, de az eltaszítja magától? Mi lesz az ő gyermekével távol mindentől és mindenkitől? Ki fogja őt felkarolni, ha szembesülnie kell elkövetett hibájának következményével?

Feladta a pihenés reményét és tudomásul vette, Catherine elutazásának a pillanatától kezdve egy perc nyugta se lehet, míg vissza nem tér.

16.

A férfi egykedvűen ült a hatalmas fa hűsítő árnyékában, ölében egy vaskos szakkönyvet pihentetve. Hozzászokott már a trópusi éghajlathoz, a könnyűnek nem nevezhető körülményekhez, a magányhoz, az elhagyatottsághoz, csak egyvalamit képtelen elfogadni.

Mindig olvasással tölti azt a két órahosszat, mikor szabad napközben, egyébként kora reggeltől késő estig keményen dolgozik. Nincs szabadnap, nincs hétvége, de neki nem is kell. Ő akarja így.

Napközben még csak-csak el van valahogy, de aztán jönnek azok a hosszú, gyötrelmesen kínzó éjszakák. Akkor nincs menekvés a mindig újuló erővel támadó gondolatok elöl. Megváltóként várja a reggel közeledtét, amikor fáradtan és kimerülten indul útjára.

Fordított életet él, számára a munka jelent némi megnyugvást, pihenést, a szabadidő percei pedig, csak egyre szívják erejét, gyöngítik szervezetét. Hétről hétre száll tova ereje, s tudja, ez az életmód sok jóhoz nem vezethet, de bánja is ő? Sőt, várja és kívánja sorsának beteljesülését, csak egyvalami érdekli, munkáját képes legyen elvégezni.

Retteg tőle, hogy leépült állapotának köszönhetően egyszer hibát vét. Elég csapást mértek már rá, egy újabbat nem akar megélni. Ha eljön az idő, fel kell adni az utolsó mentsvárat is, abba kell hagyni mindennapi ténykedését, s odavetni lelkét végérvényesen az enyészet martalékának.

Felemelte könyvét, tekintetét az égre szegezte, és azt firtatta: Miért kellett így alakulnia életének? Mindez csak néhány másodpercig tartott, aztán erőt vett magán és folytatta az olvasást.

A nő néhány méterre tőle, egy sűrű bokor mögül figyelte a férfit. Megvárta míg újra elmélyül a tudomány tanulmányozásában, és akkor óvatos léptekkel megközelítette őt. Megállt, közvetlenül a háta mögött és kezeit finoman a gyanútlan férfi két vállára helyezte. Várt szótlanul, szemében könnycsepp jelent meg, s arra gondolt, nincs oly erő, mely őt innen eltaszítaná.

A férfi nem fordult meg, csak abbahagyta az olvasást és nagyot sóhajtva hátradőlt székében. Ismerte ezt az érintést, mit oly sokat várt már. Hányszor idézte fel ezt a szelíd illatot, mely bejárta a levegőt körülötte. Nem mert megfordulni, nehogy szertefoszoljon édes álma. Nem tudta eldönteni, mivel áll szembe. A vég köszöntött be a vártnál korábban, utolsó csúfos játékot űzve áldozatával, vagy pedig egy új élet vetette rá első mosolyát.

A nő odahajolt a férfi fejéhez és bűnbánó búgó hangján, csak ennyit mondott:- Szeretlek! Ugye meg tudsz bocsátani?

A férfi komor arcvonásai egy pillanat alatt megenyhültek, szeméből tovaszállt a semmitmondó üresség, lelkét sosem érzett borzongás járta át. Felállt, szembefordult a nővel, s szemében ellenállhatatlan vággyal, hangjában igaz szeretettel és perzselő szenvedéllyel válaszolt:- Aki bocsátani nem tud, az szeretni sem képes igazán!

Magához szorította a nőt, és hosszú mámoros csókkal pecsételték meg szerelmük mindent leküzdő diadalát. Rövid szünetet tartottak, csak néztek egymás szemébe mélyen, aztán ajkaik újra egymásra találtak, testük egymásnak feszült, míg lelküket átjárta a felhőtlen boldogság várva-várt érzése.

A nő jutott előbb szóhoz:- Azelőtt miért nem néztél így rám, mint most? Megelőzött volna minden bajt.

-Azelőtt köztünk volt egy nagy titok, amit képtelen voltam elmondani.

-Mindent tudok. Egy levél Charlottetől, mindenre választ adott.

-Ugye nem gyűlölöd?

-Ellenkezőleg, hálát érzek iránta. Az álmát, a vágyott jövőjét ajándékozta nekem.

-Hogy állsz a házad építésével?

-Már állnak a falak.

-Van egy tetőm, elfogadod?

-Igen. Ezek szerint hazajössz velem?

-Egy napig se lenne maradásom!

Felszabadultan egymásra nevettek, és kézen fogva sétáltak be a férfi lakásába.

Mary jókedvűen tolta a babakocsit a reptéri váróban. Fél óra sincs addig, hogy magához ölelhesse szeretett leányát, kinek hamarosan landol a gépe. Akkor az is eldől, sikerrel járt-e a hosszú úton, mert csak egy távirattal jelezte érkezését. Egyedül jön-e, vagy

Daniellel, azt nem közölte. Így hát Mary kíváncsisága lassan a tetőfokára hágott.

Kiszemelt magának egy kevésbé zsúfolt helyet a szemközti sarokban, gondolta ott kényelmesen várakozhat Samuellel. Próbálta szaporázni lépteit, ám bosszúsan vette tudomásul, a kocsi egyre nehezebben gurul, míg végül a bal első kereke teljesen leblokkolt. Kétségbeesetten vette szemügyre a rakoncátlan alkatrészt, de semmi ötlete nem támadt, hogyan kéne a hibát elhárítani.

Közben Samuel is sírásra fakadt, tetézve Mary tanácstalanságát. Csakúgy visszhangzott a nagy terem a vékonyka hangtól, mágnesként vonzva a kíváncsi tekinteteket. Lányos zavarában rögtön felkapta a picit, aki azonnal elhallgatott, jelezvén maximális elégedettségét. Már csak a kocsival kellett kezdeni valamit, nem maradhatott a váró közepén. Egyik kezével Samuelt tartotta, míg a másikkal ügyetlenül próbálta tuszkolni maga előtt a hasznavehetetlen járgányt.

Egy jó modorú, megnyerő külsejű, középkorú férfi menekítette ki kellemetlen helyzetéből. Mosolyogva lépett hozzájuk és ajánlotta fel segítségét:- Kérem, maga csak foglaljon helyet a kicsivel, én majd helyre teszem ezt a kocsit, s odaviszem önnek.

-Köszönöm szépen! Nagyon kedves magától! - hálálkodott Mary.

Kényelembe helyezte magát és Samuelt, közvetlenül az ablak mellett, ahonnan jól láthatók az érkező gépek. Néhány perc múltán hozta is a kocsit az úriember.

-Egy alattomos zsineg tekeredett a tengelyre, még szerencse, hogy kéznél volt a bicskám. Szabad ez a hely itt? Ha megengedné leülnék, míg nem jön a gép.

-Hogyne, még egyszer köszönöm a segítségét.

-Nem tesz semmit!

-Vár valakit?- kíváncsiskodott Mary.

-Igen, a barátomat. Egészen váratlanul kaptam egy táviratot, hogy ma tízkor érkezik.

-Csakúgy, mint én a lányomtól.

-Ő az anyuka?

-Igen, én meg a boldog nagymama.

-Rendkívülien szép gyermek.

-Akár az anyja, meg az apja.

-Na meg a nagymamája.

-Köszönöm, ön pedig rendkívül kedves ember.

Közben a hangosbemondó közölte a gép érkezését, s ekkor derült ki, mindketten ugyanarra a járatra várnak. A férfi merően bámulta a kifutópályán megálló robosztus repülőt. –Néhány perc, s itt lesznek.- mondta.

-Azt én nem bírom ki.- sopánkodott Mary, felállt és topogott egy helyben.

-Ennyire hiányzik a leánya?

-Igen, meg van még más is.

-Értem.

Nagyon lassan peregtek a percek, Mary már a szája szélét rágta kínjában. Aztán mégis eljött a pillanat, mikor Catherine felbukkant a bejáratban, megelőzve mindenkit. Megállt, szemeivel szeretteit kereste, s rögvest felfedezte a kézzel lábbal hadonászó Maryt. Rohant feléjük, nem törődve az útjába kerülőkkel, cipője sarkai élesen csattogtak a fénylő kövezeten.

A Mary mellett álló férfi elsápadt, kezeit az égnek emelte, és ámulkodva fakadt ki:- Szentséges ég, ez meg honnan került ide?

Mary óhatatlanul is észrevette a férfi reakcióját, aki szörnyülködve kérdezte:- Maga ismeri ezt a nőszemélyt?

-Naná, hisz a lányom!

A férfi fogta táskáját és szó nélkül odébbállt, s türelmesen várta barátja jövetelét.

Catherine önfeledten csókolta a kis Samuelt, ahol érte, persze Marynek is jutott a szeretetből, aki alig várta, hogy értelmes szót válthasson leányával. Pedig ha kicsit figyelmesebb lett volna, választ kaphatott volna mindenre. A nagy örömben észre se vették a közeledő Danielt, aki megállt a közelükben és csak nézett elbűvölten, szemében könnyes ragyogással.

Catherine kapott előbb észbe. Fogta a picit, odalépett Danielhez és a kezébe adta.

-Megjött édesapád.- suttogta meghatódottan.

Daniel szinte a fellegekben járt a boldogságtól, úgy tartotta a kis legényt, aki jóízű kacagás közepette vígan paskolta az ismerős arcot.

A férfi csak állt néma szemlélőként, néhány méterrel odébb. Először az ő figyelmét is lekötötte a kis család féktelen öröme, csak később vette észre barátját. Érdeklődéssel várta a fejleményeket, szándékosan nem ment oda Danielhez. Aztán látva a jelenetet elméje hirtelen megvilágosodott, már nem haragudott többé az eddig kellemetlen modorú, agresszívnak tartott nőre.

Később előlépett az oszlop takarásából. Daniel, amint észrevette, kézen fogta Catherinét és elébe indultak a feléjük tartó férfinek. Catherine felismerte kihez tartanak, és pironkodva követte Danielt.

A két jó barát majd kiszorította egymásból a szuszt.

-Catherine, ő Robert! Robert, ő Catherine.- mutatta be egymásnak őket Daniel.

-Már ismerjük egymást.- szólt Robert kihívóan.

-Igen, Danielnek nem is említettem, hogy találkoztunk egyszer.- vágott közbe Catherine.

-Majd én elmesélem neki!- vállalkozott Robert és elnevette magát, látva a nő zavarát.

-Mielőtt nagyon bemártana nála, bocsánatot kérek öntől. Higgye el, csak az elhatalmasodó kétségbeesésem okozta viselkedésemet.

-Bárhogy is volt, önnek igaza lett és fogadja szívből jövő megbocsátásomat.

Daniel vetett véget a párbeszédnek:- Robert! Engedd meg, hogy bemutassak még valakit! Ő itt Samuel, a kisfiunk.

-Gratulálok, csak nem őt ünnepeltük annakidején?

-Ahogy mondod. Magyarázattal tartozom neked pajtás, amire hamarosan sort kerítünk.

-A lényeget már úgyis értem, de holnap lesz egy jó meccs, eljöhetnétek.

-Remek, legalább Catherine és Clarissa is megismerkednek.- egyezett bele Daniel, s sietve Mary üdvözlésére sietett, aki ezúttal türelmesen várt sorára.

17.

A templom magasztos csendjét halk beszélgetés zavarta meg. Mary az első padban ült, bal oldalán Robert múlatta az időt. Jobb oldalt Catherine állt, a két padsort elválasztó puha szőnyeggel borított sávban.

-Nem érkezett még meg a keresztapa?- kérdezte Mary.

-Még nem, de be leszel mutatva neki az ünnepség után.- adta meg a választ Catherine.- Valószínűleg dugóba keveredett, s csak az utolsó pillanatban ér ide.

Ekkor Daniel jelent meg a bejáratnál és intett Catherinének. Mary fészkelődött egy kicsit, aztán hátrapillantott a rezzenéstelen arccal ülő Flamingtonra, majd Roberthez fordult.

-Látja, ez az öregek sorsa! Az egy dolog, meg se kérdezik a véleményem, ki legyen a keresztszülő, de még be se mutatják, mielőtt szenteltvíz alá tartja az unokámat. A szerelem eszét veszi a fiataloknak. – elégedetlenkedett Mary.

-Gondolom, mindent be fognak pótolni.- vigasztalta Robert.

-Még a nevét se jegyezte meg a lányom, állítólag Daniel jó ismerőse.

-Akkor tudnom kéne ki az.

-Na ez az, két héttel ezelőtt barátkoztak össze, s rögtön felkérték egy ilyen megtisztelő feladatra.

Beszélgetésüknek az orgona halk zsongása vetett véget. A pap elfoglalta helyét a gyertyák övezte szószékben. Az ajtóban feltűntek a szülők, egymásba karolva ünnepélyes lassúsággal lépdeltek előre. Mögöttük egy közepes termetű, napbarnított arcú férfi haladt, kezében a kis Samuelt tartva. Őszbe borult haja, bölcs külsővel látta el viselőjét. Minden szem rászegeződött, kíváncsian figyelték az ismeretlen férfit.

Mary először nem látta rendesen, de amikor közelebb értek tekintete találkozott a férfiével. Jól ismerte ezt a rég nem látott, de annál inkább felejthetetlen szempárt. Nem más volt ő, mint egykori nagy szerelme Nicholas, aki most eljött és itt van végre a közelében.

Mary szíve összeszorult, ajka megremegett, látását elhomályosították visszafojthatatlan könnycseppjei. Nicholas elhaladt mellette, visszanézett rá és megállt pár lépéssel előtte. Mary lelkét melegség járta át, látta Nicholas tekintetében, ez a látogatás nem csak a keresztelőnek szól.

A lelkész mély hangja bejárta az egész termet. Gyakorlottan, de azért átéléssel vezette a ceremóniát, egészen addig, míg egy éles női hang meg nem zavarta.

-Atyám, kérem álljon meg egy percre! Fontos kérdésem van a keresztapához!- vágott közbe Mary elszántan és odalépett Nicholashoz. Szelíden nézett a férfire, akitől a következőt kérdezte:- Csak a keresztapja akarsz lenni, e gyermeknek?

-Van jobb ötleted?

-Akadna.

-Lehetnék a nagyapja is?

-Szép feladat, nem?

-Asszony és gyermek is járna hozzá?

-Mindent, amit csak szeretnél.

-Akkor, most nem lehetek a keresztapa?

-Hogy nézne az ki?

A pap elveszítette türelmét és kétségbeesetten szólt közbe.

-Most mi lesz? Elmarad a keresztelő?

-Nem atyám! Az én szerepem csak amúgy is addig tartott volna, míg el nem jön a keresztelés ideje, de mivel így alakultak a dolgok, korábban átadom helyem az igazi keresztszülőknek, kiknél erre érdemesebbek nem léteznek e földön.

Időközben odaért Clarissa és Robert, s átvették a vidáman rúgkapáló, rózsaszín cumijával hadonászó és szélesen mosolygó Samuelt.

www.ingramcontent.com/pod-product-compliance
Lightning Source LLC
Chambersburg PA
CBHW060951030726
47503CB00003B/821